中公新書 2720

福間良明著

司馬遼太郎の時代

歴史と大衆教養主義

中央公論新社刊

はじめに

一九九六年二月一二日、司馬遼太郎は七二歳で他界した。戦後を代表する歴史小説作家であり、『竜馬がゆく』『坂の上の雲』『国盗り物語』など、いまなお多くの作品が読み継がれている。長編小説は約四〇作品に及び、その他、短編小説、講演録、対談録、紀行、エッセイ、史論・文明批評などを含め、全集は全六八巻にのぼる。

そこで扱われる時代は、多岐にわたる。幕末・維新期を描く『花神』(大村益次郎)、『竜馬がゆく』(坂本竜馬)や明治期を取り上げた『坂の上の雲』(秋山好古・真之、正岡子規)、『翔ぶが如く』(大久保利通・西郷隆盛)のほか、『国盗り物語』(斎藤道三・織田信長)、『新史太閤記』(羽柴秀吉)といった戦国期をテーマにする作品もじつに多い。さらには、『義経』(源義経)、『空海の風景』(空海)、『項羽と劉邦』(中国・前漢成立期)、『韃靼疾風録』(中国・清朝興隆期)などの作品もある。

これらの業績は、高い評価を受けた。時代小説『梟の城』で直木賞(一九六〇年)を受賞したほか、菊池寛賞(『国盗り物語』『竜馬がゆく』、一九六六年)、朝日賞(一九八二年)、文化

司馬遼太郎作品ベスト20（2022年６月現在）

順位	書　名	刊行年	累計発行部数
1	『竜馬がゆく』	1963	2477万5500
2	『坂の上の雲』	1969	1976万6500
3	『街道をゆく』	1971	1219万2500
4	『翔ぶが如く』	1975	1202万4000
5	『国盗り物語』	1965	755万8500
6	『項羽と劉邦』	1980	725万1500
7	『関ヶ原』	1966	626万3500
8	『功名が辻』	1965	531万3000
9	『世に棲む日々』	1971	523万4000
10	『菜の花の沖』	1982	513万5000
11	『花神』	1972	486万1000
12	『播磨灘物語』	1975	471万4447
13	『この国のかたち』	1990	416万8000
14	『峠』	1968	399万3700
15	『城塞』	1971	347万5500
16	『新史太閤記』	1968	297万2000
17	『箱根の坂』	1984	272万4685
18	『胡蝶の夢』	1979	253万3500
19	『義経』	1968	250万3000
20	『最後の将軍』	1967	240万8000

註記：刊行年は，単行本（複数巻に及ぶものは第１巻）の初刊年．累計発行部数は，単行本と文庫本の合計
出典：中央公論新社調べ（2022年６月）

功労者（一九九一年）、文化勲章（一九九三年）を受けている。ベストセラー作品も多く、三〇〇万部を超える著作だけでも、一五作品にのぼる（二〇二二年六月現在）。

NHK大河ドラマでも、司馬作品は多く取り上げられた。一九六八年の『竜馬がゆく』（主演・北大路欣也）を皮切りに、『国盗り物語』（一九七三年、主演・平幹二朗）、『花神』（一九七七年、主演・中村梅之助）、『翔ぶが如く』（一九九〇年、主演・西田敏行）、『徳川慶喜』（一九九八年、主演・本木雅弘）、『功名が辻』（二〇〇六年、主演・仲間由紀恵）が放映されたほか、二〇〇九年から一一年にかけて

一一・一二月の大河ドラマ時間帯に「NHKスペシャルドラマ」として『坂の上の雲』（主演・本木雅弘、阿部寛、香川照之）が放送された。これほど多くの作品が大河ドラマで取り上げられた作家は、ほかにはいない。

それだけに、司馬作品の読者層の広さは際立っていた。司馬が死去した際には、『中央公論』『週刊朝日』『文藝春秋』『大航海』などの総合雑誌・週刊誌・思想誌で、追悼号や特集企画が設けられた。ビジネス誌『プレジデント』は、司馬の死去後、二度にわたって追悼特集を組んだ。思想史家・松本健一や歴史家・磯田道史も、著書のなかで司馬について論じている。司馬作品は一部の文芸愛好家だけではなく、企業人や文化人、在野史家に至るまで、広く親しまれてきた。

司馬遼太郎（1923～96）

読者の政治的スタンスもさまざまだった。『ダカーポ』（二〇〇五年九月七日号）の特集「国民作家　司馬遼太郎の謎」では、のちに首相となる安倍晋三（自民党）と菅直人（民主党、当時）がともに、司馬作品への思い入れを綴《つづ》っている。安倍晋三は、「改憲」「戦後レジームからの脱却」といった「保守」のスタンスを鮮明にしていた。それに対して、菅直人は市民運動の出身で、一九七八年には社会民主連合の結成に参加した経験を持つ。

同誌の特集趣旨における「朝日もサンケイも絶賛というのが不思議」という記述は、「革新」「保守」を問わない読者層の広さを、如実に示している。

読み手の年齢層も、幅広かった。歴史学者・成田龍一や社会学者・桜井哲夫は中学・高校の頃から司馬作品を読み始めたことを記している（『司馬遼太郎の幕末・明治』「「技術のひと」としての司馬遼太郎」）。同様の読書経験は、本書を手にしている読者のなかにも、少なくはないだろう。

筆者自身は、いつから司馬作品を読み始めたのかはうろ覚えだが、戦国期や幕末期への興味から、中学三年の頃には『国盗り物語』『花神』などを手にしていたほか、大学受験に失敗して予備校に通っていた際に、電車のなかで『竜馬がゆく』を読んでいたのを記憶している。いまにして思えば、窮屈な受験の現実から逃避するかのように、旧弊のしがらみに拘泥《こうでい》しない司馬の歴史人物像に浸ろうとしていたのかもしれない。

それはさておき、一〇代後半の学生から『プレジデント』を手にする中高年層まで、幅広い読者を獲得していたことは疑えない。まさに、司馬が「国民作家」と呼ばれる所以《ゆえん》である。

だが、何より司馬作品に特徴的なのは、企業や役所に勤務するサラリーマン層の読者の多さである。文芸評論家・尾崎秀樹は、一九七六年の座談会のなかで、主に青年層や主婦層が買い支える一般のベストセラー作品とは異なり、司馬作品はビジネスマン層が主要読者になっていることを指摘している（「新〝国民文学〟の旗手の危険な魅力」）。実際に、あるサラリーマン読者は、「司馬作品の魅力は、膨大な史実や史料を広く探し求め、それを緻密に分析し、一般読者に分かりやすい物語の形で提供してくれるところにある」と記していた（『ビジネスマン読本 司馬遼太郎』）。

では、高度経済成長期以降のサラリーマンやビジネスマンたちは、なぜ司馬作品を手にしたのか。職務上の利益や成果に直結しないにもかかわらず、なぜ、「歴史」を扱う小説に触れようとしたのか。

他方で、そもそも司馬はなぜ、こうした作品を生み出したのか。その点について、考えてみてもいいだろう。一九二三年生まれの司馬は、戦争末期を戦車兵として過ごしたが、その経験が作品にどう投影されたのか。司馬は高等教育を経ているものの、旧制高校や帝国大学という正統的な学歴エリートの道を歩んだのではなく、旧制専門学校（官立）である大阪外国語学校（戦後の大阪外国語大学、現大阪大学外国語学部）を出ている。復員後には新聞記者の職に就いたが、それは最大手の新聞社ではなく、経営が不安定な零細紙や準大手の新聞社だった。

こうした必ずしも「一流」ではない教育経験や職業経験は、司馬の歴史叙述にどう投影されたのか。その後、司馬が国民作家として「一流」視されるようになるなか、それらは読者にどのように受け止められたのか、あるいは受け止められなかったのか。

本書はこれらの問題意識から、司馬作品が生み出され、読まれるに至る社会を俯瞰《ふかん》し、

「司馬遼太郎の時代」を読み解いていく。奇しくも司馬が生誕してから死去するまでの時期は、おおよそ昭和期に相当する。昭和恐慌、戦時体制、戦後復興、高度成長、オイルショック、冷戦終結――これらの時代状況は、司馬の生い立ちやその作品にどう関わっていたのか。また、その作品の社会的な受容をいかに後押ししたのか。そこに浮かび上がる昭和史像を、本書のなかで描いていきたい。

目次

司馬遼太郎の時代

歴史と大衆教養主義

凡　例

引用にあたっては、現在では不適切な表現もそのままに記している。あくまで資料の正確性を期するためであり、他意のないことを了承いただきたい。

その他、資料の引用や表記に際しては、以下の基準に従っている。

(1) 旧字体の漢字は、原則的に新字体に改めている。仮名遣いは原則的に引用元のとおりである。
(2) 引用部の強調は、とくに断りのない限り、原文どおりである。
(3) 中略は〔……〕で示している。また引用中の筆者による注釈は〔　〕内に示している。
(4) 出典は、原則的に（　）内に書名・論文名・紙誌名を記載している（本文で記載のある箇所を除く）。書誌情報の詳細は、巻末の参考文献欄を参照されたい。
(5) 司馬遼太郎の著作からの引用は、原則的に参考文献欄にあげた文庫版に拠っている。複数巻に及ぶ著作の場合、参照した巻を（　）内に表記している。
(6)『竜馬がゆく』の主人公について本文で言及する際には、司馬の表記に合わせて「坂本竜馬」とするが、歴史上の人物として言及する際には、一般的な歴史書の表記に合わせて「坂本龍馬」と記述している。
(7) 本書では「サラリーマン」「ビジネスマン」という語をほぼ同義のものとして用いる。しいて言えば、文脈に応じて、前者は企業・役所に勤務する給与所得者の総称を指すものとして、後者は企業に勤務するホワイトカラー層および管理職・経営者層全般を含むものとして用いるが、両者の概念的な区別に重きを置くものではない。なお、これらは女性・男性双方を含み「サラリー・パーソン」「ビジネス・パーソン」の語のほうが適切かもしれないが、読者のなかには耳慣れない印象があることを考慮し、便宜上、「サラリーマン」「ビジネスマン」との表記を用いる。
(8) 本書で「大河ドラマ」と表記する際には、長期間連続して放送されるドラマ全般を指す一般名詞ではなく、日曜夜に放送されるNHK「大河ドラマ」を指す固有名詞として用いている。

序章　国民作家と傍流の昭和史

中国古代から明治まで

司馬遼太郎は「国民作家」と言われるだけに、その歴史小説はじつに多くの読者を獲得した。『坂の上の雲』の累計発行部数は一九七六万部、『竜馬がゆく』に至っては二四七七万部に達している（中央公論新社調べ、二〇二二年六月）。

ことに幕末・明治期を扱った作品は、多くの読者を獲得した。『坂の上の雲』『竜馬がゆく』のほか、土方歳三《ひじかたとしぞう》（新撰組副長）を主人公に据えた『燃えよ剣』、北越戦争（戊辰戦争の戦闘のひとつ）における長岡藩家老・河井継之助の奮闘を描いた『峠』、西南戦争を扱った『翔ぶが如く』はベストセラーとなり、大村益次郎を取り上げた『花神』はNHK大河ドラマの原作にもなった。

だが、司馬作品は決して、近代初期だけを描いたわけではない。むしろ、戦国期・織豊期について、さらに多くの作品をものしている。斎藤道三・織田信長を扱った『国盗り物語』は、大河ドラマ化もあって広く読まれた。そのほかにも『新史太閤記』（羽柴秀吉）、『尻啖《しりくら》

『翔ぶが如く』第１巻（文藝春秋，1975年）／『峠』前編（新潮社，1968年）

え孫市』（戦国期の鉄砲技能集団・雑賀《さいが》党《とう》）、『関ヶ原』（石田三成）、『城塞』（大坂の陣）、『覇王の家』（徳川家康）など、多くの長編がある。さらには、『義経』『空海の風景』『項羽と劉邦』など、源平期から中国古代史まで、じつに幅広い時代に司馬は分け入っていた。

これらの作品の多くは、高度成長期以降に単行本として刊行された。司馬の初期作品のなかには、『梟《ふくろう》の城』（一九五九年）や『風神の門』（六二年）など、戦国期の忍者を描いた伝奇ロマン小説も少なくないが、以後はフィクションを交えつつも、史料を見渡し、歴史上の人物を描く作品が多くなった。『竜馬がゆく』（一九六三～六六年）、『国盗り物語』（六五～六六年）をはじめ、『関ヶ原』（六六年）、『新史太閤記』（六八年）、『峠』（六八年）、『坂の上の雲』（六九～七二年）など、主要作品の多くは六〇年代半ば以降に出版され、その後文庫化されることで、今日に至るまで広く読み継がれている。

とはいえ、司馬作品は見ようによっては、さほど読みやすいものではない。司馬の歴史小説では、主人公の勇躍や軌跡に焦点が当てられるだけではなく、随所で「余談だが」といった断りがなされ、史的背景の説明が多く挿入される。それも、物語と同時代の歴史ばかりを扱うわけではない。幕末維新期を主題とする作品であっても、戦国期や昭和戦前期、さらには中国史・欧州史に話が及ぶことも多い。

司馬は作品を構想し始めると、史料を膨大に買い漁《あさ》るため、各地の古書店から関連史料が消えてしまうという逸話は、よく知られている。それらに基づく「余談」が、作品中にちりばめられていた。読者は必然的に、人物譚《たん》への没入を、たびたび余談によって断ち切られることになる。

「余談」と没落後の教養主義――論点1

だが、むしろその余談が、多くの読者を惹きつけた。作家の田辺聖子は、司馬の一連の作品を振り返りながら、その余談に触れる愉しみを綴っている（「弔辞」）。元プレジデント社社長の作家・諸井薫も、「司馬作品は小説ではなく、傑《すぐ》れた歴史読物として読まれたからこそ、これだけ幅広いビジネスマン層の強い支持を得られたのではないだろうか」と述べ、余談に魅了される読者の存在を示唆している（「司馬ブームとは何だったのか」）。

司馬は、余談の延長で、『歴史と視点』（一九七四年）、『歴史の中の日本』（七四年）、『街道をゆく』（七一～九六年）、『「明治」という国家』（八九年）といった史論・評論集を出してい

『歴史と視点』（新潮文庫，1980年．2009年改版）／『歴史の中の日本』（中公文庫，1976年．94年改版）

る。これらもまた、多くの読者を獲得した。

そこには、高度成長期以降の大衆教養主義を読み込むことができよう。「（文学・思想・歴史などの）読書を通じた人格陶冶《とうや》」という教養主義の規範は、大正期から一九六〇年代の旧制高校・大学キャンパスで広く見られた。だが、その価値観は、学歴エリートや知識人のみならず、義務教育を終えただけの勤労青年たちのあいだでも、少なからず共有されていた（『「勤労青年」の教養文化史』）。難解な哲学書や思想書を手にはしないまでも、人生雑誌や青年団・青年学級などを通して、文学や思想、社会批判に触れようとする営みがあった（大衆教養主義）。司馬作品をめぐる読者たちの受け止め方も、これに連なるものがあったのかもしれない。

だが、教養主義は一九六〇年代末にもなると、明らかに衰退の一途をたどった。大学知識人を糾弾した大学紛争を通じて、「知」「教養」への憧憬は社会的に衰退し、消費文化の浸透がそれに拍車をかけた。にもかかわらず、司馬作品はその後も多くの読者を獲得し、「歴史という教養」への関心をかき立てた。

折しも、一九七〇年代以降は、大衆歴史ブームが盛り上がりを見せた時代だった。『歴史と旅』『歴史と人物』といった大衆歴史雑誌（一般読者向けに歴史を扱う商業誌）の創刊が相次ぎ、ビジネス誌『プレジデント』も歴史人物特集を頻繁に組み、「戦国武将に学ぶリーダー像」などを多く取り上げた。視聴率が低迷していたNHK大河ドラマ（一九六三年放送開始）に復調の兆しが見られるようになるのも、この頃である。そこには「歴史」への興味と人格陶冶の規範の接合を読みとることができる。

では、「教養主義の没落」以降に、なぜ、「歴史という教養」への関心が広がったのか。司馬作品はこうした動向をいかに牽引《けんいん》し、またそれに支えられていたのか。これが、本書の第一の論点である。

サラリーマンの「教養」——論点2

それに加えて、司馬作品の読者層についても、考えてみる必要がある。

先の諸井薫の指摘にもあるように、司馬の歴史小説の読者のなかには、サラリーマンやビジネスマンが少なくなかった。『文藝春秋』（一九九六年五月臨時増刊号）には、若い頃から司馬作品を読み継いできた財界・官界関係者の回想が収められている（「司馬作品に何を学んだか」）。また、必ずしも精緻な調査とは言えないが、現代作家研究会が主にサラリーマン層三〇〇名を対象に実施したアンケート（一九九二年頃）でも、「好きな作家」として最も多く挙げられたのが司馬遼太郎で（八四件）、二位の松本清張（五三件）、三位の堺屋太一（五〇件）を大きく上回っていた（『ビジネスマン読本 司馬遼太郎』）。

では、なぜ、サラリーマンたちは、「歴史という教養」を扱う司馬作品を手にしたのか。職務上の実利のためには、「歴史」に触れるよりも実務技術を向上させるほうが、はるかに有効なはずである。司馬の歴史小説において、ビジネス・スキルのようなものが扱われたわけではない。にもかかわらず、なぜ彼らは司馬作品に触れ、「歴史」への関心を抱いたのか。別の言い方をすれば、高度経済成長期以降の企業社会や労働のありようは、「歴史という教養」の模索とどのようにつながっていたのか。第二の論点として、この問いに向き合う必要がある。

司馬の歴史小説の多くは、一九六〇年代から七〇年代にかけて執筆されたが、後述するように、多くの読者を持続的に獲得するようになったのは、文庫化が進んだ一九七〇年代半ば以降である。高度成長が終焉し、二度のオイルショックを経験するなか、従来の経済・社会モデルの見直しが進み、新自由主義の価値観が徐々に広がりつつある時期だった。

大企業・中堅企業では、ホワイトカラー層のみならずブルーカラー層も正規の社員として長期雇用・定期昇進のシステムに組み込まれるようになり、いわゆる「日本的経営」が定着した。その一方で、中小・零細企業や非正規雇用者は、こうした安定性の枠外に置かれていた。また、女性たちは結婚を機に早期退職することが通例とされ、彼女たちが子育てや介護を担うことで、戦後日本は公的福祉を軽量化した。このような企業環境のありようは、司馬作品の受容にどう関わっていたのか。

メディアの機能と相互作用——論点3

第三の論点として、メディアとの相互作用も、見落とすべきではない。

先述のように、司馬は大河ドラマ化された作品が最も多い作家である。そこには、司馬が「国民作家」になっていくプロセスとテレビ・メディアとの関係性が暗示される。とくに、司馬作品三作（『竜馬がゆく』『国盗り物語』『花神』）が立て続けに大河ドラマ化された一九七〇年代前後は、テレビの隆盛期だった。初期にはさほど振るわなかったNHK大河ドラマ（一九六三年放送開始）も、この時期になると、多くの人々を定時視聴に導く重要なプログラムとなっていた。

その一方で、映画化された司馬作品も少なくはない。一九七〇年までに映画化された司馬原作作品は一一本にのぼる。だが、それらは取り立てて話題になったわけではない。さらに言えば、司馬作品の大河ドラマ化と映画化が進んだ一九七〇年前後は、映画の凋落《ちょうらく》とテレビの隆盛が重なっていた。そうした映像メディアの覇権の変容と司馬作品の社会的受容は、どう関わっていたのか。

また、先述のように、司馬作品は主として一九七〇年代半ば以降、新潮社や文藝春秋から続々と文庫化された。単行本が一定期間を経て版元に返品されるか、棚に埋もれてしまうのに対し、文庫本の場合、出版社ごとの文庫のコーナーに持続的に陳列される。そのことを考えれば、文庫というメディアが、司馬の読者をどう生み出してきたのかを問う必要もある。

『歴史読本』『歴史と旅』といった大衆歴史雑誌やビジネス誌『プレジデント』の隆盛も、司馬作品の受容と決して無縁ではないだろう。だとすれば、司馬作品を通じて「歴史という教養」を求める文化は、高度成長期以降の映像・出版メディアと、どのように関わっていたのか。

「傍系」「二流」の軌跡――論点4

司馬のライフコースが作品にどう投影されたのかについても、考える必要がある。それはすなわち、司馬作品が書かれた社会を問うことでもある。

司馬は、大阪市内の個人商店の家庭に生まれ、私立中学を経て官立大阪外国語学校に進んだ。それは必ずしも望んだ進路ではなかった。旧制高等学校の受験に二年続けて失敗した末に、やむを得ず選んだ進学先だった。司馬は後年になっても、旧制高校に進学した同年代への卑下の心情を語るなど、受験失敗をめぐる鬱屈は決して小さくなかった（「年少茫然の頃」）。

旧制高校は実質的に帝国大学進学を約束するものであったが、旧制専門学校は大学に進まず就職するのが一般的だった。また、旧制高校のキャンパス文化が教養主義と密接に結びついていたのに対し、専門学校は必ずしもそうではなかった。

　大阪外国語学校のような旧制専門学校は、旧制高校・大学とともに高等教育の一角をなしており、これら高等教育への進学率は、当時は三％ほどに過ぎなかった。その意味で、司馬は社会的には明らかに学歴エリートだった。だが、高等教育の世界では、あくまで正統的なルートは旧制高校・大学であり、専門学校は傍流とみなされがちだった。

　職業生活でも、司馬は「傍流」「二流」の道を歩んだ。終戦後、司馬は新聞記者の職を得たが、それは戦後初期に生まれた零細地方紙だった。その後、産業経済新聞社に移ったものの、『朝日新聞』『毎日新聞』のような大手紙に比べると、歴史の浅い準全国紙に過ぎず、発行部数の差も大きかった。

　また、司馬は少年期から大の読書好きで、学生時代には文学から史書まで膨大な書物を読破していたが、文学サークルや同人誌には近づかなかった。そもそも、「余談」がちりばめられた司馬の歴史小説は、正統的な文学とは異質であり、アカデミックな歴史学とも距離があった。つまり、司馬は学校教育、新聞記者生活、文学・歴史学との関わりのすべてにおいて、「正統」「一流」を外れた道を歩んできた。

　では、そのことが、社会的なエリートや秩序、ヒエラルキーに対する司馬の見方に、どうつながっていたのか。それは作品にどう投影されていたのか。本書が問うべき第四の論点である。

戦中派の情念――論点5

司馬のライフコースのなかでも見落としてはならないのは、戦争体験である。一九二三年生まれの司馬は、大阪外国語学校在学中に学徒出陣で徴兵され、満洲・四平《しへい》陸軍戦車学校を経て、戦車第一連隊（満洲・牡丹江）に配属された。そこで司馬が目にしたのは、軍の非合理や組織病理、エゴイズムだった。

ことに司馬は戦車という「機械」を扱う部隊に配属されただけに、テクノロジーやロジスティクス（兵站《へいたん》）、合理性への関心は大きかった。敵砲を防御し得るだけの鋼鈑の強度や燃料の補給が戦車隊には不可欠だったが、司馬が目にした日本軍は、精神主義は語っても、技術合理性やロジスティクスはさして顧みなかった。

それをめぐる司馬の思いは、さまざまな歴史小説に投影されていた。たとえば『坂の上の雲』では、二〇三高地攻略の際に兵を小出しにした第三軍司令官・乃木希典《のぎまれすけ》が批判的に描かれているが、それは明らかに、兵力の逐次投入と無謀な突撃攻撃が繰り返されたガダルカナル攻防戦（一九四二～四三年）を想起させる。『項羽と劉邦』について言えば、煩瑣で合理性を欠いた秦帝国末期の法体系や組織のセクショナリズム、そのゆえに末端の情報が上層部に的確に伝わらない様相は、旧日本陸海軍の組織病理を連想させるだろうし、降伏した秦兵二〇万を大量虐殺した楚・項羽の行動は、南京事件を思い起こさせても不思議ではない。

では、戦国期から幕末・維新期、明治期に至るまで、幅広い時代を扱った司馬の歴史小説において、その戦争体験はどのように投影されていたのか。別の言い方をすれば、戦国期や明治期の描写を通して、司馬はいかなる憤りを語ろうとしたのか。そして、このことは当時の読者たちにどれほど届いたのだろうか。これが本書の第五の論点となる。

「司馬史観」をめぐって――論点6

それは、「司馬史観」に対する評価の変遷という、第六の論点につながる。

司馬は、小説や対談、エッセイなどのなかで、戦国時代から明治・昭和、さらには中国史・アジア史に至るまで、歴史を幅広く論じている。その歴史理解は、「司馬史観」と言われる。網野善彦《あみのよしひこ》（中世史）や山崎正和《やまざきまさかず》（美学史）、高坂正堯《こうさかまさたか》（国際政治学）といった学者との対談もしばしば行われたが、そのことは司馬が小説家にとどまる存在ではなく、「歴史家」とみなされていたことを意味する。司馬作品が大衆教養主義や歴史ブームに結び付き、総合雑誌やビジネス誌でもたびたび取り上げられたのは、そのゆえであろう。

だが、正統的なアカデミック・キャリアを経た歴史学者と司馬との間に、確執のようなものはなかったのだろうか。

司馬は先述のように、大阪外国語学校を学徒出陣により繰り上げ卒業しており、史学科で歴史学のトレーニングを積んだわけではない。むろん、歴史小説を書くうえで膨大な史料や研究論文に目を通していたが、史料批判の不十分さや扱う資料の偏りが歴史学者に問題視されることもないではなかった。また、軍の暴走を招いた「昭和」を苛烈《かれつ》に問いただす一方で、近代国民国家を成立させた「明治」に好意的であるかのような歴史叙述は、しばしば批判された。

ただ、そこで問うべきは、いずれが「正しい」かではなく、正統的な歴史学者と在野の歴史家との間に、どのような齟齬《そご》や対立が見られたのかである。歴史学者たちが史実を読み解く厳密さにこだわるように、司馬も正統的な歴史学とは異なる何かにこだわろうとしたのではないか。そこには、学歴や生い立ちに起因するものもあったのかもしれない。司馬作品をとりまく大衆歴史ブームに分け入ることで、大衆教養主義とアカデミズムの親和性だけではなく、逆に両者の齟齬も透けて見えるのではないだろうか。

さらに言えば、いかなる知識人が「司馬史観」に共感し、あるいは苛立ちを覚えたのか。学術書とは異なる大衆的な歴史小説が、なぜ、いつから、知識人たちの議論の俎上《そじょう》に載せられるようになったのか。そこにはどのような社会背景があったのか。

「司馬遼太郎の時代」という問い

以上の論点を念頭に、本書は、司馬遼太郎という作家が生み出され、その作品が読まれ、そして司馬が死去するまでの時代を読み解いていく。

司馬遼太郎についての論評は、これまで多く積み重ねられてきた。司馬の近代史理解を歴史学の観点から批判的に問うたものとしては、中村政則『『坂の上の雲』と司馬史観』（二〇〇九年）、中塚明『司馬遼太郎の歴史観』（〇九年）、原田敬一『『坂の上の雲』と日本近現代史』（一一年）などがあげられる。他方で、司馬の思想や文学、歴史認識を内在的に読み解くものとしては、成田龍一『司馬遼太郎の幕末・明治』（二〇〇三年）・『戦後思想家としての司馬遼太郎』（〇九年）や松本健一『司馬遼太郎を読む』（〇五年）・『増補　司馬遼太郎の「場所」』（〇七年）などがある。

だが、司馬作品は、どのような社会状況のもとで生み出され、読まれたのか。その点については、実証を試みた研究は、皆無に近い。

司馬作品がサラリーマンやビジネスマンたちに少なからず読まれてきたことは、たびたび指摘されてきた。しかし、それが戦後の企業社会の変容や労働環境の変化、新自由主義の動向などとどのような関連があるのかは、顧みられなかった。また、司馬が旧制高校ではなく大阪外国語学校という旧制専門学校（官立）に進み、また復員後に零細・中堅新聞社を渡り歩いたことは知られているものの、その背後の教育システムやメディア編成が、司馬を著述にどう突き動かしたのかについては、ほとんど問われることがなかった。

司馬作品が多く読まれた時代は、教養主義が没落した時代でもあった。そうしたなか、なぜ人々は司馬作品を通して「歴史」への関心を持ち続けたのか。しかも、人文知とは直接的な接点を持たないサラリーマンまでもが、なぜ「歴史という教養」を求めようとしたのか。そこにいかなる教養文化を見ることができるのか。アカデミズムと大衆の共振や齟齬を、どう読み取ることができるのか。これらに着目することは、「教養主義の没落」後の大衆教養主義を捉え返すことにもつながるだろう。

本書は、このような問題関心から、司馬の作品が生み出され、それが社会的に受容されるプロセスを検討し、「司馬遼太郎の時代」に浮かび上がる教養と社会の力学を読み解いていく。

第1章　傍系の学歴と戦争体験——昭和戦前・戦中期

1　浪速育ちの学校嫌い

祖父と父

司馬遼太郎（本名・福田定一）は、一九二三年八月七日、大阪市浪速区西神田町八七九（現大阪市浪速区塩草一丁目）に福田是定《しじょう》・直枝の次男として生まれた。生家は現在の浪速公園の辺りで、難波まで一キロ強、徒歩一五分程度の距離である。難波は、南海鉄道難波駅や国鉄関西本線・湊町駅（現JR難波駅）、百貨店（髙島屋など）、戎橋筋商店街などが集結し、梅田と並ぶ大阪の二大商圏だった。

生家があった塩草地区（西神田を含む）は、大阪の近代化・産業化に伴い、地主の住む旧村の田地を埋め立てて開発された地域である。大規模商業地区や国鉄・私鉄の大型駅が近いこともあり、一帯には小商店、小工場、借家・長屋が密集していた。典型的な下町地区であり、薬剤師だった父・是定は、そこで薬局を営んでいた。

福田家が大阪で暮らすようになったのは、一八四〇年代生まれの祖父・惣八《そうはち》の代からである。もともと播州姫路の広《ひろ》という地区に居住していたが、明治初期に惣八は大阪に出て餅屋を開き、ささやかな成功を手にした。惣八には二人の娘がおり、長女には養子をとって家業を継がせ、次女夫婦には分家させている。それなりに家業は順調だったのだろう。その後、一八九九年頃に誕生したのが、是定だった。

晩年近くに生まれた長男だけに、惣八は是定を溺愛《できあい》したが、教育方針は独特だった。その影響は、後年、是定の子である司馬の少年期にも、影を落とすことになる。

ペリー来航の頃に少年期を過ごした惣八は、激烈な攘夷主義者であり、明治改元後もそれは変わらなかった。時計と蝙蝠《こうもり》傘のほかは西洋由来のものは身に付けないという徹底ぶりだった。

大正期の浪速区（難波駅周辺）

髷《まげ》を切ったのは、日露戦争で東郷艦隊がバルチック艦隊を沈めたときであり、断髪令が発せられて三〇年以上も後のことだった。近代的な学校教育システムも毛嫌いし、長女やその娘は学校に通わせたが、溺愛した是定だけは、小学校に就学させなかった。

明治初期であれば、家庭の経済的な理由や農作業の必要から、子どもの就学に消極的な家庭は珍しくなかった。大阪でも、一八八〇年代後半の小学校就学率は、五割ほどでしかない。だが、是定が小学校学齢期にあった一九〇七年には、すでに就学率は九割を超えていた。そもそも、福田家は経済的に困窮していたわけではなく、すでに二〇年近く前に長女を学校に送り出している。にもかかわらず、是定は就学を親に認められなかった。

かといって、惣八は是定に教育を施《ほどこ》さなかったわけではない。漢文の初歩と和算は惣八が自ら教えたほか、四書五経《ししょごきょう》や『日本政記《にほんせいき》』（頼山陽）は近隣の元士族に習わせ、道修町《どしょうまち》のドイツ語私塾にも通わせた。

ちなみに、江戸末期の姫路では和算が流行し、惣八はそれを得意としていた。奉納仕合もたびたび開かれ、「京の三条大橋の円周率を出せ」という設問を解き上げた惣八は、地元の天満宮に算額をあげ、生涯にわたって誇りとした（「祖父・父・学校」）。それだけに是定の算術は父親譲りではあったが、学校教育で教わるものとは異なっていた。

学校は、基礎的な素養が教授されるだけでなく、多くの同世代の子どもと交わる社交の場でもあった。それを経ていない是定は、後年になっても人付き合いが苦手で、気後れや疑い深さが見られたという。さらに、学校で体操に接する機会もなかったので、運動も不得手で、「単に歩くという動作さえ、ぎこちなく、終日うつむいて本ばかり読んでいた」らしい（「祖父・父・学校」）。

それにも増して是定の人生を左右したのは、学歴の問題だった。中等学校に進むためには小学校卒の学歴が必要だったが、是定にはそれがなかった。近代学校教育システムが整備され、ほぼすべての児童が就学するようになると、義務教育の学歴がないことは、進学・就職いずれの面でも決定的な制約となった。一〇代初めに父・惣八を亡くし、長姉家の居候《いそうろう》になっていた是定は、独り立ちするために、学歴不問の資格取得をめざすしかなかった。小学校卒業の免状を大金をはたいてひそかに入手したとの逸話もあるが（『歴史と小説』）、それでも初等教育の学歴を示すものに過ぎない。是定は仕方なく、個人病院の薬局で無給書生をするかたわら、道修薬学校という私塾（一九〇四年創設、のちの大阪薬科大学）に通った。是定が薬剤師となり、個人薬局を開業したのも、こうしたやむを得ない進路選択によるものだった（同前）。

学校嫌い

それだけに、是定がわが子の学校教育に複雑な思いを抱いていたことは、想像に難くない。同じ轍《てつ》を踏ませないために、優等生としての歩みを子どもに期待したのかもしれないが、わが子の学校の勉強を見てやることは難しい。そういうジレンマが、是定にはあった。

司馬は、小学校入学（一九三〇年四月）後、間もない時期に算術で三〇点という成績をとったときのことを回想しながら、「その答案をもって帰って見せたときの〔父・是定の〕暗い表情をいまでもおぼえている」と記している。むろん、それは学校成績をめぐる期待の裏返しであったのだろう（「祖父・父・学校」）。

中学一年の頃には、平方根・立方根の宿題を解けず、是定に教わろうとしたことがあった。そのとき是定はソロバンをはじいて、「答えは、こうやけど」と気弱に笑ったという。惣八に学んだ関孝和流の和算で解いたわけだが、むろんそれは、学校で教わる代数の解法とは異なっていた。昭和初年にもなって和算を目の当たりにした司馬は、「はじめて父親に異邦人を感じた」という（同前）。

こうしたことがありながらも、小学校時代の司馬は、学業優等の賞状をもらう程度に優秀だった。一九三六年四月には、浄土宗系の私立上宮中学校に進んだ。入学当初は三〇〇人中、ほぼ最下位の成績だったが、その後奮起して二学期には二〇番目くらいまで持ち直している。（「年譜」）

とはいえ、規律に満ちた学校という空間には、あまりなじめなかった。「授業中も落ちつかず、となりの子と私語ばかり」で、「サイ銭泥や文房具屋荒しなど、およそ子供の悪事という悪事はやりつくした」という。学業優等の賞状はもらっても、操行善良で表彰されることはなかった（同前）。

慕っていた担任教師の引責辞職も、学校への不信につながった。小学校の水泳で生徒が溺《おぼ》れる事故があった際、最年長の引率者だったその教師は、責任をとって退職した。これをきっかけに司馬は学校嫌いになり、「二君に仕えず」という心境で「調教に従うことを恥とするよう」になった（「年少茫然の頃」）。

中学に入ってからも「未馴化の性根」は変わらず、むしろ「他の子供があまりにもおとなしいのに内心一驚した」という。英語教師には「台湾の高砂族には熟蕃と生蕃がいる。お前は生蕃で王化に浴してない」と憎々しげに言われたことから、「英語などは勉強してやるか」という思いを抱いた（同前）。

司馬はのちに当時を回想して、「学校が、どうにもいやで、就学中、もし来世というものがあるなら、虫かなにかにうまれたほうがいい、と何度おもったか知れない」「学校がきらいなあまり、惣八が学校を夷狄視《いてきし》したという部分だけが共感でき、教室でじっとすわっていなくてもよかった父親の少年時代に羨望を感じた」と語っている（「祖父・父・学校」）。学校への嫌悪感は、それほど露骨なものだった。

読書への没入

その一方で、興味があるものには深くのめり込んだ。竹内《たけのうち》街道（日本最古の官道）にほど近く、周囲に古墳が多い母親の実家（奈良県北葛城郡竹ノ内村）で、子ども時分にたびたび遊んでいたことから、土器や石器に興味を持った。冬田などで掘り出した弥生式土器の破片やサヌカイトの石鏃《せきぞく》を集め、小学六年生の頃には六畳間が埋まるほどになっていた。

私立上宮中学校時代（前列左から4人目）

読書にも没頭した。小学校時代には『猿飛佐助』『真田十勇士』など立川文庫を読み耽《ふけ》った。また、父・是定の書斎には、正岡子規や徳冨蘆花の著書・関連書が多く、これらにも少年期から親しんでいた。

近隣の書店にもよく足を運んだ。旧制中学時代には、大鉄百貨店（阿部野橋）の書籍売場で、吉川英治『宮本武蔵』を立ち読みで読破した。店員が「うちは図書館やあらへん」と文句をつけたこともあったが、司馬は臆することなく「そのうち、この店で、ぎょうさん本を買うたりますから」と言ってのけた（「私の思い出」）。

中学三年にもなると、御蔵跡《おくらと》町の市立図書館に通いつめるようになった。連日、閉館間際まで、『十八史略』ほかさまざまな本を片っ端から読み漁ることが、日課となった。それは司馬が大阪外国語学校を出て軍隊に入るまで、六年近くにわたって続き、最終的に読む本がなくなり、魚釣りの本まで読み尽くしたという。

これらをふまえるならば、司馬の学校嫌いの要因を推し測ることもできよう。司馬はのちにさまざまな文章で、学校嫌いだった過去に言及しているが、その理由は詳しく語ってはいない。おそらくは、理不尽な規律が横行し、興味のおもむくままにのめりこむことを許さない学校空間の不自由さに、我慢がならなかったのだろう。以下のエピソードは、そのことを物語る。

司馬は中学一年一学期の英語の授業の際、New Yorkという地名の意味を教師に質問したことがあった。教師は意図的な授業妨害と思ったのか、「地名に意味があるか!」「お前なんかは卒業まで保《も》たんぞ」との怒声を浴びせた。司馬は、これを回想して、「私は人に憎悪をもつようなしつこい性格ではないつもりだが、このときのその教師の顔つきをいまでもおぼえている」と記している(『風塵抄』)。学校は司馬にとって、のびやかな興味関心を抑えつける空間でしかなかった。

学校の勉強は、それなりによくできた。学校教育に触れることができなかった父・是定の期待を意識したのかもしれない。だが、そのゆえに、嫌いな教科や憎々し気な教師にも向き合わなければならなかった。かといって、「けっして陰鬱な少年ではなく、じつに朗らかに通学していた」とも、司馬は回想している(「年譜」)。ほどよく順応する素振りを見せつつ、関心事にのめり込むことを阻む学校への苛立ちがくすぶり続ける――司馬はそのような少年期を過ごしていた。

大阪の個人商店

学校文化への反感は、大阪の個人商店の家庭に育ったこととも、無縁ではないだろう。大阪は近世より商人文化が栄え、武家文化の影響が大きい江戸とは異なる風土があった。司馬が少年期を過ごした浪速区は、大阪商人文化の中心地のひとつだった。

明治以降も、大阪は東京と並ぶ日本経済の二大拠点のひとつであり続けたが、軽工業や金属工業の比重が高く、かつ中小規模のものが九九%を占めていた（『昭和大阪市史』第一巻）。それだけに、第一次世界大戦後の不況や昭和恐慌の打撃は大きかったが、関東大震災（一九二三年）後には、一時的に東京市の人口を上回り、「大大阪」と呼ばれた。満洲事変（一九三一年）や日中戦争（三七年）の勃発は、大阪経済を活性化させ、重化学工業が進展した。

こうしたなか、大阪中心部の個人商店は、大手企業の社員とは異なり、組織的な庇護《ひご》もないままに商いを続け、景気の波を潜《くぐ》り抜けていった。当然ながら、既成組織に従属し、そこでの立身出世を求めるよりは、個々の独立自尊を重んじる風土が見られた。そもそも、祖父・惣八は、明治三〇年代（一九〇〇年前後）になっても政府の近代化政策に背を向けていた。父・是定に至っては、義務教育課程にすら触れないままに薬剤師資格を取得し、自らの薬局を立ち上げて商売を続けてきた。

そのような地域文化や家庭環境のなかで、司馬が学校規律への順応を空々しく思ったのは不思議ではない。企業・役所勤めの家庭であれば、学校で優等生であり続ける先によりよい就職先にありつくことを考えるだろうし、また、農村出身者のなかには、軍学校（陸軍士官学校・海軍兵学校）や高等教育に進むことで立身出世をめざす者も少なくはなかった。それに比べて、司馬の家庭では、「既成組織に依拠せずとも何とか食っていける」という将来像をイメージすることが可能だった。

父・是定は、正規の義務教育を受けられなかったことに複雑な思いを抱いたが、それでも商売で一定の成功を手にし、司馬を上級学校に進学させるだけの資力を持つことができた。規律と不自由さに満ちた学校生活を司馬が疎ましく思ったことには、そうした地域と家庭の影響が関わっていた。

2　エリートとノンエリートのあいだ

旧制高校受験の失敗

学校嫌いではあったが、司馬は旧制高等学校への進学をめざした。大の読書好きであっただけに、歴史や文筆への関心が大きかったのだろう。中学時代に同級生に卒業後の進路を聞かれた際には、「〔家業の〕薬局はせえへん。俺は新聞記者か小説家になる積り〔ママ〕や。ジンギスカンか坂本龍馬の本を書くで」と答えたという（「金剛山の日の出」）。

だが、旧制高校の受験で司馬は挫折を経験する。中学四年修了時（一九四〇年三月）には旧制大阪高等学校を受験したが、不合格に終わった。主たる原因は、「問題の意味さえわからない」ほど、数学が苦手なことだった。さすがに「わが身が空怖しくなり、高等学校にゆくためには勉強をせねばならぬ」と思い立ち、その後の一年間は再受験に向けて、睡眠時間を三時間未満に削って英語や数学の勉強に明け暮れた（「年譜」「年少茫然の頃」）。

翌一九四一年三月には、旧制弘前高等学校を受験した。司馬は、「東京大阪の学校は秀才が行くだろう」と思い敬遠し、白河以東の「もっとも僻遠《へきえん》の津軽弘前こそ人煙《じんえん》もすくなかろう」と考えた（「年少茫然の頃」）。それに加えて、「数学はまず零点としても、あと満点をとればここに辛うじて可能性があるという皮算用」で「統計的にみて最低でパスできそうなところ」という読みがあった。だが、弘前高等学校も合格には至らなかった（「年譜」）。

二年続けて旧制高校受験に失敗した司馬は、「〔自分には〕何もない、才能もない、学問もない、根気もない、数学が不出来で金勘定もできない」という思いにかられ、自信を失った（『歴史の中の日本』）。後年になっても、「いまなおあのころの夢をみるし、私の年令〔ママ〕の人で高等学校に受かった人にあうとむしょうに卑下を感ずる」「非常にうらやましい青春のタイプというのは旧制高校へいったタイプですね。そこへいけなかった者にはまたちがう青春があるというよりも、むしろ希薄な青春しかない感じですよ。とくにわたしには」と語っている（「年少茫然の頃」「年譜」）。それほど大きな挫折だった。

そこで、一九四一年四月にやむなく進んだのが、旧制専門学校（官立）の大阪外国語学校蒙古語部だった。

官立専門学校と中流エリートへの道

大阪外国語学校への進学をめぐる司馬の複雑な心情を考えるうえでは、旧制専門学校の社会的な位置付けを理解しておく必要がある。

戦前期の高等教育は、大学（予科）・旧制高等学校から旧制専門学校、大学専門部まで多様だったが、これらの学校に進んだ層は、昭和初期で世代人口の三％程度に過ぎなかった。当然ながら大阪外国語学校のような旧制専門学校への進学者は、明らかな学歴エリートだった。

とはいえ、そのなかでもさまざまな序列があったことは否めない。実質的な帝国大学予科で最難関の官立高等学校（三年課程）に進めたのは、高等教育進学者（旧制高校・大学予科・専門学校・大学専門部など）のなかの、八・四％でしかなかったのに対し、官立専門学校は一四・九％だった（『高等教育の時代』上）。

旧制専門学校（原則的に三年課程）は、大学進学を前提にするものではなく、卒業生の多くは企業・官庁に就職した。とくに官立専門学校は商業・工業・農林業など実業面の高等教育に重きを置き（実業専門学校）、一九三九年時点で全国各地に計五二校が設けられていた。

そのほかに、語学（東京外国語学校、大阪外国語学校）や芸術（東京音楽学校、東京美術学校）

などを扱う一般専門学校もあったが、それは計八校（官立専門学校のなかの一三％）にとどまっていた（『文部省年報』昭和一四年度）。ただ、いずれにしても、卒業後の就職を前提にしている点では共通していた。司馬が進んだ大阪外国語学校の場合も、卒業生の多くは貿易会社や外地出先機関に就職した。

したがって、同じ官立高等教育機関であっても、旧制高等学校と旧制専門学校の間には、明らかなヒエラルキーが存在した。司馬が入学した大阪外国語学校の同窓会記録には、「三高（旧制高校）を受け、不合格となり、滑り止めで外語を受けた」「医学志望で、旧制高等学校理科乙類（今日の大学医学進攻課程）を受験したが、合格出来なかった。滑り止めの為に大阪外語に出願してあった」といった記述が散見される（『大阪外国語大学70年史資料集』）。入試日が旧制高等学校と異なることが多かっただけに、官立専門学校はしばしば滑り止めとして受験された。

もっとも、旧制専門学校から大学に進むことは、必ずしも不可能ではなかった。たとえば、首相を務めた大平正芳は、官立専門学校の高松高等商業学校を経て東京商科大学（現一橋大学）に進学している。

だが、それは総じて狭き門だった。一九四一年度の大阪外国語学校卒業者のうち、帝国大学に進んだのは、京都帝大文科一名、東北帝大法文科二名、九州帝大法文科六名、大阪帝大理科一名にとどまっていた。そのほか、大阪商大（四名）、神戸商大（三名）、広島文理大

（二名）、東京文理大（一名）、私大（若干名）への進学者があったが、それらを合わせても、全体の一割程度でしかない（『昭和十七年改訂版　全国上級学校年鑑』）。しかも、就職を前提にした専門学校から大学への進学は、正統的な学歴ルートではなく、「亜流」「傍流」とみなされがちだった（『学歴貴族の栄光と挫折』）。

その意味で旧制高校受験の成否は、「上流エリート」の将来が開けるか、それとも「中流エリート」以下に甘んじるか、その分岐をなすものだった。司馬は旧制高校受験に失敗したときの澱《よど》んだ心情を、のちにこう綴っている。

旧制中学五年のとき、高校受験に失敗した。発表を見ての帰り路、播磨町（大阪）の歩道を歩きながら合格した友人がしきりと私に話しかけた。落第した私の感情などいたわる余裕もないほど彼のよろこびは大きすぎたのだろう。歯の根の合いかねているような昂揚《こうよう》した調子で、自分の将来の設計を語り続けたのだが、やがて私の浮かぬ顔に気づいたらしく「そうや、お前は一体どうするつもりや」と急いで話題を変えた。

「おれか」

私は歩道の敷石を一枚一枚丹念に数えながら、片方では自分の敗残に泣き出したい思いをかろうじてこらえ、片方ではすべての栄光から生涯自分は背を向けて生きぬいてやろうという奇妙な覚悟を固め続けながら、

「おれは馬賊になったるねん、おれには馬賊が似合いや」
「弱そうな馬賊やなあ」

（『古往今来』）

旧制高校への道を閉ざされた司馬は、やむなく「馬賊」にでもなるつもりで、大阪外国語学校蒙古語部に進んだ。その選択の背後には、「敗残に泣き出したい思い」を抑えつけた鬱屈と、あらゆる栄光に背を向けようとする捨て鉢な心情とが複雑に絡み合っていた。

官立専門学校のポジション

とはいえ、私立の高等教育機関を含めれば、官立専門学校は総じて難関の部類に入った。先述のように、高等教育に進んだ者のうち、官立高校進学者は八・四％、官立専門学校進学者は一四・九％だったが、それ以外の大部分は私学（私立大学予科・大学専門部・専門学校）に進んだ。

社会的威信も、私立より官立のほうが高かった。それは、競争倍率に如実に表れている。官立高等学校の志願倍率はおおよそ六〜九倍、官立専門学校で五〜九倍といずれも難関だったが、私立大学予科は早稲田・慶應予科が三〜四倍だったことを除けば、多くは二倍前後の倍率だった（『昭和十二年　上級学校入学試験宝鑑』）。なかには、事実上、全員入学に近いケー

主要企業の出身校別初任給（1920年代後半，円）

	三　菱	安　田	三井物産	帝国生命	三　越	久原鉱業
帝国大学		70	80	75	65	
医・工	90			120		110
法・文	80					85
東京商大	80	70	80	75	60	80
早稲田・慶應	75			65	55	75
中央・法政・明治	65〜70	60	72			70
その他私大					50	70
商大専門	75					
神戸高商	75	50	80	50		75
その他高商	65〜70		64			65
早慶専門	50〜60			50	45	65
私立専門						50〜55

出典：天野郁夫『高等教育の時代』下（中公叢書，2013年）

スもあった。一九三六年の受験案内には、「私立の方は、官立の高校や専門学校を受けても受からなかった人が仕方なしに入るといった風がある」との記述があるが、それは官立と私立の序列を物語っていた（『高等教育の時代』下）。

さらに、私立大学のなかでも、大学部（予科）と専門部のあいだには、ヒエラルキーがあった。ほとんどの私立大学は、高等学校課程にあたる大学予科とは別に、専門部（基本的に三年課程）を置いていた。専門部は、大学部に比べて、設置基準がゆるやかだった（『高等教育の時代』上）。

この専門部が、多くの私立大学の経営基盤となった。専門部学生が在学者総数の過半を占めることも多く、なかには大学部・予科在学者が一、二割で、専門部生が六、七割を占めるケースもあった（同前）。

以上の高等教育機関の序列は、企業の初任給からも推し測ることができる。一九二〇年代後半（昭和初年）の主要企業（三菱、安田、三井物産、帝国生命、三越、久原鉱業）の出身校ごとの初任給は、帝国大学（および官立大学）が最も高いのに対し（三菱で八〇～九〇円）、早慶や神戸高等商業学校（官立専門学校）がそれに次いでいる（同、七五円）。その他の官立高等商業学校はやや劣るが、それでも中央・法政・明治の各私立大学並みであり、私大専門部はそれよりもさらに低い位置付けになっている（『高等教育の時代』下）。官立専門学校の教育課程は基本的に三年だったが、それらは予科を含めて六年課程の私立大学と遜色《そんしょく》のない評価だった。さらに言えば、大都市部にあって人気の官立専門学校は、私大トップの早稲田・慶應並みに位置付けられていた。

大阪外国語学校と高等教育機関の拡充

司馬が進んだ大阪外国語学校は、そうした官立専門学校のひとつだった。外国語教育を専門に行うものとして、ほかには東京外国語学校（のちの東京外国語大学）があった。西洋言語に重きを置く東京外国語学校に比べて、大阪外国語学校は東洋言語に力を入れていた。そのためか、「エキゾチックでコスモポリタンなハイカラな雰囲気」に魅力を感じ、「大阪外語は東京外語と並び国立の有名専門学校であこがれていた」と語る卒業生の回顧もある（『大阪外国語大学70年史資料集』）。大都市圏にあった大阪外国語学校は、官立専門学校のなかでも相対的に高い位置にあったものと思われる。

大阪外国語学校は、一九二二年四月に開学した。林汽船社長・林竹三郎の死後、遺言により、妻・蝶子が創設資金として、文部省に一〇〇万円を寄付した。それが、開学の基礎的な資金となった。

第一次世界大戦に伴う未曽有の好景気は、林竹三郎のような「船成金」「戦争成金」を生み出したが、同時に高等教育の拡充をもたらした。それまでは国家財政の制約から、大学・高等学校・専門学校の新設・昇格は抑制されていた。だが、好況により財界からは多くの高学歴層が求められるようになった。時を同じくして、新中間層が増大し、高等教育への進学希望者も増えていた。政府は財政収入の増加もあって、高等教育の充実に向けて、ようやく重い腰をあげるようになった。大阪外国語学校も、その一環として創設された。

とはいえ、好況はそう長くは続かなかった。大戦終結から一年余を経た一九二〇年になると、一転して不景気となった。一九二三年の関東大震災はそれに拍車をかけ、その後、日本は長期の昭和恐慌に見舞われる。文部省は官立高等教育機関の新設にあたり、府県市の負担や篤志家の寄付を充当する姿勢を打ち出した。

林蝶子の寄付も、こうした背景によるものであった。亡夫・竹三郎が文相・中橋徳五郎と親しかったこともあり、海運・貿易に必須の外国語専門の高等教育機関を大阪に新設すべく、寄付がなされたわけだが、それは林竹三郎・蝶子夫妻の「美談」にとどまるものではなく、こうした「美談」に頼りがちな官立高等教育機関増設のありようを如実に物語っていた。

「早稲田かどこかの支那文学科に……」

篤志家からの寄付を新規官立学校が吸い上げていたことは、私学に寄付がまわりにくいことを意味していた。一九一八年の大学令公布以降、私立専門学校の大学昇格が進んだが、財界関係者からの寄付をあてにできない私学は、昇格に必要な初期投資のための資金確保に苦労した。関東大震災は、それに追い討ちをかけた。同窓会組織からの手厚い寄付が見込まれた早稲田・慶應は別として、他の私立大学は授業料収入に頼るしかなかった。専門部の存続・拡充も、そのゆえだった。必然的に、私立大学の学費は官立諸学校に比べて高めだった。

しかも、私学は東京や京都、大阪に偏在していた。大学昇格以前より、帝国大学などから嘱託講師を確保してきたためである。当然ながら地方出身者は下宿する必要があった。それだけに、私立大学（予科・専門部）と地方近隣の官立学校とでは、教育コストの面で大きな開きがあった。教育史家・天野郁夫《あまのいくお》が指摘するように、「その大部分が大都市・東京に立地した私立大学にわが子を「遊学」させ、六年間の学生生活を過ごさせることは、多額の教育費の負担能力を持った社会層でなければ望みがたい」ことだった（『高等教育の時代』下）。

そのことも、司馬の大阪外国語学校進学と関わっていた。中国史や中国文学に関心があった司馬は、「早稲田かどこかの支那文学科にはいって、好きなことをやっていたかった。やり直そうか」という思いを、大阪外国語学校入学以降も抱いていた。しかし、「ごく普通の商家」の家庭だっただけに、「官立の学校ならいいが、東京の私立大学に入るのは経費の点でむだだから反対」と申し渡されていた(「年譜」)。

「戦争成金」たちの寄付が私学に回されていれば、学費をはじめとする私学の教育コストも変わったかもしれない。だが、それらは大阪外国語学校をはじめとする官立高等教育機関が吸い上げていった。司馬が語学に特化した官立専門学校に進むしかなかったことは、単に司馬の学力や実家の経済力の問題のみならず、大正後期から昭和初期にかけての日本経済および教育政策のありようにも規定されていたのである。

「数学嫌い」への救済校

司馬が不本意で入学したとはいえ、官立専門学校である大阪外国語学校の入試は、決して平易なものではなかった。語学専門の官立学校はほかには東京外国語学校のみであっただけに、人気の高い官立専門学校だった。

また、先述のように、大阪外国語学校は東洋言語に重きを置き、アラビア語部、インド語部、マレー語部など、東京外国語学校にはない課程もあった。第一次世界大戦以降の貿易拡大に加えて、満洲事変や日中戦争に伴う大陸侵出の加速が、これらの学習ニーズを高めていた。

そのためか、単純には比較できないが、司馬が受験した一九四一年入試では、ほとんどの語部で東京外国語学校の競争倍率を超えていた（『昭和十七年改訂版 全国上級学校年鑑』）。司馬が入学を果たした蒙古語部も三・二五倍で、東京外国語学校蒙古語科の二・七一倍を上回っていた。

大阪外国語学校時代（前列左端）

大阪外国語学校は、入試でも独自性があった。官立高等学校は受験科目に数学がなかったことである。それは、むろんのこと、官立専門学校でも数学を課さないケースはほとんどなかった。東京外国語学校でも、受験科目に数学が含まれていた。大阪外国語学校は、東京音楽学校などとともに、入試科目に数学がない例外的な官立専門学校だった。開学当初は数学が課されていたが、比較的平易なものであり、それさえも一九二八年に廃止された（『大阪外国語大学70年史』）。数学が苦手な司馬が大阪外国語学校を志望するうえでは、このことが大きかった。

それは司馬に限るものではない。『大阪外国語大学70年史資料集』（一九八九年）には、旧制大阪外国語学校卒業生八十余名が回想を寄稿しているが、受験の動機として「官立で入学試験科目に数学がなかった」「数学の苦手な私にとって、これはまさに神の恵み」といった記述が散見される。司馬と同じく旧制高等学校に落ちた学生は少なくなかっただけに、大阪外国語学校はまさに「数学嫌いへの救済校」だった（『大阪外国語大学70年史資料集』）。

そのせいか、大阪外国語学校には、型にはまった受験エリートとは異なる学生たちが集まった。大阪外国語学校を経て京都大学（新制）に進み、のちに京都大学教授を務めた政治思想史家・勝田吉太郎《かつたきちたろう》は、『絶望の教育危機』（一九七四年）のなかで、大阪外国語学校から司馬遼太郎、陳舜臣（歴史作家）、西田龍雄（言語学者、京都大学教授）、市村真一（京都大学東南アジア研究所長）らが輩出されたことに触れながら、以下のように述べている。

> 今日の受験秀才は、英語も数学も物理も国語も社会も、何でもこなさなければならない。だが、何でもできるということは、何もできないというに等しい、と私はかねてから思っている。〔中略〕
>
> そういえば、私自身も人後に落ちぬ数学おんちである。司馬、陳両氏同様に、私も今日の受験地獄ではとうてい大学入学はおぼつかない。ところで、もし数学おんちであるならば、ショパンやセザンヌといえども東京芸大には合格しないのではなかろうか。

陳舜臣も「あの頃なぜ大阪外語から変わった連中が出たものだろう」という話題に際し、「その問題は、いつも司馬君と話しているが、あの頃外語の入試に数学がなかったからだ、というのがわれわれ二人の意見なのさ」と語っていたという（『絶望の教育危機』）。受験科目に数学がなかったことが「変わった連中が出た」ことに直結したのかはさておき、すべての科目で満遍なく高得点を挙げるのとは異なるタイプの学生が集《つど》っていたのが、当時の大阪外国語学校であった。陳舜臣も「どうせ旧制高校を落ちてきたのだから、秀才面をしてもはじまらない。――そんな斜に構えたような気風が、この学校にあったようにおもう」と回想していた（「同窓・司馬遼太郎」）。

リベラルで教養主義的な風土

大阪外国語学校には、語学スキルのみならず、教養を重んじる雰囲気もあった。初代校長・中目覚《なかのめあきら》は学生に対して、「自分の教養を身につけるために外国語をやるんだ」「外国語で飯を食うのは当然の成り行きで、それはよいのだが、本当の意味は自分の人格を形成するためにしてくれ」と常々話していたという（『大阪外国語大学70年史資料集』）。

戦時期になっても「外語は通訳を養成する学校やないよ。通訳なら半年も勉強すりゃしゃべれるくらいにゃなる。外語で中国語を勉強するのは、中国語を通じて中国の民衆の心、歴史、文化を知り、理解することや」と語る中国語教師もいた（同前）。そうした影響もあったためか、「なにがなんでも、おれは海外雄飛するンだといって飛び込んでゆく型」の学生がいた一方で、「内省型」「静かな学究肌の文学型」の学生も少なくなかった（「戦友・司馬遼太郎のこと」）。そこには、教養主義的な学校風土を嗅《か》ぎ取ることができる。

序章でも触れたように、教養主義とは「文学・思想・歴史方面の読書を通じて人格を陶冶しなければならない」という価値規範のことである。主に明治後期以降の旧制高校・大学で広がりを見せた。旧制高校生には大学まで含めると六年もの修学期間があったのに対し、専門学校の在籍期間は三年だけであり、その後はすぐに就職が控えていた。抽象度が高く難解な哲学書・思想書に腰を据えて向き合う時間的なゆとりの点で、両者には大きな開きがあった。必然的に旧制高校は、その学歴威信の高さも相俟《あいま》って、教養主義の培養器となっていた。旧制高校生たちは、エリート意識に根差した使命感（「エリートたる者、書を読み、人格を高めなければならない」）を抱きながら、カント、デカルト、ショーペンハウェル、西田幾多郎などの著作を手にした。

専門学校は、そうした旧制高等学校とは異質なものとみなされていた。旧制第三高等学校出身の民族学者・梅棹忠夫《うめさおただお》は「旧制高校を出た人は、大体ほとんど間違いなしに帝国大学を卒業します。この人々はみな教養があります。ところが〔中略〕いわゆる専門学校レベルの学校は、みんな専門知識をもっておる。そういう人たちはしかし、教養がない」と語っていた（『知と教養の文明学』）。

同様の認識は、専門学校出身者にも共有されていた。官立神戸工業専門学校を経て京都大学（新制）に進んだ心理学者・河合隼雄《かわいはやお》は、「高等学校を出ていないという劣等感」について、次のように語っている。

あのころ高等学校というのは人生の教養を身につけるところだったのです。みんな哲学書を読んだりするでしょう。だけど、工業専門学校というたらいわゆる即戦力だから、電気技術を確実に身につける。〔中略〕いわゆる教養として高等学校で習うことをぼくは全部習ってないんですよ。大学に入学したものの無教養であるという劣等感がずっと付きまとったんです。

（「未来への記憶（八）――自伝の試み」）

専門知識はあっても教養がないというコンプレックスは、旧制高校卒業者と同じく旧帝国大学に進んだとしても、抜きがたいものだった。

司馬が抱いた旧制高校受験の挫折感も、それに通じていた。その根底には、教養主義の中心地に身を置くことができない悔しさがあった。

だが、先述のように、大阪外国語学校は官立専門学校でありながら、教養主義的な色彩を色濃く帯びていた。その理由としては、かつて大正教養主義の時代に旧制高校・大学で学び、文学・言語学を修めた教授・講師が少なくなかったことが挙げられる。また、受験に失敗したとはいえ、旧制高校に憧れを抱いていた学生が多数存在したこともあっただろう。大阪外国語学校は、教養主義の中心に位置したわけではないものの、その風土は明らかに教養主義に親和的だった。

軍事教練も、そう厳しいものではなかった。高等教育在学者は、徴兵猶予措置がとられる代わりに、配属将校のもとでの軍事教練が課せられていた。大阪外国語学校も、その例外ではなかった。だが、日中戦争初期の一九三七年頃でも、教練後の銃の手入れを用務員が代行したり、教練で制服が汚れないように短いコート類の着用が認められるなど、教練は比較的ゆるやかだった。さすがに、司馬が入学した一九四一年頃にもなると、軍事教練はやや厳しくなったが、それでも配属将校の言動は温厚な部類に入った（『大阪外国語大学70年史資料集』）。

語学に特化した官立専門学校でありながら、教養主義的でリベラルな校風を色濃く有していたのが、大阪外国語学校だった。

灰色の外語生活

とはいえ、蒙古語部での司馬の日常は、さほど充実したものではなかった。「語学ばかりの「符牒」勉強」では「青春の渇《かつ》え」が満たされることはなかった（「年譜」）。実際、当時のカリキュラムでは、モンゴル語に加えて英語、ロシア語、中国語の履修が義務付けられ、毎日六、七時間の授業の予復習に追われる日々だった。先述のように「早稲田かどこかの支那文学科にはいって、好きなことをやっていたかった。やり直そうか」という思いがよぎったのも、そのゆえだった。

教育課程が語部ごとに分かれていたため、人的交流も限られた。ある卒業生（一九三九年入学）は、「学校色としては語部別になっているせいで、学年や学校全体のまとまりはにぶく、クラブ活動などは弱かった」と回顧している（『大阪外国語大学70年史資料集』）。

当時の司馬は、ロシア文学や『史記列伝』に傾倒し、日本文学にも一通り触れてはいたものの、学内の文学グループには近づかなかった。一学年上の陳舜臣や同学年の赤尾兜子《とうし》（俳人）はそこに集っていたが、司馬はその当時から「文学論アレルギー」「文学青年ぎらい」だった。のちに司馬は対談のなかで、「あのサークルの雰囲気はなんというか、醋酸《さくさん》の漂うなかを、地面にガラスの破片をまいて、裸足で歩くといったような……（笑）」と語っていた（「司馬文学の根底にあるもの」）。衒学《げんがく》的で肩肘《かたひじ》張った自己陶酔がつきまとい、型や作法にこだわらずに自由に楽しむことができない。そうした思いがあったのだろう。そのためか、「とにかく友だちというものは一人もなく、無思想的ニヒリズムの生活を続」け、学業成績も「中以下」だった（「年譜」）。

司馬はのちにフランスのソルボンヌ大学近辺を訪れ、小さなスタンド・バーで多くの学生が談笑しているのを目にした際に、「わたしには一度もこういうことはなかったな、と思ってわびしくなったり、またいとおしくなった」と綴っている。旧制高校に進めなかった鬱屈も相俟って、大阪外国語学校での日常は「希薄な青春」でしかなかった（同前）。

当時の司馬の精神的な拠《よ》り所は、大阪外国語学校に進んでからも通い続けた大阪市立御蔵跡図書館であった。のちに学徒出陣で出征する折には、この図書館の主事に見送られ、復員した際には焼跡のなかから仮住まいの図書館を見つけ、その主事と再会を喜び合った（「大阪外語のころ」）。だが、これを除けば、大阪外国語学校在学時（一九四一年四月～四三年九月）の生活に、さほど充実感を見出せなかった。

それでも、司馬に卒業後の将来設計がなかったわけではない。司馬は、芥川賞を受賞した小田嶽夫《おだたけお》「城外」を読み、モンゴルあたりの領事館の下級職員を志すようになった。教授にも相談し、書記生になるための外務省留学生試験を受験するつもりでいた（「大阪外語のころ」「昭和の道に井戸をたずねて」）。しかし、それが実現することはなかった。司馬のこの将来設計を阻《はば》んだのは、学徒出陣による出征だった。

3　戦車兵体験、「技術」へのこだわり

一九四三年九月、東条英機内閣は理科系・教員養成系以外の大学・旧制高校・旧制専門学校在学生の徴兵猶予措置の停止を決定し、満二〇歳に達した学生・生徒は同年一二月に入営（陸軍）・入団（海軍）することとなった（一九四四年一〇月には一九歳に引き下げ）。戦局が悪化し、大量の下級士官・兵員の補充を必要としたためである。出陣学徒は、推定で十数万人にのぼるとされる。司馬もその一人だった。

徴兵猶予措置停止のニュースをラジオで聴いたとき、司馬は思わず「しめたっ」と口走った。学校に行かずにすむからである。これに対し、父の是定は「おまえ、兵隊が好きか」と軽蔑するように問うたという（「年譜」）。戦時体制の只中《ただなか》にあって、軍隊を絶対視しない家庭の雰囲気がうかがえる。司馬自身も、必ずしも軍隊によい印象があったわけではなかったが、学校への嫌悪感はそれを上回っていた。

とはいえ、入営という現実を前にして、司馬の胸中には、「「国家」というものに対してどうにもならぬ猜疑《さいぎ》心」が生まれていた。「「国家」は果たして人民に「死」を命ずる権利があるのか、あるとすれば誰が与えたのか、何のために死なねばならないのか……」――こうした煩悶《はんもん》から抜け出せずにいた司馬は、授業に出ても空しさが募った。足しげく将棋屋に通いもしたが、それも「死ぬ生きるの課題を勝負事でごまかしていた」に過ぎなかった（同前）。

徴兵検査を受けた司馬は、甲種合格の通知を受け取った。かつてであれば、相当に身体壮健な者のみが甲種合格になっていたが、兵員不足が明らかになっていた当時、合格基準は大きく下げられていた。「筋骨隆々たる壮丁」には程遠かった司馬が甲種となったのも、そのゆえであった（『歴史と視点』）。大阪外国語学校三年次に在籍していた司馬は、一九四三年九月に仮卒業したのち、同年一二月に戦車第十九連隊（兵庫県加古川）に入営し、初年兵教育を受けた。

「国家の重苦しさ」への不快感

司馬は入隊以前から、戦争遂行に漠然とした違和感を抱いていた。一九三七年七月、司馬が中学二年の頃に日中戦争が勃発したが、周囲の大人たちの「戦争になりますな」という会話に、「体じゅうが震えてくるような、動物的な戦慄」「非常な恐怖、恐ろしいものがやってくるという感じ」に襲われた（『「昭和」という国家』）。

その一方で、少年期の司馬は、『敵中横断三百里』『亜細亜の曙』といった山中峯太郎の軍事冒険小説にも、それなりに親しんでいた。それは、「馬賊になったるねん」との思いが脳裏をかすめ、大阪外国語学校蒙古語部に進んだこととも、無縁ではなかった。しかし、大阪外国語学校入学後、しばらくして、「コーヒー、カフェー、映画、小説」といった「小市民的な悦楽」に触れるなかで、少年じみた「大陸雄飛の夢」は醒めていった（『歴史の中の日本』）。

軍隊生活の苦しさについて、ほとんど予備知識がなかった点も、見落とすべきではない。

戦車第十九連隊で司馬と軍務をともにした藤田庄一郎は、「気合いを入れると称して、古参兵が初年兵をやたらと殴る。そんなことは学校の先輩なり、身内の者などから聞いているから、皆だれでも承知しているものとばかり思っていた。しかし福田君〔＝司馬〕は知らなかった」と回想している（『司馬遼太郎とその時代』戦中篇）。

一九四四年四月、司馬は満洲の四平陸軍戦車学校に入校したが、そこでも訓練の不平を大っぴらに漏《も》らすことがあった。同時期に在籍していた放送作家・山田隆之の回想によれば、一キロほど先の格納庫まで走らされた際、「なんや駈け足なんかさせやがって、こんなことをして何になる、とか何とか、大声でこぼしながら駆けていた」という。東北出身の山田は司馬に、「ああ大阪のやつはどうもえたいが知れんな」「軍隊のこわさ、国家の重くるしさがこいつにはわからんのか」という思いを抱いた（『手掘り日本史』）。

満洲・四平陸軍戦車学校時代，1944年

天皇を神格化することもなかった。司馬は少年時代を振り返って、「天皇は神さまだ」などと口走ったならば、「漫談でもやりはじめたかと同級生が大笑いするにちがいな」かった小中学校時代の空気を語っている（『歴史と視点』）。

ちなみに司馬は、一九四一年一二月の真珠湾攻撃やマレー半島上陸をめぐる回想について、さほど多くを語っていない。したがって、対米英戦開戦時の司馬の心境は、判然としない。ただ、以上のことから察するに、おそらくは、国粋主義的な熱狂からゆるやかに距離を取り、戦争に巻き込まれることに漠然とした恐れを抱きつつ、必ずしも戦争そのものについて深く考えてはいなかったというのが、実際のところであったのだろう。徴兵猶予措置の撤廃を「これで学校に行かなくて済む」と一時的に喜んだことも、そのあらわれである。

もっとも、それも一面では、「国家の重くるしさ」を実感していなかったことに通じている。このことが、個人商店がひしめく大阪・浪速に育ったことと直接的な関係があったのかはさておき、司馬は権威やイデオロギーになじめない性格だった。そのことが、司馬の軍隊観を大きく規定することになる。

技術軽視と昭和陸軍

一九四四年一二月、司馬は四平陸軍戦車学校を卒業し、見習士官として戦車第一連隊（満洲・牡丹江）に配属された。司馬がそこで目の当たりにしたのは、日本の戦車の貧弱さだった。

司馬の見るところ、日本軍の戦車はソ連軍のそれに比べて、装備が大きく劣っていた。八九式中戦車や九七式中戦車は、鋼板が薄いうえに、砲の貫通力も低く、「敵の戦車に対する防御力も攻撃力もないにひとし」かった。戦争末期に導入された三式中戦車は装甲に厚みが増し、砲塔前面の厚さは九七式中戦車の倍の五〇ミリだった。しかし、司馬が試しにその砲塔をヤスリで削ってみたところ、白い削り跡ができた。高硬度の特殊鋼であればそうはならないが、ただの鉄が用いられていたために、ヤスリの刃が容易にかかったのである（『歴史と視点』）。

防御性能ひいては技術そのものを軽視する軍のありように対し、司馬は以下のような幻滅を抱いた。

戦車は軍の先鋒《せんぽう》をひきうける兵種であり、その喧騒《けんそう》で巨大で鈍重な物体がひとたび敵の視野のなかに入るとき、敵はそのあたりの火力をぜんぶこれに集中し、これをまず潰《つぶ》すことに全力をあげる。その戦術的行動には飛行機のような自由さも華やかさもなかった。じつに陰鬱《いんうつ》な乗物である上に、戦車兵の戦死の状況ほど気味のわるいものはなかった。たとえば敵の徹甲弾が戦車の横っ腹を打ちぬいたとしても、もう一方の横っ腹まで串刺しにする力はなく、車内できりきりとミキサーのように旋回するため乗員の肉も骨もこまぎれになり、遺体収容作業の場合はひときれずつ箸《はし》でつまんで外へ出さねばならない。年頃だけに死ぬことは苦にならなかったが、自分が挽肉《ひきにく》になるという想像は愉快なものではなかった。

（『歴史と視点』）

戦車の戦果は、装甲の強度、走破力、速度、砲の貫通力といった技術に、かなりの程度規定される。その点で、精神主義や歩兵力に重きを置きがちな日本陸軍のなかでは異質な存在であり、かえって、軍艦や戦闘機といった「機械」への依存度の高い海軍に通じる面があった。

装甲が敵戦車や対戦車砲の砲撃に耐えられるのであれば、乗員は一定の安全性を確保できる。だが、そうでない場合、敏捷《びんしょう》性を欠く戦車の乗員たちに、逃げ場はなかった。それは、「運と勇敢さと用兵の妙によって、何とか敵に抵抗もできるかも」しれない歩兵にはない恐怖だった（「年譜」）。

ちなみに、司馬が徴兵検査合格後、戦車手として入隊することを友人に話すと、「戦車なら死ぬなぁ、百パーセントあかんなぁ」と気の毒そうに言われたという（『歴史と視点』）。その友人の父親は陸軍獣医将校で、軍隊のことに通じていた。友人の言葉は、戦車の装甲のもろさと逃げ場のない車内を念頭に置いたものだった。

組織病理

技術軽視が生まれる背景には、軍の組織病理の問題があった。陸軍の技術担当者が戦車の用法・開発に関する合同研究会を開こうとしても、陸軍大学を出た参謀本部作戦課のエリートたちは、「お前たちから教えられるようなことはない」という態度を取りがちで、議論が進まないことが多かった。戦争末期に戦車第二十八連隊中隊長を務めた軍事史家・土門周平《どもんしゅうへい》（本名・近藤新治）は、「少ない予算で、なるべく数を多くしたいという政治的配慮などが先行し、敵の戦車との対戦に必勝の術策を、どこに求めるかといった発想はほとんど認められない」「陸軍大学校の卒業序列がモノを言う世界、参謀本部作戦課というエリート・コースにいる者が、強い発言力を持つ世界」と、斬って捨てている（『日本戦車開発物語』）。

とはいえ、日本軍の戦車にも、一定の技術力が見られなかったわけではない。たとえば、空冷ディーゼル・エンジンは他国に先駆けて開発されたが、それは発火性が高く、冷却水の確保をつねに要する水冷ガソリン・エンジンの難点を克服するものだった。九七式中戦車（チハ車）では、敵軍による発見を防ぐべく、排気ガスの無色化にも成功した。

しかし、装甲の厚さや貫通力に劣る日本軍戦車は、前線で苦戦を強いられた。一九三九年のノモンハン事件の際には、九五式軽戦車の砲手が「隊長殿、私の射つ弾丸は、たしかに命中するのですが、敵戦車は跳ね返します」と上官に報告していた（『サイパン戦車戦』）。一九四五年初頭には、フィリピン戦線で九五式軽戦車や九七式中戦車が米軍に対峙したが、M4など米軍主力戦車に太刀打《たちう》ちできず、戦車隊の全滅が相次いだ（『戦車と戦車戦』）。

エリートへの反感

司馬が配属された戦車隊は、こうした技術的制約のもとに置かれていた。そのなかでも司馬自身は、自動車工学の知識などまったくない「学生あがりの下級士官」であり、「実務上の実力がないために、下士官をおだてないと、戦車の修理もできない」ありさまだった。そのことは司馬にとって屈辱であったが、同時に、「「技術」というものが、ときに「「精神」を卑屈にしたり高貴にしたりさえするものではないか」という思いを抱かせることとなった（「年譜」）。

技術は、戦車兵の生死を決定的に規定するものでもあった。いくら戦車の数が多くても、防御力と砲撃力に劣っていれば、乗員は「挽肉」のような死に直面する。技術への問いは、司馬にとって、差し迫ったものだった。

コンプレックスも綯《な》い交ぜになった技術合理性への関心は、それを軽んじる軍エリートへの批判に行き着いた。司馬はのちに、ソ連軍と交戦したノモンハン事件に触れながら、次のように記している。

ソ連のBT戦車というのもたいした戦車ではなかったが、ただ八九式の日本戦車よりも装甲が厚く、砲身が長かった。戦車戦に精神力はなんの役にもたたない。戦車同士の戦闘は、装甲の厚さと砲の大きさだけで勝負のつくものだ。〔中略〕

ノモンハンで生きのこった日本軍の戦車小隊長、中隊長の数人が、発狂して廃人になったというはなしを、私は戦車学校のときにきいて戦慄《せんりつ》したことがある。命中しても貫徹しないような兵器をもたされて戦場に出されれば、マジメな将校であればあるほど発狂するのが当然であろう。この一事だけでも、日本陸軍の首脳にはろくな戦争指導力がなかったといえる。（『歴史と小説』）

技術の問題を直視しない軍の姿勢に、司馬は戦争指導力の欠如を読み取っていた。それはまさに、戦車部隊に配属された司馬や戦友たちの生死を左右する。司馬はヤスリの刃がかかる鉄製の三式中戦車を前にして、「こういうものを作らせた高級軍人たちは、いったい本気の愛国心をもっているのだろうか」という「心の冷える感じ」を抱いた。それは、「防御鋼板の薄さは大和魂でおぎなう」という「参謀本部の思想」への憤りでもあった（『歴史と視点』）。

参謀本部という〝愛国心専売官僚組織〟が事実上の開戦のボタンを押したことはまちがいないが、その〝組織〟としてでなく個々の高級軍人として、かれらが自分の胸に手をあてて本当に日本が勝てるとおもっただろうか。勝てると思ったとすればそれは軍事専門家でもなんでもなく、素人か、それともキチガイか、そのどちらかにちがいない。

おそらくかれら個々の本心はとても勝てないとおもっていたであろう。しかしその本心をたとえ個人的に同僚に話したとしてもかれは官僚として自滅するにちがいなく、極端にいえば自分の保身のほうが国家の存亡よりも大事だったのである。集団がいっせいに傾斜をはじめたときに、ひとり醒《さ》めた言動をするということがいかに勇気が要るかということはわかるが、しかしそれにしても昭和前期の陸軍の指導層というのはひどいものであった。

(『歴史と視点』)

司馬が実感したのは、軍の技術軽視とともに、それを生み出す組織の風土だった。軍はともすれば「予算がないのだから、なるべく安い戦車をたくさん作れ」という上層部の意向に引きずられやすかった(『日本戦車開発物語』)。かりに違和感を抱いたとしても、それを口にすれば左遷されかねず、保身が蔓延《まんえん》した。こうした組織病理を、司馬は戦車兵の経験のなかで感じ取っていた。

軍神をめぐる欲望

技術や組織の合理性を重んじる姿勢は、精神主義への嫌悪につながった。「軍神・西住《にしずみ》戦車長」(一九六二年、『歴史と小説』所収)と題されたエッセイには、そのことが色濃く綴られている。

一九三八年五月、徐州作戦の直前に中国・南平鎮付近で戦死した戦車長・西住小次郎は、「昭和の軍神第一号」として新聞・雑誌で盛んに喧伝《けんでん》された。軍部の依頼によって書かれた菊池寛『西住戦車長伝』(一九三九年)は好評を博し、翌年には松竹が、監督に吉村公三郎、主役に上原謙を起用して、映画化した。

とはいえ、その戦死の様相は特別なものではなかった。西住はクリークを挟んで弾丸が飛び交うなか、戦車の渡河点を探すべく車外に降り、その際に右大腿部に敵弾を受け、出血多量で死亡した。偵察のために指揮官が車外に出ることは、どの国の戦車隊であっても当然の戦闘実務だった。前後の戦闘で同様の死を遂げた日本陸軍の戦車将校も、西住に限らなかった。それだけに、「このあたりまえすぎる戦死」は銃後で話題になったのとは裏腹に、戦車隊や戦車学校で語られることは少なかったという(『歴史と小説』)。

折しも、早期に終結すると思われた日中戦争が泥沼化し、日本国内には厭戦《えんせん》気分が広がりつつあった。そうした雰囲気を払拭《ふっしょく》すべく、際立って律儀とされた西住が「軍神」ともてはやされ、戦意高揚映画の題材にされたのである。

司馬がそこに感じ取っていたのは、「痛ましいばかりに素直」な人物像であった。退役軍人の父親の言いつけを頑《かたく》なに守り、陸軍士官学校の教育にひたすらに従順だった西住は、司馬にしてみれば「区役所の書記になっても律儀につとめてゆく型」でしかなく、「戦国時代にうまれておれば一ぱしの英雄になったかもしれない」タイプとは、およそかけ離れていた

（『歴史と小説』）。

司馬は同じ文章のなかで、「軍神というものは、高利貸しの家庭からは出ないものである」と記している。大阪の個人商店の家庭で育ち、しかも父親が義務教育課程にすら縁がなかった司馬にとって、規範・規律に従うことだけが自己目的化し、合理性を顧みない典型が、「軍神・西住戦車長」であり、それをもてはやす軍部であった。

司馬は、そのことへの憤りを、次のように述べている。

昭和の日本軍閥は軍神をつくるぐらいが能で、その本業である戦車の装甲や火力を大きくすることを怠ったといわれてもしかたがなかった。そのためにノモンハンで無用の血を流させたばかりか、かれらの無能のために大東亜戦争のばあいも、マレー攻略戦をのぞいては、日本の戦車連隊は火力と装甲がとぼしいために悲惨な戦いをし、ほとんど戦うことなく各地で全滅してしまった。西住小次郎はまだしも「軍神」としてうかばれたが、ブリキ同然の戦車にのせられて一発の戦車の弾もうたぬまにアメリカの戦車や火砲に串刺しされた戦車兵が、南方の島にはいまもねむっているのである。

（『歴史と小説』）

のちに司馬も西住が所属した戦車第一連隊に勤務し、同じ立場の戦車小隊長を務めた。当然ながら、自らが「戦車の弾もうたぬまにアメリカの戦車や火砲に串刺しされた戦車兵」となってもおかしくはなかった。それだけに、「西住戦車長」を持ち上げるばかりで、技術合理性を重んじない軍への反感は大きかった。司馬にとっての戦車は、まさに「昭和日本の精神と能力とアホラシサをあらわす象徴的存在ということで歴史的価値をもつような、そういうえたいの知れぬもの」であった（『歴史と視点』）。

「轢っ殺してゆけ」

日本軍の組織風土は、倒錯した論理をも生み出した。

戦争最末期、司馬が所属した戦車第一連隊は、本土決戦に備えて栃木県佐野に移った。その連隊のある将校が、大本営から出張してきた少佐参謀に、こう質問した――「われわれの連隊は、敵が上陸すると同時に南下して敵を水際で撃滅する任務をもっているが、しかし、敵上陸とともに、東京都の避難民が荷車に家財を積んで北上してくるであろうから、当然、街道の交通混雑が予想される。こういう場合、わが八十輛の中戦車は、戦場到着までに立往生してしまう。どうすればよいか」。

この質問に対して、その参謀は「ごくあたりまえな表情」で「轢《ひ》き殺してゆく」と言い放ったという。その場に居合わせた司馬は、四輛の中戦車を指揮する立場にあっただけに、参謀の回答は「直接、肌身に感ぜざるをえない」ものであり、「日本人のために戦っているはずの軍隊が、味方を轢き殺すという論理はどこからうまれるのか」という幻滅を抱いた（『歴史の中の日本』）。

さらにこのことは、「敵に対しては負ける戦争をもっているくせに、自国民に対してだけ勝つのか。……こんなふしぎな空気の社会に属している」という「なんともいえず不気味」な思いをかき立てた（「司馬遼太郎氏に聞く」）。

われわれの戦車はアメリカの戦車にとても勝てないが、おなじ日本人の大八車を相手にならら勝つことができる。しかしその大八車を守るために軍隊があり、戦争もしているというはずのものが、戦争遂行という至上目的もしくは至高思想が前面に出てくると、むしろ日本人を殺すということが論理的に正しくなるのである。私が、思想というものが、それがいかなる思想であってもこれに似たようなものだと思うようになったのはこのときからであり、ひるがえっていえば沖縄戦において県民が軍隊に虐殺されたというのも、よくいわれているようにあれが沖縄における特殊状況だったとどうにもおもえないのである。米軍が沖縄をえらばず、相模湾をえらんだとしてもおなじ状況がおこったにちがいなかった。

（『歴史と視点』）

司馬は、軍隊が国や国民を守るのではなく、軍隊を守ること自体が自己目的化するさまを、戦争末期の体験を通して感じ取っていた。

もっとも、後年の軍事史研究では、「轢き殺してゆく」と語った参謀の存在を疑問視する向きもある。

近現代史家の秦郁彦《はたいくひこ》は、当時の本土決戦の作戦立案を担った参謀本部関係者への聞き取りを通して、司馬の部隊があった佐野に出向き、そのような発言を行った参謀の存在は疑わしいと指摘している。当人と目された元参謀も「本土決戦準備に忙しくて佐野あたりまで出向くひまがあるものか」と否定していた（『昭和史の秘話を追う』）。また、戦争末期に戦車連隊中隊長を務めた先述の土門周平も、司馬のこの挿話に疑問を抱き、司馬と同じ部隊にいた者にもあたってみたが、そうした記憶がある者は皆無だった（「もしも本土も決戦が行われていたら」）。

いずれが史実かは、いまとなっては判然としない。だが、少なくとも、国民を守ることを後回しにして軍の都合を優先する姿勢に対し、司馬が根強い反感を抱いたことは、確かだろう。現に沖縄戦では、日本軍が壕《ごう》に潜む住民を追い出して、米軍の攻撃から身を守ろうとすることが頻発した。「鉄の暴風」と形容されるほどに砲弾が飛び交う状況であっただけに、壕を出されることは、即死を意味した。司馬が幻滅を抱いたのは、こうした軍の倒錯した論理だった。

司馬は、「轢き殺してゆく」と語った参謀に触れながら、「軍人官僚をもふくめて官僚秩序というものが硬化しきったころに太平洋戦争があり、この人はその官僚秩序のなかから出てきている。戦術もその官僚秩序のなかで考えている人であり、すくなくとも織田信長や羽柴秀吉のような思考の柔軟さは環境としてもっていなかった」と述べている（『歴史と視点』）。

仮に先の挿話がフィクションだったとしても、それを通して司馬は、硬化した官僚秩序の疲弊を問いただそうとした。その歪《ひず》みが集約されたものが、戦車にほかならない。司馬にとって、戦車とは「単なる機械」ではなく、「昭和十年代の日本国そのもの」であり、「日本国家という思想の反映、もしくは思想のカタマリ」にほかならなかった（同前）。

そして、このような戦車兵としての体験が、司馬の戦後の著述を大きく規定付けることになる。

第2章　新聞記者から歴史作家へ——戦後復興期

1　敗戦と「二流紙」のキャリア

「昭和」への幻滅

敗戦後、復員した二二歳の司馬遼太郎は大阪に戻った。実家は三月の空襲で焼け、家業の薬局は旧布施市（現東大阪市西部）に移っていた。司馬はしばらく、そこや母親の実家（奈良県北葛城郡）で漫然と過ごした。

青年期の司馬にとって、敗戦の衝撃は大きかった。司馬は晩年にほど近い一九九〇年の文章で、次のように回想している。

私はいまだに二十代前半であった自分から離れられずにいる。そのころの私は、憲法上の義務によって兵役に服していた。〔中略〕

終戦の放送をきいたあと、なんとおろかな国にうまれたことかとおもった。

（むかしは、そうではなかったのではないか）

と、おもったりした。むかしというのは、鎌倉のころやら、室町、戦国のころのことである。

やがて、ごくあたらしい江戸期や明治時代のことなども考えた。いくら考えても、昭和の軍人たちのように、国家そのものを賭《か》けものにして賭場《とば》にほうりこむようなことをやったひとびとがいたようにはおもえなかった。

ほどなく復員し、戦後の社会のなかで塵《ちり》にまみれてすごすうち、思い立って三十代で小説を書いた。

当初は、自分自身の娯《たの》しみとして書いたものの、そのうち調べ物をして書くようになったのは、右にふれた疑問を自分自身で明かしたかったのである。

いわば、二十二歳の自分への手紙を書き送るようにして書いた。

（『この国のかたち』第一巻）

敗戦を通して、昭和期の軍や国家に対する司馬の幻滅は、拭《ぬぐ》い難いものとなった。そのことが、中世や近世、近代初期への関心につながり、歴史小説の執筆へと駆り立てた。

しかし、それはあくまで後年のことである。終戦直後の混乱期にあって、何より生計の見通しを立てることが先決だった。都市部の食糧不足は深刻であり、一九四五年夏の冷害がそれに拍車をかけた。司馬も実家で居候を続けるわけにもいかなかった。職探しのためにも、まずは紳士靴を入手しようと、司馬は擦《す》り切れた復員外套《がいとう》を着こんで、大阪・今里近辺の闇市に出向いた。終戦の年の末のことである。その折に、新興の小さな新聞社の記者募集の張り紙が、目にとまった。

新興紙への就職

元海軍予備士官の大竹照彦（関西学院出身、のちのサンケイ折込広告社社長）も、そのとき同じビラを眺めていた。二人は初対面だったが、大竹は「これはどうだ。新聞記者とは面白そうじゃないか。どうせ君もルンペンだろう？　行ってみよう」「きのう今日出来の新聞社らしいが、こんなのでなきゃ、オレたちを入れてくれないからね」「これやで……。朝日、毎日なんか狙ったってあかん。ここにしょ」と司馬を誘い、すでに募集が締め切られていたにもかかわらず、編集局長に直談判して強引に入社した。そこは「戦後に簇生《そうせい》したアブクのような曖昧資本の新聞社」であり、大竹の回想によれば、新世界新聞社という会社だった（『名言随筆サラリーマン』『新聞記者　司馬遼太郎』）。

同社には、『国民新聞』『朝日新聞』『報知新聞』『時事新報』『京城日報』を渡り歩いた松吉淳之介という老記者がいた。「垢《あか》じみた戦災者用の兵服」をいつも着こんでいた松吉は、出世とは無縁の存在であり、社内でも「完全な人生の落伍者であり敗残者」とみなされていた。だが、松吉はサラリーマンとしての栄達ではなく、「昔の剣術使い」のように、記事を書く技術のみを突き詰める人物だった。

司馬はたびたび、夜の編集局の片隅で焼酎を酌み交わしながら松吉の話を聞き、文章技術だけでなく、「社によって守られている身分や生活権のヌルマ湯の中に体を浸すな。いつも勝負の精神を忘れず、社というものは自分の才能を表現するための陣借りの場だと思え」という職業規範を汲み取った(『名言随筆サラリーマン』)。

司馬は五ヵ月ほどで、新世界新聞社を辞めた。大竹が闇市での取引で儲《もう》けていることが露見し、会社でもめたことから、司馬も大竹とともに退社したのである。

その後、司馬と大竹は、京都の新日本新聞社に移った。新日本新聞社は、かつて大阪毎日新聞社神戸支局長や神戸新聞社主幹・社長を務めた進藤信義らが、一九四六年に立ち上げ、大阪、神戸、京都で発行していた。

進藤は一九三一年に『神戸新聞』『大阪時事新報』『京都日日新聞』を合併して、京阪神新聞トラスト「三都合同新聞株式会社」を設立したことがある。同社は経営不振のため一九三五年に解消したが、『新日本新聞』はその延長線上にあった。大阪、神戸、京都の三本社制が採用され、それぞれの独立性は高かった(『神戸新聞社七十年史』)。

京都の新日本新聞社は、編集局員が総勢一五人ほどの小さな組織で、印刷は京都新聞社で行っていた。主幹は、『京都日日新聞』(『京都新聞』の前身のひとつ)の辣腕《らつわん》記者だった高橋吉弥である。家内工業的な組織ではありながら、京都での発行は五万部に達していた(『名言随筆サラリーマン』)。

新興紙と占領下の用紙統制

『新世界新聞』といい『新日本新聞』といい、終戦直後には新興新聞が多く生まれた。その背景には、GHQ占領下の用紙統制と新聞界の再編が絡んでいた。

戦時期には、日本の用紙生産量は大きく落ち込んだ。日本政府は新聞用紙供給の円滑化をはかりつつ、言論を統制する手段として、用紙統制を行った。それは形を変えながら、占領期にも引き継がれた。

新たに設置された新聞及出版用紙割当委員会は、GHQの指導を取り入れながら、原則的に新興紙には申請量の七五%、既存紙については敗戦時の実績を基準に、用紙割当を行った。そこには、既存紙の活動を抑制しつつ、地方紙中心のアメリカの新聞事情をモデルとし、少部数の新興紙の育成を通じて地方分権的な民主化をはかろうとするGHQの意図があった。

新興紙には、いくつかの種類があった。既存県紙より分離して生まれた復刊紙は、そのひとつである(復刊型)。一九四〇年代初頭、情報局の主導で各県に乱立していた地方紙の統合が進み、一県一紙体制が成立した。そこに組み込まれたかつての地方紙が、終戦後に分離・復刊する形で新興紙を立ち上げた。

それとは別に、既存紙の協力紙という形態も見られた（協力型）。既存紙の用紙割当は終戦時の水準に抑えられていたため、既存紙は実質的なシェア拡大を意図して、別会社として新興紙を作った。中国新聞社傘下の『夕刊ひろしま』、河北新報社傘下の『夕刊とうほく』などはその一例である。全国紙でも、『朝日新聞』は『九州タイムズ』『大阪日日新聞』などを協力紙とした。

復刊型や協力型とは異なり、既存紙とは無関係に創刊された新興紙もあった。この独立型は、とくに大都市部に多かった。活字に対する大衆の渇望に眼を付け、経済的な利潤のために発行されたものから、老練のジャーナリストや文化人が既存新聞の戦争責任を追及し、それに取って代わろうとする気概を持って創刊されたものまで、多様だった。総じて独立型は批評性に富み、斬新《ざんしん》な新聞を立ち上げようとする意欲が目立っていた（『戦後新興紙とGHQ』）。

司馬が最初に職を得た『新世界新聞』は、おそらく独立型新興紙に相当するだろう。その後に移った京都の『新日本新聞』は、主幹が京都日日新聞の出身ではあったが、明らかに小規模な組織であったことを考えれば、独立型に近かった。

独立型新興紙の経営は、不安定な傾向にあった。既存紙との結びつきが強い新聞販売店に食い込むことは容易ではなく、駅売りなどの即売に頼らざるを得なかったためである。ただ、それでも用紙統制が厳しい時期には、活字印刷物それ自体に価値があり、「印刷してあれば飛ぶように売れる」という風潮が見られた（同前）。

そのことは、しばしば「理想的な紙面づくり」に結びついた。司馬は新日本新聞社在職時を回想して、「どんな紙面を作っても売れた。シカラバというわけで十五人のサムライども〔＝記者〕は、売るを度外視し（というほどでもないが）思うさま理想的な紙面をこしらえようと大いにリキミ返ったわけである」と述べている（『名言随筆サラリーマン』）。

『新日本新聞』には、個性的な人材が集っていた。京都府職員を経て参議院議員（共産党）になった神谷《かみたに》信之助や、芸能記者として知られることになる岡本太郎などが挙げられよう。のちに『中外日報』（仏教を中心とする宗教紙大手）で編集局長を務めた青木幸次郎も、司馬と同時期に新日本新聞社に在籍していた。青木は『中外日報』で司馬に「梟のいる都城」を連載させることになる。『梟の城』と改題されて講談社より出版されたこの作品は、一九五九年下期（六〇年一月）に直木賞を受賞し、司馬を有名作家へと押し上げた。新日本新聞社時代の司馬は、これらの記者たちに囲まれながら、大学や宗教を主に担当した。

しかし、一九四九年頃から既存紙が夕刊発行を再開し始めると、新興紙の経営は急速に悪化した。新興紙の多くは、印刷を既存紙に委託していただけに、既存紙の復調は印刷機確保の困難に直結した。従来にもまして劣勢に立たされた新興紙は、淘汰《とうた》されていった。

京都の新日本新聞社は、それに先立ち、用紙横流しの問題や重役間の不和が重なり、一九四八年に倒産した。だが、一九四九年以降、朝夕刊制を本格化させた『京都新聞』の規模拡大を考えれば、『新日本新聞』の苦境は時間の問題でもあった。

「二流紙」の自負

新日本新聞社倒産の憂き目にあった二四歳の司馬は、先の大竹照彦とともに、産業経済新聞社に移った。一九四八年五月のことである。

『産業経済新聞』は、前田久吉が戦前に創刊した『日本工業新聞』に端を発するが、その経緯には複雑なものがあった。一八九三年に大阪府西成郡天下茶屋に生まれた前田は、家庭が貧しい農家だったため、四年間の義務教育後に上級学校に進むことはできず、漬物桶工場や呉服店で奉公を重ねた。その後、母方の祖父母が営む販売店(有川新聞鋪)を手伝うようになり、一九一四年に経営を引き継いだ。前田は、第一次世界大戦に伴う好景気もあって、『大阪朝日新聞』と『大阪毎日新聞』を扱う販売店の業績を大きく伸ばし、配達区域を拡大させた。その一方で、全国紙と併読可能なローカル紙を構想し、一九二二年に地域週刊紙として『南大阪新聞』を創刊する。翌年には、それを日刊の『夕刊大阪新聞』へと発展させた(『前田久吉伝』『大阪新聞75周年記念誌』)。

ただ、前田のジャーナリストとしての経歴は、さほど厚くはなかった。自ら積極的に筆を執り、社論をリードするというよりは、あくまで新聞経営に専念する財界人であった。

さらに前田は、一九三三年に工業専門紙として『日本工業新聞』を立ち上げた。折しも昭和恐慌下にあって、長年、大阪経済の中核をなした紡績工業が衰退し、代わって、満洲事変以降の軍需拡大を背景に、重化学工業が進展しつつあった。『日本工業新聞』の創刊は、こうした動向を見据えてのものだった。

戦時体制下の新聞統合は、前田にとってさらなる追い風となった。情報局・内務省の主導で一県一紙体制が進むなか、前田は大阪の地方紙二〇社を『夕刊大阪新聞』のもとに合併し、一九四二年に『大阪新聞』を立ち上げた。さらに、『日本工業新聞』に名古屋以西の経済関係紙三三社を統合し、同年に『産業経済新聞』を創刊した。『産業経済新聞』と『大阪新聞』は別個の新聞であったとはいえ、ともに前田が社長を務め、僚紙と言うべき関係だった。

戦争が終結すると、前田は『時事新報』（一九三六年に解散し、『東京日日新聞』に吸収）および『大阪時事新報』（四二年に『大阪新聞』に統合）を一九四六年に復刊した。傘下に新興紙を置くことで用紙獲得をはかるねらいもあったが、それだけではない。福沢諭吉の流れを汲む『時事新報』『大阪時事新報』を系列紙にすることで、『大阪新聞』『産業経済新聞』のブランド・イメージが高まる期待もあった。

その後、前田は公職追放のため、新聞経営から形式的に身を引いたが、その間に東西証券や今橋証券を設立し、東亜電気通信工業学校（現大阪電気通信大学）の経営再建に携わるなど、実質的に財界人としての活動を継続した。一九五〇年に追放解除となると、前田は大阪不動銀行（のちの大阪銀行）を発足させるかたわら、産業経済新聞社の経営トップに戻り、同紙の東京進出を本格化させた（『前田久吉伝』）。

かくして、『産業経済新聞』をはじめとする前田の新聞グループは、実質的に全国紙化した。一九四七年の時点で『産業経済新聞』の発行部数（一一万七〇〇〇部）は国内一九位であったが、『南日本新聞』（鹿児島）とほぼ同規模、『大阪新聞』も第九位（三〇万七〇〇〇部）にとどまっていたが、これらに僚紙『時事新報』『大阪時事新報』を加えると、七六万九〇〇〇部に達した。それは、『中部日本新聞』（七七万八〇〇〇部）に迫る第五位に相当した（『大阪時事新報の研究』）。

それでも、『朝日新聞』（三四九万部）や『毎日新聞』（三一九万六〇〇〇部）、『読売新聞』（一六二万六〇〇〇部）には、遠く及ばなかった。部数やブランド力の点では「一流紙」には敵《かな》わないものの、スキャンダルやエログロに重きを置く「三流紙」とは一線を画し、品位を保っている点で、『産業経済新聞』およびその僚紙たる『大阪新聞』は、「二流紙」というべき存在だった。

司馬が入社した一九四八年当時の『産業経済新聞』は、こうした状況下にあった。戦時期に新聞統合された西日本の経済紙であり、僚紙として大阪最大の地方紙を持っていただけに、『新世界新聞』や『新日本新聞』に比べれば、はるかに経営規模は大きかった。「二流紙」から全国紙に転じようとする勢いもあった。

司馬はのちに、後輩記者に「産経には、時事新報という援軍もあるからな」「時事新報こそ、大新聞なんだ」と語っていた。「大新聞《おお》」とは、明治前期に主として教養層を対象に発行された政論新聞であり、『時事新報』はその流れを汲んでいた。これに対して、大衆向けの社会雑報（警察ダネ、演芸、花柳界、ゴシップなど）を中心に扱うものは「小新聞《こ》」と呼ばれ、『朝日新聞』『読売新聞』はその系譜にあった。規模やブランドの面では『朝日』『毎日』『読売』に及ばなかったが、かつての大新聞が僚紙として存在することへの自負が、産業経済新聞社内にはあった。司馬も「産経が時事新報を、いわば復刊して、僚紙にしているわけや。いずれ産経と合併すると思うな」と語っていた（『新聞記者　司馬遼太郎』）。

水野成夫と『産業経済新聞』

司馬の見通しの通り、『大阪時事新報』は一九四九年に『大阪新聞』に吸収され、『時事新報』も五五年に『産業経済新聞』と統合のうえ、『産経時事』と改題された（五八年には『産経新聞』へと再改題）。

だが、こうした拡大路線は、経営面での歪《ひず》みをもたらした。『時事新報』を統合し、新たに二五〇〇人の社員を抱え込んだことで、人件費が経営を圧迫した。それ以外でも、東京・大阪での本社屋建設や、東京での販売拡大のための専売制の導入は、財務状況を悪化させた（『水野成夫の時代』）。

しかも前田は、『産業経済新聞』拡大の勢いをかって、一九五三年の参議院選に全国区から出馬し、当選した。一九五九年には再度立候補し、再選を果たしている。当然ながら選挙費用がかさんだ。

そこで前田に後事を託されたのが、国策パルプ工業やフジテレビの社長を務めていた水野《みずの》成夫《しげお》である。水野は経済同友会の結成に関わり、また日本経営者団体連盟（日経連）常任理事を務めるなど、著名な財界人だった。前田は一九五八年一〇月、会長職に退く形で新聞経営から身を引き、水野は産業経済新聞社社長に就任した。

水野の経歴もまた、新聞人としては異色だった。一八九九年生まれの水野は、語学に堪能で文学への造詣も深く、アンドレ・モーロア『英国史』など、多くの訳書を世に出している。他方で、東京帝国大学法学部在学中から共産主義活動にのめり込み、日本共産党中央事務局長や『赤旗《せっき》』初代編集長を務めた。その後、転向した水野は軍との結びつきを強め、戦時期には大日本再生紙や国策パルプ工業の経営に参画した。それを足掛かりに、水野は戦後の財界でのし上がっていった（同前）。

ただ、水野は、一九二〇年代半ばに半年ほど、『東京毎日新聞』（一八七一年創刊の『横浜毎日新聞』の後身）で政治記者の経験があっただけで、ジャーナリズムの世界との関わりはほとんどなかった（『永福柳軒という男』）。財界人でありながら文学への造詣が深く、共産主義からの転向の過去を持つ――こうした一筋縄でいかない人物に率いられることになったのが、『産業経済新聞』だった。

司馬遼太郎が産業経済新聞社に在籍したのは、一九四八年五月から六一年三月までの一三年間である。それは創業者・前田久吉による拡大路線期と、転向左翼の財界人・文学者の水野成夫が主導していた時期と重なっていた。

「二流」のポジション

大手の全国紙・地方紙は、名物記者や主筆経験者によって経営が担われることも多かった。その点で、当時の『産業経済新聞』は、やや異質な存在だった。

前田と水野が経営を取り仕切った『産業経済新聞』（および『大阪新聞』）は、ともすれば「財界人主導の新聞」との印象がつきまとった。権力監視を旨とし、正義や弱者に肩入れするジャーナリズムの規範は、財界のイメージと親和的ではない。かつ、前田の後を継いだ水野は、軍とも結び付きながら、戦時・戦後の財界にのし上がった過去を持つ。そのことも、戦後民主主義下のジャーナリズムに据わりのよいものではなかった。

エログロを扱うわけではないが、主要紙には及ばないという点で、『産業経済新聞』は「二流」でも「三流」でもなく、「二流」の新聞だった。

前章でも述べたように、官立専門学校出身の司馬は、一貫して「二流」を歩んだ。軍隊でも、学徒将校として、最末端の兵士たちには優越する位置にあったものの、師団や参謀本部の軍エリートの理不尽な命令には従わざるを得ない立場にあった。『産業経済新聞』の記者という地位も、それに通じるものがあった。司馬は「産経には、時事新報という援軍もあるからな」と語ってはいたが、それも『時事新報』なしには「一流紙」を追いかけることが困難であるかのような状況を暗示していた。

2 傍流の記者生活と小説執筆

「寺回り」の効用

一九四八年五月、産業経済新聞社で京都支局に配属になった二四歳の司馬は、寺社や大学を担当した。新日本新聞社時代に同様の担当だったキャリアを買われたのだろう。若手記者は警察回りが一般的だったが、司馬は最初の数ヵ月を除いて、「寺回り」を任され、四年後に大阪本社に異動するまで、持ち場は変わらなかった。警察や市役所、府庁の担当に比べれば、ジャーナリズムの花形とは言えず、記者たちの間でも「あんな難しいとこかなわん」と敬遠されがちな仕事だった(『新聞記者 司馬遼太郎』)。

ただ、「夜討ち朝駆け」でスクープを探し回る事件記者・政治記者に比べれば、時間的なゆとりがあり、歴史や宗教への関心を深めることができた。司馬は京都大学の記者クラブに出入りしたほか、西本願寺の記者室ではよくソファーに寝転がって本を読んでいたという。

西本願寺境内の飛雲閣《ひうんかく》に入り込み、一階の招賢殿《しょうけんでん》の畳の間で昼寝をしたり、瞑想《めいそう》に耽ることもあった（同前）。

ほど近い龍谷大学図書館や東本願寺教化研究所に出向いて、歴史や宗教に関する資料を読むことも多かった。学生時分の司馬は、大阪市立御蔵跡図書館に入り浸り、蔵書を片っ端から手に取ったが、寺回りの仕事は同様の読書を可能にした。

産業経済新聞社京都支局時代，東本願寺で（後列右端）

　親しくなった東本願寺の青年僧に「少しは原稿書かんでもええんか」と言われることもあったが、司馬はいつも「そんなもの、書いたってどうぜボツや」と返していた（『新聞記者 司馬遼太郎』）。もともと経済紙だった『産業経済新聞』で宗教関係の記事が出ることは稀であり、地方版にしても、京都市内だけで三〇人ほどの記者がいたため、寺社・大学担当の司馬が記事を載せることは容易でなかった（同前）。「二流」の『産業経済新聞』のなかでも、京都の寺回りは花形からはほど遠かったが、そのことが多くの史資料に触れることを可能にし、のちの歴史作家としての仕事へとつながった。

失踪の弟子が放火？
京都市警 林谷大生を指名手配
金閣寺全焼す
世界的に有名
名園と調和した建築美
思想的な面で
林は宗門に不満
再建に乗出

司馬が取材した金閣寺放火事件の記事（『産業経済新聞』1950年7月3日）

とはいえ、記者としての活躍がなかったわけではない。

一九四八年一一月末に川田順（住友合資会社常務理事を務めた財界人で歌人）が歌の弟子の女性と失踪した際には、川田の直近の歌を引いた記事を書き、「老いらくの恋」という言葉が広がるひとつのきっかけとなった。一九五〇年七月二日に金閣寺（鹿苑寺金閣）が放火で全焼した折には、修行僧の宗門への不満が動機だったことを、他紙に先駆けて記事にしている。寺回りを通して住職と昵懇《じっこん》だったことが功を奏した（同前）。司馬は寺社関係者に信頼されていたようで、鞍馬寺の管長が司馬を見込んで養子に欲しいと申し出たこともあった（「サラリーマンのころの司馬さん」）。

大阪本社文化部

一九五二年七月、司馬は大阪本社へ転勤となり、一〇ヵ月の地方部勤務を経て、翌年五月に文化部に異動した。担当は主に、美術と文学だった。司馬は社会部を希望していただけに落胆した。司馬はのちに「文化部へまわされましてね。美術批評を書かされたんでしたが、それがいやで、なんのために新聞記者になったのかというと、火事があったら走っていくためになったんで、もう落魄《らくはく》の思いでした」と述べている（「年譜」）。

とはいえ、文化部の仕事は、司馬の肌に合っていた。文化部は、突発的な事件・事故に振り回されることが少なく、新聞社のなかで比較的落ち着いて仕事ができる部署だった。司馬も「文化部にきて神経だけは楽になりました。記者クラブにいて抜いた抜かれたというのは大変シンドイことでしてね、三十歳を過ぎると神経がだめになってしまうんではないかとは思っていたんですけれども」と語っている（同前）。

本や史資料に触れる時間も、十分に確保できた。司馬は当時、「一日に五時間の読書を日課にしている」と周囲に語っていた。さらには「もう読むものがない、と言って、よく百科事典を読んでいた」という逸話もある（『新聞記者 司馬遼太郎』）。

文化部で担当した美術批評も、「苦手」とは言いながら、熱心に画廊や美術館を回って執筆し、紙面を飾ることも多かった。作家の連載原稿が落ちそうなときには、司馬が代筆することもあった。

たとえば、作家・寺内大吉のコラム原稿が間に合わなかった際には、司馬が無断で寺内の名前で執筆したという。寺内は自分が書いていない原稿が掲載されたことよりも、筆の巧みさに驚き、司馬に小説執筆を勧めるようになった（同前）。

管理職の制約と小説

一九五六年五月、司馬は「ペルシャの幻術師」と題した短編を執筆し、第八回講談倶楽部賞を受賞した。一三世紀の初め、蒙古族に占領されたペルシャの町に幻術師が現れ、支配者に戦いを挑み、美しい姫を争うという幻想活劇小説である。

司馬に小説執筆を勧めた寺内大吉は、同人誌への執筆に消極的な司馬に、さまざまな懸賞小説の応募規定の切り抜きを郵送した。そのなかで最も直近の締め切りが、講談倶楽部賞であった。それに向けて二晩で書き上げたのが、この作品だった。

時を同じくして、三二歳の司馬は文化部次長に就いた。その後の昇進も早かった。三年後の一九五九年一一月には文化部長代理に、翌六〇年には文化部長になり、それからほどなく、三七歳にもならないうちに出版局次長に就いている。

だが、その一方で、新聞社勤務への飽き足らなさも芽生えていた。司馬は記事を書く技術、つまり「ある原理を基にして、あるものを作る、決まりきったメソッドとでもいうべきもの」から逃れたいと感じるようになった（「年譜」）。

その思いは、管理職に就くことでますます強くなった。「新聞はわかりやすく、面白くなければならない」という持論の司馬は、部下の文章に厳しく、「直しすぎと思えるほどに原稿を直すデスク」だった。企画会議の場でも、デスクの司馬が満足しないため、部下たちの発言は少なめで、会議終了間際に司馬がさらっと案を出してお開きになるのが常だった（『新聞記者 司馬遼太郎』）。そのことには、司馬も忸怩《じくじ》たる思いがあったのか、「新聞社では小さな管理職になったが、どうも適任ではありませんでした。部下に技術的なことを要求しすぎ、「管理」というよりも、部下の「技術採点者」といった程度の管理しかできなかったと思います」と回想している（「年譜」）。

それに対して、小説は「決まりきったメソッド」とは異質だった。

　私にとって小説概念というべきものが一つだけあるとすれば、「人間と人生」について、書くに値するもののみを書く、ということだけで、だから小説とは何ぞやという定義を考えたこともないし、考えないようにしています。（「年譜」）

司馬が小説を手掛けようと思った背景には、記者としての作法にこだわらざるをえず、部下にもその作法の精度を押しつけなければならない息苦しさがあった。それに比べて、小説には高い自由度があった。

『近代説話』創刊号（1957年5月刊）

型への嫌悪

司馬のこうした思いは、「純文学」や「大衆文学」といった型に小説を当てはめることへの嫌悪につながった。のちに司馬は以下のように記している。

> 小説というものは自分で考えだして書くべきもので、「純文学」とか「大衆文学」とかいうふうに概念で分けて書くものではありません。わたしはそうした概念で小説を書こうとしたことは一度もありません。（「年譜」）

『坂の上の雲』『翔ぶが如く』など、司馬の歴史小説は、純粋な歴史学でもなければ純粋な文学でもなかった。その両者が重なり合う領域で、作品が生み出された。そのようなスタイルを追求する司馬にとって、文学をめぐる「概念」は不毛なものでしかなかった。

司馬の受賞と時を同じくして、寺内大吉は司馬に同人誌刊行をもちかけた。司馬には「三十をすぎてから同人雑誌でもないだろう」との思いもあったが、寺内の熱意に負けて同人誌を出すことになった（同前）。

ただし、司馬は「会費をとらぬこと」「会合はしないこと」「同人の作品評はしないこと」

という「世の同人雑誌とはまったく逆のゆき方」を条件にした。また、誌名から文学や小説という語を外そうとした。そうしないことには、「いままでの小説的伝統、発想法からふっ切れることはできない」という意図からだった（「年譜」）。

そこで一九五七年五月に創刊されたのが、『近代説話』である。この雑誌は、一九六三年五月の第一一号をもって休刊したが、その同人のなかから、司馬遼太郎、寺内大吉、黒岩重吾、伊藤桂一、永井路子、胡桃沢耕史《くるみざわこうし》という六名の直木賞作家が生まれた。

「文学青年」への違和感

文壇の潮流や「小説らしさ」を意に介さない司馬の姿勢の裏には、学生時分からの文学青年に対する違和感があった。

わたしにとって「小説」とは、まずわたし自身のためのものです。わたしが別のわたしに読み聞かせるためのもの……とこうひらき直っているのは一種のコンプレックスのせいなんです。

学生時代や就職前後、よく「傾倒する作家は？」と問われたんですけれども、そう問われるとわたしには誰もいないんですね。いったいわたしには愛読する作家も作品もないのか……、そういうものがないというのは精神的な不具じゃないのか……と深刻に悩んだことがあります。でも今ではまったくひらき直っていて、漱石、鷗外、芥川、あるいはドストエフスキー、モーパッサンに傾倒して小説を書く――という作家はわたしにとってまったく異種の作家なんだとおもっているわけです。

またプロフェッショナルな作家という者はそんなものではないか、とも思っています。画壇にたとえていうならば、自分はドラン、ピカソに傾倒したとか、その系統だとかいう画家がいますが、それならディレッタント〔好事家〕になったほうがずっとましだと思う。ディレッタントとプロの作家とはまったく別のものなのです。（「年譜」）

少年期からの読書家だった司馬は、国内外の多くの文学作品に触れてきたが、傾倒する小説家はとくに持たなかった。それは、いわゆる文学青年とは異質だったし、それゆえに大阪外国語学校時代も、陳舜臣や赤尾兜子らが集った文学グループを敬遠していた。そこには「文学エリート」へのコンプレックスがあった。だが、司馬はそれに開き直ることを選んだ。司馬がめざしたのは、鷗外やモーパッサンといった文豪をモデルにするのではなく、ただ「自分が読みたいものを書く」ことだった（同前）。

そこでも司馬は、「傍流」を選び取っていた。高等教育や記者のキャリアで「正統エリート」に組み込まれる機会を逸《いっ》し続けた司馬は、彼らへの複雑な思いを抱きながらも、「一流」「主流」を相対化する思考を有していた。文学エリートへの空々しさも、これらに重なるものであった。

「無償の功名心」

一九五八年四月、司馬は日刊『中外日報』で長編「梟《ふくろう》のいる都城」の連載を始めた。宗教紙大手の同紙は当時、今東光が社長を務めていた。今東光は、天台宗僧侶の経歴を持つ直木賞作家であり、海音寺潮五郎や源氏鶏太らとともに『近代説話』を支援した。その『中外日報』の編集局長が、先述のように、『新日本新聞』時代の同僚の青木幸次郎だった。

司馬は旧知の青木から、半ば「命令するような口調」で、小説連載を依頼された（「年譜」）。そこで手掛けたのが、「梟のいる都城」だった。天正伊賀の乱で織田信長に焼き討ちされた伊賀の忍者が、その後継である豊臣秀吉の暗殺を謀るという物語である。これは翌一九五九年に『梟の城』と改題されて講談社より刊行され、六〇年一月に第四二回直木賞（五九年下期）を受賞した。

『梟の城』（講談社, 1959年）

司馬が『梟の城』のなかで描いたのは、「無償の功名心」だった。出世や金銭利得のために自らの職業技術を使うのではなく、その職業技術の高さを自らに証し立て

第42回直木賞贈呈式での司馬遼太郎（左），1960年　文藝春秋提供

ることに生きがいを見出す。そうした伊賀忍者像が浮かび上がっていた。このことは、秀吉家臣・前田玄以《げんい》と伊賀忍者・風間五平の会話にもうかがうことができる。

「それなら、話を変えてみよう。伊賀で他国にまで響いた忍者の名を申せ」

「居《お》り申さぬ」

「なに」

「いちにんも、高名の忍者はおりませぬ」

「わしを愚弄《ぐろう》するのか」

「いや、左様なことは。——畏《おそ》れながら、卓抜したわざの忍者が、他国に名を著わすなどのしくじりをするはずがございませぬ。世の常の兵法者は、晴れがましき相手と仕合をし、おのれの名を天下に売り歩くものでござるが、忍者は逆に、人に顔も名も知られざるを一義といたすゆえ、わざの卓《すぐ》れたる者ほど、他国にとって無名の者でござる。なまじい、名と顔が世にあらわるれば忍びの仕事はできませぬ」

もっとも、風間五平は前田玄以に取り入り、忍者ではなく武士としての出世をめざして、主人公・葛籠《つづら》重蔵《じゅうぞう》と戦うことになる。その重蔵についての以下の記述も、「無償の功名心」を暗示している。

（『梟の城』）

この仕事〔秀吉暗殺〕に手をつけたころはなお京の政権に対する伊賀者らしい怨恨《えんこん》があった。しかし、いざ京に身を潜めてみると、もはや時代が移ったという感が深かった。恨みよりもいまの重蔵を支えているものは、天下の主を斃《たお》すという、何百年来伊賀のなんぴとにも恵まれたことのない壮絶な忍者の舞台、その一事である。世を擾乱《じょうらん》する乱波通常の仕事を黒阿弥のみにまかせて興を示さないのはそのためであったし、まして、区々たる伊賀の裏切り者の制裁などは重蔵の生きる興趣からほど遠いものになっている。

（『同前』）

自らの技量をためすうえでまたとない「天下の主を斃す」という仕事のみに高揚し、それ以外の事柄については、「裏切り者の制裁」も含めて関心を持つ気になれない。こうした人物像が、『梟の城』には浮かび上がっていた。

最初の著作『名言随筆サラリーマン』（六月社，1955年）　本名・福田定一で刊行した

『梟の城』は、「新聞記者という職業人」を念頭に置いて書かれた。司馬は「わが小説のはじまり」（一九六九年）のなかで、次のように語っている。

> 当時私は新聞記者という職業人ほど功名心のつよい人間はいないと考えていましたが、その功名心に何の裏うちもないことに気づいていました。特ダネを書いたからといってお金をもらえるわけでもなく、出世するわけでもない。そのくせ、自分の功名に毎日をかけているところが新聞記者にはある。無償のエネルギーをかけていくんですね。私はこの心を書きたかった、というより、この心が不思議でしょうがなくて、それが作品（『梟の城』）に託されたと思います。
>
> （『手掘り日本史』）

特ダネを書く技術や実力へのこだわりは強いが、社内での昇進や経済利得のためではなく、ただその技量の高さの功名のみを求めようとする。そうした記者像が、『梟の城』には投影されていた。

司馬は、『名言随筆サラリーマン』（一九五五年、本名・福田定一の名で執筆）のなかで、『新世界新聞』で同僚だった松吉淳之介の「社によって守られている身分や生活権のヌルマ湯の中に体を浸すな。いつも勝負の精神を忘れず、社というものは自分の才能を表現するための陣借りの場だと思え」という言葉を引いている。出世とは無縁だった老記者の「無償の功名心」への共感は、『梟の城』の基底をなしていた。

産業経済新聞時代，1960年　文藝春秋提供

それは、戦時期の司馬の体験にも通じていた。第1章でも述べたように、戦車兵だった司馬は、技術の合理性を考えざるを得なかった。昭和陸軍は、装甲の厚さや射程距離といった「技術」にこだわって戦車を造ったのではなく、むしろ「参謀本部という〝愛国心専売官僚組織〟」の保身や面子が先に立っていた。技術合理性や軍事合理性を突き詰めることなく、自らの地位に汲々《きゅうきゅう》としていた軍指導層は、司馬からみれば「無償の功名心」とは程遠い存在

だった。
以降の作品でも、司馬は自身の戦争体験や戦争観を多く重ね合わせていくことになる。

3 歴史小説と戦争体験――組織病理への憤り

伝奇小説から歴史小説へ

直木賞受賞から一年余を経た一九六一年三月、出版局次長だった司馬は産業経済新聞社を離れ、作家活動に専念する。三七歳のときである。以後、「風神の門」（一九六一年六月）、「竜馬がゆく」（六二年六月）、「燃えよ剣」（六二年一一月）、「尻啖え孫市」（六三年七月）など、のちに広く読み継がれる長編作品の連載を次々に始めている。

ちなみに、司馬の主要作品のなかでも、『坂の上の雲』と並んで多くの読者を獲得した「竜馬がゆく」は、一九六六年五月までの四年間、一三三五回にわたり、『産経新聞』夕刊に連載された。執筆のきっかけは、同紙社長・水野成夫からの依頼だった。まだ在職中だった司馬は、社長室に呼ばれて「サンケイに本格的な連載小説を書け」「原稿料は吉川英治なみに支払う。もちろん月給も払う」と言われた（「新聞記者「福田定一」のこと」「笑顔の記者」）。提示された原稿料は、月額一〇〇万円という破格の金額だった。司馬は「多すぎる。半分でけっこうです」と辞退しようとしたが、「それなら、いるだけとって、あとは捨てるなりなんなりしたらいい」と返されたという（『新聞記者 司馬遼太郎』）。転向左翼の財界人とはいえ、文学に愛着と造詣の深い水野ならではの著者起用だったのだろう。

司馬の小説には、作風の変化も見られた。『梟の城』（一九五九年）や『風神の門』（六二年）といった初期の長編小説は、伊賀・甲賀の忍者を扱う伝奇ロマン小説であり、織豊期の歴史を舞台にしつつも、フィクションの要素が強かった。

だが、一九六〇年代半ば以降に書籍化された作品では、戦国期や幕末・維新期の時代背景を描写しながら、歴史上の人物をヒロイックに描くことが多くなった。『竜馬がゆく』（一九六三～六六年、坂本竜馬）、『燃えよ剣』（六四年、土方歳三）、『尻啖え孫市』（六四年、雑賀孫市）、『国盗り物語』（六五～六六年、斎藤道三・織田信長）などである。

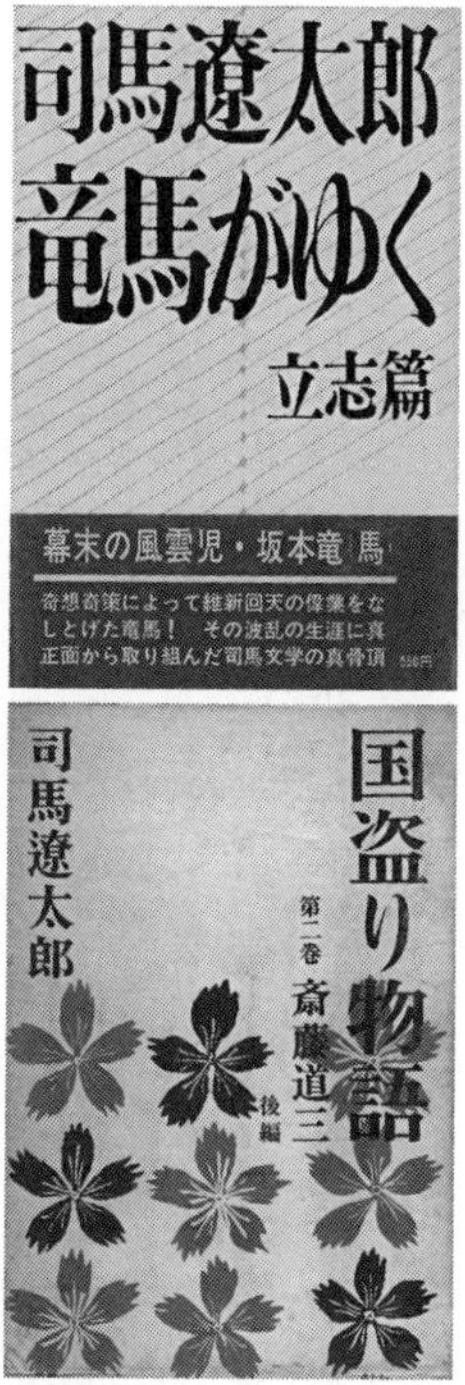
司馬遼太郎
竜馬がゆく
立志篇
幕末の風雲児・坂本竜馬
奇想奇策によって維新回天の偉業をなしとげた竜馬！　その波乱の生涯に真正面から取り組んだ司馬文学の真骨頂
国盗り物語
第二巻
斎藤道三
後編
司馬遼太郎
『竜馬がゆく』立志篇（文藝春秋新社，1963年）／『国盗り物語』第2巻（新潮社，1966年）

さらに、一九六〇年代末以降になると、主人公のヒロイズムより、当時の社会や組織、政治のメカニズムに重きを置くようになる。『峠』（一九六八年、河井継之助・奥羽越列藩同盟）や『花神』（七二年、大村益次郎）のほか、日露戦争期の群像劇を描いた『坂の上の雲』（六九～七二年）、西南戦争を扱った『翔ぶが如く』（七五～七六年）は、その代表的なものである。

思想史家の松本健一も、司馬の作風の変化を「伝奇ロマン的な色彩をもった大衆小説作家としての時代」「歴史上の人物にスポットをあてたヒーロー小説作家としての時代」「歴史そのものを鳥瞰して描く、歴史小説作家の時代」と区分している（『増補 司馬遼太郎の「場所」』）。

「変化の時代」への関心

ただ、作風に変化がありながらも、司馬作品で扱われる時代は、戦国期と幕末・維新期が圧倒的に多かった。源平の攻防を描いた『義経』（一九六八年）や中国・漢の興隆を扱った『項羽と劉邦』（八〇年）などもあるが、作品のほとんどは、戦国期か幕末・維新期を舞台にしていた。

司馬は、一九六五年のエッセイ「歴史小説を書くこと」のなかで、「まとまらぬついでに、突然なことをいえば、変動期が必要なんです。すくなくとも私にとっては変動期を舞台に人間のことを考えたり見たりすることに適している。自然、書くことが歴史小説になるのでしょう」「おなじ歴史時代をあつかっても、元禄期や文化文政時代の泰平の情緒を背景にものをかくことは私にはできにくい」と語っている（『歴史と小説』）。

そこには司馬の意図があった。司馬は『毎日新聞』（一九七三年一月八日）に寄せた文章のなかで、次のように述べている。

幕末や戦国という、いわば乱世に関心をもつのは、たとえば文化・文政期のような秩序の安定期というのは広い意味の風俗に人間が埋没していて、私の目などでは人間の課題がよく見えないためでもあります。その点、秩序という、社会の人工扶育装置がはずれてしまった乱世では人間がいたたまれずに赤裸々にとびだしてくる感じで、そのなまの課題をさまざまな面から見ることが容易です。一つの秩序がほろびようとしつつも、あたらしい秩序がまだあらわれようとしてあらわれていないという時期に、私はどうも飽くことのない関心があるようで、それらの人間群を見ていますと、ときに目の奥が痛いほどのまぶしさまで感じてしまいます。

（『歴史の中の日本』）

司馬が戦国期や幕末・維新期を扱う作品を通して浮かび上がらせたかったのは、桎梏《しっこく》に満ちた秩序を問いただし、新たな方向性を模索する人々の姿だった。

それは、戦時体制を生んだ秩序を問うことにつながっていた。司馬は同じ文章のなかで、自らの戦車兵体験に触れながら、こう記している。

いつかは覘視孔《てんしこう》〔戦車の中から外を覗き見るための窓〕の外界に出現するであろう敵戦車を待ち、そして敵戦車が出現した瞬間が私の死の瞬間になるはずでした。日本の戦車はあまりにも旧式で、敵よりもはるかに鋼材が薄く、砲が敵にかすり傷も与えることができないほどに小さすぎました。〔中略〕戦車という数字が絶対化されている壁の中に棲《す》むには、自己を極小へ縮めてゆかねば、勝ちの可能性がゼロという戦車に同一化することができず、そして極小化してゆく自己が、国家とか日本とかいうのは何かということを考えこむうちに、いま想いだしても暈光《うんこう》を発するような実感をもって、国家というものの奇妙な姿態や、それを狂態へ駆りたてている架空の、それだけに声高に叫び、国民に脅迫をもって臨まざるをえない思想というものがよくわかるような気がしました。そのうち、覘視孔のむこうの外界にあらわれたのは敵の戦車ではなく、老化しきった秩序と、かつての栄光を謳《うた》いつつもしかし成立後半世紀で腐熟しはじめた明治国家が、音を立てて崩れてゆく光景でした。私が、明治国家成立の前後や、その成立後の余熱の限界ともいうべき明治三十年代というものを、国家神話をとりのけた露わな実体として見たいということに関心をおこしたというのも、あるいは右のようなことが契機になっているかもしれません。

(『歴史の中の日本』)

司馬は、自らの戦車兵体験を起点に、社会秩序や組織秩序の病理を問いただし、その淵源《えんげん》に迫ろうとした。明治国家の成立期や戦国期に着目したのは、そのためだった。

秩序の桎梏の逆照射

こうした司馬の意図は、多くの作品に投影されていた。

『国盗り物語』のなかでは、不毛な旧弊《きゅうへい》秩序にしがみつき、人々の伸びやかな活動を抑え込もうとする室町幕府や朝倉家が描かれる一方、それとは対照的に、技術・経済の合理性を重んじ、新たな社会を自ら切り拓く斎藤道三や織田信長が映し出されている。

『竜馬がゆく』では、幕藩体制が揺らぐなか、出身階層を超えた人材登用や合理的な意思決定ができない土佐藩や徳川将軍家に対し、自由・平等に基づく交易や政治参加を構想する坂本竜馬が描写されている。軍艦頭取・勝麟太郎が幕府改革案の建議について、初対面の坂本竜馬に語って聞かせる以下の場面には、司馬の問題意識があらわれている。

「わかるやつはいないのさ。たとえ居ても、そんなやつは下級のうまれで、それを実行できる大老や老中になれやしねえ。政治はみな門閥でやっている。これは諸大名もおなじだ。幕府の高官も諸侯の家老も、頭のぐあいは半人足で、そのへんの火消人足のほうがもっとましだよ。この半人足どもが、この内憂外患の時代に日本を動かしている、となれば坂本君、どうだ」

（第三巻）

門閥・旧習の固執に起因する組織の機能不全の問題は、司馬の明治認識にも通じていた。

司馬は、日露戦争を描いた『坂の上の雲』のなかで、旅順攻略にあたった第三軍司令官に乃木希典が選ばれた背景として、「〔第一軍から第四軍のうち〕ひとりぐらい長州人を入れてもいいのではないか」という藩閥的な配慮があったこと、そして、第三軍の参謀長には「司令官を長州がとった以上、参謀長は薩摩にせねばまずかろう」といった陸軍最上層部の意向が働いたことを記している（第四巻）。

第三軍は、二〇三高地をはじめとする旅順要塞攻略戦で白兵戦を繰り返し、何万もの兵士の損耗《そんもう》を生んだ。司馬はその元凶として、高邁《こうまい》な人格ながら軍事的な戦略眼を欠いた軍司令官・乃木、およびセクショナリズムに囚《とら》われ、陸軍上層部や海軍との意思疎通を拒み、柔軟な作戦立案能力に乏しい参謀長・伊地知幸介をあげている。司馬は、彼ら軍首脳の「無能さ」がもたらす惨禍《さんか》について、次のように述べている。

有能無能は人間の全人的な価値評価の基準にならないにせよ、高級軍人のばあいは有能であることが絶対の条件であるべきであった。かれらはその作戦能力において国家と民族の安危を背負っており、現実の戦闘においては無能であるがためにその麾下《きか》の兵士たちをすさまじい惨禍へ追い込むことになるのである。

（『坂の上の雲』第四巻）

司馬が問題視したのは、現地軍上層部は何万もの兵士、ひいては国家・国民の生死を左右するにもかかわらず、力量を顧みない人事が横行する組織病理だった。

もっとも、その後の陸軍では、藩閥ではなく士官学校や陸軍大学での席次が昇進を規定するようになったが、軍官僚組織の機能不全そのものは、太平洋戦争終結まで続いた。その「老化した官僚秩序」について、司馬は『坂の上の雲』のなかで、こう記している。

一九四一年、常識では考えられない対米戦争を開始した当時の日本は〔日露戦争期の帝政ロシアのような〕皇帝独裁国ではなかったが、しかし官僚秩序が老化しきっている点では、この帝政末期のロシアとかわりはなかった。対米戦をはじめたいという陸軍の強烈な要求、というよりも恫喝《どうかつ》に対して、たれもが保身上、沈黙した。その陸軍部内でも、ほんの少数の冷静な判断力のもちぬしは、ことごとく左遷された。結果は、常軌《じょうき》はずれのもっとも熱狂的な意見が通過してしまい、通過させることによって他の者は身分上の安全を得たことにほっとするのである。（第四巻）

言うまでもなく、軍隊の末端で「官僚秩序の老化」の弊害にさらされていたのが、戦車兵時代の司馬だった。

「商人気質」への共感

このような問題意識は、経済合理性への関心につながった。

『国盗り物語』では、京の油売り（奈良屋）から身を起こした斎藤道三（斎藤庄九郎）が、のちの織田信長の構想に連なる「楽市楽座」を考えていたことが記されている。中世の旧秩序のもとでは、商いをする際、物品や地域ごとに特定の寺社の許可を要し、勝手な販売を行えば、寺社や守護から打ちこわしや商品略奪、売人殺害などの制裁が加えられる。道三は「これほど不合理なものはない」「せめてわしが領内だけでも楽市楽座にしたい」と考え、美濃の旧秩序派とぶつかり合う。そこでは「庄九郎の真の敵は、美濃国内の反対派地侍ではなく、すでに亡霊化しつつある中世的権威というもの」であった（『国盗り物語』第二巻）。

司馬にとって不合理な規制を撤廃し、自由な交易を重んじるスタンスは、農業に根差した「土地にしがみつく保守的な生き方」とは異質だった。

司馬は『新史太閤記』のなかで、尾張地方が河川の氾濫が多く、農耕が不安定だったことに触れながら、土地に執着するのではなく「外に出て利をかせぐ進取的、ときに投機的な生きかた」が広がったこと、そのゆえに、「〔尾張から勃興した〕織田信長の政治感覚や戦略感覚がいかにも商人の投機的性質に満ちみちている」ことを指摘している。それは、「律儀で篤実」ではあるが「多少陰気で非開放的で投機を好まぬ篤農家肌」の「三河気質」と対照的だった（上巻）。

それは、司馬の秀吉像にもつながっていた。『新史太閤記』では、尾張の貧農や寺での生活に嫌気がさした藤吉郎（秀吉）が、商人的な発想で織田家に仕える場面が描かれる。「新恩を頂戴して信長に損をかけた」のであるから、「損をかけた以上、敵地を切り取り、切り取る以上すくなくとも千貫切り取り、信長の出費を零にし、残る五百貫分だけ信長に儲けさせねばなら」ない。功名を立てて禄を得れば侍の名誉をあげたとして自足する一般の家士とは異なり、「あきんどの物の考え方がしみこんでいる」というのが、司馬の見立てだった（同前）。

この商人的な姿勢は、自主独立の精神のあらわれでもあった。

司馬は『新史太閤記』のなかで、藤吉郎に「いかにも奉公人には相違ないが、わいらのような奉公人根性はもたぬ。わしは奉公を商うとるのよ」と語らせている。それはすなわち、「使われているのではなく、一個の独立した人間として自覚を持ち、奉公というものを請け負っている」ことを意味していた（上巻）。商人気質とは、権力者や支配者に従属し、もしくはそれに依存して決められた通りに生きるのではなく、自立した人間として仕事を請け負う存在であり、そのゆえに、自らの主体的な判断のもとで投機や進取が重んじられる。

経済合理性や商人気質は、政治や軍事を動かすものでもあった。司馬は『竜馬がゆく』のなかで、薩摩藩の小松帯刀・西郷隆盛と坂本竜馬の対談を、以下のように描いている。

小松は京に駐在していて、諸方の志士とはずいぶんつきあってきたが、ほとんどが熱血空論の徒であった。しかし天下国家の議論を、商談でもするようにもちかけてきた男は、目の前にいる大男がはじめてである。

「するめが、大砲になる話をごぞんじでござるか」

と竜馬はいった。

「船さえあればそれができる。たとえばするめの産地である対馬藩を説き、かの藩のするめを買いとって上海へもってゆく。かの地ではわが国のするめが、十倍にも売れ申す。するめにかぎり申さぬ。上海で売れる商品は、日本茶、椎茸、昆布、鶏冠草《けいかんそう》、白炭、杉板、松板、棕梠皮《しゅろかわ》、煎海鼠《いりなまこ》、干鮑《ほしあわび》、干貝、干海老《ほしえび》……」

〔中略〕

竜馬は兵庫や大坂で物の値段と海外市場をできるだけしらべ、国際市場でなにがもうかるかを考えていた。するめや椎茸の値段を知ることが、かれの尊王攘夷論であった。

「米でもよろしい」

と竜馬はいった。

「なるほど貴藩は、水田がすくなく、米を上海で売るほどにはござるまいが、たとえばここに船があるとすれば、奥州の津軽藩や庄内藩からありあまった米を買いとり、上海相場を長崎でしらべて巧みに売りだせば、大利を博することができる。それらの利潤でもって上海の兵器商人から、大砲、軍艦、機械を買いとれば、薩摩藩は単に七十余万石の一諸侯ではなく、東洋の富国になり申そう。その富国強兵策をもって攘夷の実力を養う。百の空論よりも、一のするめが肝要である」（第五巻）

「熱血空論」とは異なり、既成秩序を転覆させる現実的な手段として、「一のするめ」に根差した「商い」が位置付けられている。

司馬のこうした思考は、実家が大阪・浪速の個人商店であったこととも、無縁ではないだろう。個人商店は、指示された作業さえこなせば自足できるわけではなく、自らの判断で生活の糧を求めていかなければならない。

そもそも司馬の父親は、義務教育の学歴さえなかっただけに、官庁や会社組織で雇われることなど考えられなかった。司馬の大阪外国語学校への進学もまた、語学という特殊技能を元手に将来を拓くことを前提にしていた。商人気質や経済合理性を重く見る司馬の姿勢は、そのライフコースの延長線上にあった。

技術合理性への関心

経済合理性を重んじる姿勢は、「技術」をめぐる合理性への関心にも接続した。

『新史太閤記』では、美濃の軍略家・竹中半兵衛が、酒色に耽るばかりで暗愚《あんぐ》な国主・斎藤竜興を諌《いさ》めるべく、鉄壁とされた稲葉山城を少人数で奪い取ったものの、その後ほどなくして城を竜興に明け渡し、自らは近江に退いている。そこでは、半兵衛を軽侮《けいぶ》する「あの連中」(竜興の取り巻きたち)に、軍略という「芸」の技量を見せつけることに主眼があった。「芸を楽しむだけがこの男の欲望で、城や領土そのものがほしいわけではない」というのが、司馬の理解だった(上巻)。

『燃えよ剣』では、名声・出世への誘惑や不毛なきらびやかさを徹底して排し、攘夷志士との乱闘であれ戊辰戦争であれ、限られた条件のもとで戦闘に勝利する「技術」を突き詰める人物として、新撰組副長・土方歳三が描かれている。

技術合理性の重視は、日本陸軍への憤りにつながった。司馬は『坂の上の雲』のなかで、奉天会戦で使用された野砲(三十一年式速射野砲)の技術水準の低さに言及しながら、そこに「機械力についての精神的器局の狭小さ」「「日本ならこの程度でよかろう」という奇妙な自己規定」を見出していた。それは、昭和陸軍にも引き継がれ、「機械力の不足は精神力でおぎなうという一種華麗で酔狂な夢想——茶道の精神美にかようような——に酔いつづけるというふしぎな伝統」を生み出した(第七巻)。

このような認識には、司馬の戦車兵体験が密接に関わっていた。司馬は一九三七年に開発された九七式中戦車（チハ車）について、次のように述べている。

この戦車の最大の欠陥は、戦争ができないことであった。敵の戦車に対する防御力も攻撃力もないにひとしかった。防御力と攻撃力がない車を戦車とはいえないという点では先代の八九式と同様で、鋼板がとびきり薄く、大砲が八九式の五七ミリ搭載砲をすこし改良しただけの、初速の遅い（つまり砲身のみじかい）従って貫徹力のにぶい砲であった。チハ車は昭和十二年に完成し、同十五年ごろには各連隊に配給されたが、同時期のどの国の戦車と戦車戦を演じてもかならず負ける戦車であった。（『歴史と視点』）

鋼板の厚さや砲の射程距離・貫通力といった技術の水準は、戦車戦の成否に直結し、司馬ら戦車将兵の生死を規定した。司馬にとって技術合理性を軽んじる日本陸軍の体質は、終生、許しがたいものだった。

軍事的非合理

軍事合理性の欠如への批判も、司馬作品には多くちりばめられていた。

大坂の陣を扱った『城塞』では、「武士は潔きことが第一であり、勝敗は第二第三のこと」「殿〔浅野家当主・浅野長晟〕といえども討死はお覚悟であろう」と語り、配下にもそれを強いる浅野家侍大将〔浅野忠知〕に言及しながら、「死の美学」が軍事合理性への顧慮を妨げる危うさについて、司馬は以下のように記している。

戦国の最盛期ともいうべき元亀・天正年間には、人の将たる者がこういう言葉を軽々には口に出さなかった。討死とは敗北であろう。戦国にあっては合戦は勝つために存在し、みすみす負けるときまったいくさは避けた。避けざるをえない場合は降伏した。降伏しない場合は、その悪条件をもってなんとか勝つべく智恵をしぼり、不可能と思われる行動までとった。

死をもって美と考えるようになったのは江戸初期、ことに中期前後からのことで、泰平が生んだ特異な哲学であったが、ともかくも戦国にあっては武士はあくまでも勝たねばならず、ひとびとは勝利をのみねがい、たとえ万策尽きても一時降伏してもそれはあとで勝つための便法であることが多かった。（下巻）

死に壮烈美を見出すことが、軍事合理性の軽視を生み、戦闘の目的すら見失わせてしまう。そのことへの司馬の苛立ちが、ここに綴られている。

同様の議論は、『坂の上の雲』にも見られた。旅順要塞攻防戦で白兵攻撃を繰り返し、何万もの兵士を死なせる乃木軍、ひいては陸軍首脳部に触れながら、司馬は「日本陸軍は、伝統的体質として技術軽視の傾向があった。敵の技術に対しては勇気と肉弾をもってあたるというのが、その誇りですらあった」「技術面の二流性は、兵卒の血でおぎなおうとした」と記している（第四巻）。

さらに司馬は、満洲軍総参謀長・児玉源太郎が乃木軍参謀長・伊地知幸介に向けて「司令部の無策が、無意味に兵を殺している。貴公はどういうつもりか知らんが、貴公が殺しているのは日本人だぞ」と怒号を放つ場面を描いている（同前）。技術や効率、合目的性を顧みない指導層が、大量の兵士の「無駄な死」を生み出す。そのことへの批判が、戦国期であれ明治期であれ、司馬の歴史理解にはあった。

兵力・物量の不足を少人数での奇襲攻撃に頼る日本軍の悪弊《あくへい》についても、司馬は指摘していた。司馬は『坂の上の雲』のなかで「織田信長が、自己の成功体験である桶狭間の自己模倣をせず、つねに敵に倍する兵力をあつめ、その補給を十分にするということをしつづけたことをおもえば、日露戦争以後における日本陸軍の首脳というのは、はたして専門家という高度な呼称をあたえていいものかどうかもうたがわしい」と述べている（第四巻）。

司馬にとって、「ただ敵よりも二倍以上の兵力を集中するということが英雄的事業というものの内容の九割以上を占める」のであり、その後の戦闘は単なる結果でしかない。むろん、物量や兵力が整わないこともあり得ようが、そうであれば「外交をもって敵をだまして時間かせぎをし、あるいは第三勢力に甘い餌《えさ》をあたえて同盟へひきずりこむなどの政治的苦心」が払われるべきだった（『坂の上の雲』第六巻）。

前線の実状からかけ離れた作戦立案の危うさについても、司馬はしばしば書き記していた。司馬は『坂の上の雲』のなかで、現地視察ではなく報告のみに基づき参謀が二〇三高地攻略の作戦を練っていることに対して、「参謀は、状況把握のために必要とあれば敵の堡塁まで乗りこんでゆけ。机上の空案のために無益の死を遂げる人間のことを考えてみろ」と怒りをぶつける児玉源太郎を描写している（第五巻）。

兵力の逐次投入

軍事的非合理のなかでも司馬が重く見ていたのは、「兵力の逐次投入」である。

司馬は『項羽と劉邦』のなかで、秦軍が楚軍に対して兵力を小出しにしたために潰滅したことに触れながら、「結果としては兵力の逐次投入になってしまった」と記している（上巻）。『城塞』でも、堺方面への派兵の数を抑えようとする大野修理について、真田幸村が「古来、人数を吝《お》しみ吝しみ使う者で成功した者はない」とこぼすさまを描いていた（中巻）。

「兵力の逐次投入」とは、小規模の戦力を小出しに投じる軍事的誤謬《ごびゅう》を指す。小出しの兵力投入は、目標地点の迅速な陥落を困難にするばかりか、戦略拠点としての重要性を敵軍に知らしめ、さらに、守備兵力増強、トーチカ強化といった防御のための時間的猶予を与えてしまう。結果的に、その後の攻略において、膨大な戦力の損耗を強いられる。

その典型例として知られるのが、ガダルカナルの戦いである。一九四二年八月、ガダルカナル島の飛行場奪回を図った日本軍は、一木支隊八〇〇名、川口支隊三五〇〇名の投入を繰り返したものの失敗し、その間、米軍は増派を進めて堅牢なトーチカ陣地を築いた。その後、第二師団や第三十八師団を投入したが、日本軍の攻略は成功せず、一九四三年二月に撤退を余儀なくされた。兵器・食糧の輸送も困難となり、日本軍兵士は飢餓と疫病に苛《さいな》まれ、戦病死者は二万四〇〇〇名以上にのぼった。

『坂の上の雲』における二〇三高地攻防戦の描写は、このガダルカナル戦を容易に連想させた。司馬は、当初は薄弱な防備に過ぎなかった二〇三高地を、乃木軍が「わずかの兵力をもってこれを申し訳程度」の攻撃にとどめたこと、そして、それをきっかけにロシアによる要塞化が進み、以後、乃木軍が多大な兵力損耗を繰り返したことを指摘して、次のように記している。

乃木軍は中途半端な刺戟をロシアにあたえてロシア人に智恵をつけたようなものであった。乃木軍司令部がやった無数の失敗のなかで最大のものであったであろう。

（第四巻）

それに対して、『坂の上の雲』の主人公である秋山好古《あきやまよしふる》・真之《さねゆき》は、この種の軍事的非合理を徹底的に排除する人物として描かれている。

騎兵第一旅団長・秋山好古は、戦況を一変させる急襲・奇襲や偵察を騎兵の本質と考えていたにもかかわらず、戦力差があまりに大きい大房身の戦闘（奉天会戦の一部）では、騎馬を後方に下げて徹底した防御策をとることで、乃木軍の崩壊を防いだ。司馬は、自らの選好や軍事思想を封じてまでも「勝つよりも負けない方法」を選んだ好古を評価している（第七巻）。

連合艦隊参謀だった秋山真之は、ロシア・バルチック艦隊を迎え撃つにあたり、正攻法と奇襲を周到に組み合わせた「七段構え」や、縦陣で進む敵艦隊の先頭をさえぎる形で自軍艦隊を配し、多くの火砲を敵先頭艦に集中させる「T字戦法」（実際に戦闘で用いられたのはその変形）を編み出し、日本海海戦を勝利に導いた。司馬はそこに、前例や定石にこだわらず、情勢分析と軍事合理性を突き詰める軍人像を見出していた。

大村益次郎を描いた『花神』も、軍事的非合理をかなぐり捨てる物語だった。大坂・適塾《てきじゅく》で蘭学に打ち込み、訳出を通じて西洋軍事学を学んだ長州の村医者・大村益次郎は、長州藩の指揮官として、限られた兵力ながら幕長戦争に勝利する。その後、官軍の総帥として江戸の焦土化を防ぎ、上野戦争で彰義隊を破った。大村は、旗、幟《のぼり》、一騎討といった旧来の軍事的虚飾を排し、新式の施条銃を装備することで技術的優位を確保する。かつ、戦場の地形や気象、敵情を緻密に調べ上げたうえで、合理的な作戦を練り上げた。人情の機微は意に介さず、反感を買うことが少なくなかったものの、軍事という「技術」を突き詰め、実行する大村像が、『花神』のなかで描かれていた。それは言うなれば、『城塞』の大坂方、『坂の上の雲』の乃木軍に顕著な軍事合理性の欠如を、逆に照らし返すものでもあった。

合目的性からの遊離

軍事合理性をめぐる司馬の思考は、政略や戦略から局所的な戦闘行為が遊離し、それ自体が自己目的化する弊害にも及んだ。

司馬は西南戦争を描いた『翔ぶが如く』のなかで、「西郷を擁し、遠く東京へ乗りこむ」という意図で決起したはずの薩軍が、熊本城近郊の戦闘にこだわり、その攻防に時間を割いたことを指摘したうえで、「薩軍の思考は、目の前の熊本城にこだわらざるをえず、たとえば熊本城をつき放して遠く（たとえば小倉方面）へゆくという思考もできなくなった」「せっかく木葉を占領しながらさらに兵を進ませることなくあわてて植木（熊本から半日行程）まで撤退させたのも薩軍が戦術部隊に堕ちてしまっている証拠」と、薩軍を斬って捨てている（第八巻）。

「勝つという目的」そのものが等閑《なおざり》にされることにも、司馬は少なからぬ関心を払っていた。

司馬は『城塞』のなかで、大坂方が豊臣秀頼以外の旗頭を据えようとしながら適切な人材がおらずまとまらないこと、秀頼を旗頭にしない背景には万一の敗戦の折に彼に責任が及ぶことを避けようとする淀君の意向があったことを記している。そこから導かれるのは、「敗者にはかならず事情がある。勝つためのいくさであるのに、勝つための戦さ《いく》立てをするについて、勝つという目的とは無縁な「事情」で膳立《ぜんだ》てをつくってゆく」という組織病理だった（上巻）。

「勝つという目的とは無縁な「事情」」は、昭和陸軍にも色濃く見られた。司馬は『歴史と視点』のなかで、技術力が軽視される戦車のありように言及しながら、「陸軍の技術者は、兵科の将校の鼻息に吹っとんでしまうような存在だったんですよ」「技術将校が硬論を吐くとすぐ飛ばされた。兵科将校のいうことにご無理ごもっともという出入り商人的な技術将校だけが出世を約束されるという仕組みになっていた」という元兵科少佐の言葉を引いている。司馬にとって、「勝つという目的」を追求できない組織は、大坂の陣の大坂方に限らなかった。

軍における形式主義の横行も、「勝つという目的」からの逸脱にほかならなかった。

司馬は『坂の上の雲』（単行本第三巻）の「あとがき」において、日露戦争期に陸相を務めた寺内正毅《てらうちまさたけ》に言及している。寺内陸相はあるとき、士官学校校門で校名が彫られた部分に青《あお》錆《さび》を見つけ、「まことに不敬の至りである」「わが帝国陸軍の恥辱であり、帝国陸軍の恥辱であるということは、わが大日本帝国の国辱である」と校長を激しく叱責した。司馬はそのことについて、次のように批判している。

この愚にもつかぬ形式論理はその後の帝国陸軍に遺伝相続され、帝国陸軍にあっては伍長にいたるまでこの種の論理を駆使して兵を叱責し、みずからの権威をうちたてる風習ができた。逆に考えれば寺内正毅という器にもっとも適した職は、伍長か軍曹がつとめる内務班長であったかもしれない。なぜならば、寺内陸相は日露戦争前後の陸軍オーナーでありながら、陸軍のためになにひとつ創造的な仕事をしなかったからである。
〔中略〕
これほど独創性のない人物が、明治三十三年〔一九〇〇年〕、陸軍参謀本部次長というもっとも創造性を必要とする職についている。山県〔有朋〕の長州閥人事によるものであり、日本陸軍が尖鋭能力主義思想をもっていなかったのは、このことでもわかるであろう。

（「あとがき三」）

司馬が明治・昭和の陸軍に見出したのは、「勝つという目的」とは無関係な些事《さじ》に神経をすり減らす形式主義と、それを生み出す人事システムの機能不全だった。

4 「エリート」「正しさ」への疑念

エリートへの不信感

組織病理や技術・軍事の非合理に対する司馬の問題関心は、社会的なエリート層への不信につながった。

既述のように、司馬は『坂の上の雲』のなかで、「対米戦をはじめたいという陸軍の強烈な要求、というより恫喝《どうかつ》に対して、たれもが保身上、沈黙した。その陸軍部内でも、ほんの少数の冷静な判断力のもちぬしは、ことごとく左遷された」と記していた（第四巻）。それは、冷静な判断を阻み、保身を強いるエリート官僚層への不快感を示す記述にほかならなかった。

『竜馬がゆく』のなかで、勝麟太郎（海舟）が坂本竜馬に「政治はみな門閥でやっている」「幕府の高官も諸侯の家老も、頭の具合は半人足で、そのへんの火消人足のほうがもっとましだよ」と語っていたのも、また同様である。幕政の「門閥」に、昭和陸軍の軍官僚が重ねられていたことは、想像に難くない。士官学校や陸軍大学の席次がその後の昇進を決定づける「軍人社会をしばりあげていたこの秩序」こそが、軍の組織病理を生み、技術と合理性に対する顧慮の欠如を招いた（「あとがき五」）。そのことへの司馬の批判が、これらの記述には込められていた。

ちなみに、司馬は『坂の上の雲』（単行本第三巻）の「あとがき」において、参謀本部次長だった寺内正毅が陸軍大学教頭・井口省吾に対し、「陸軍大学校に教科書がないのははなはだ不都合ではないか」「すなわち教科書が無くては、その教育状態がはなはだ不秩序になりはせぬかと思う」と問いただしたことを記している。司馬は、井口の反論の弁をこう綴っている。

「教科書というものは、人間が作るもので、ところがいったんこれが採用されれば一つの権威になり、そのあとの代々の教官はこれに準拠してそれを踏襲するだけになります。いま教科書がないために教官たちは頭脳のかぎりをつくして教えているわけであります。すなわち教官の能力如何が学生に影響するために、勢い教官は懸命に研究せねばならぬということになり、このため学生も大いに啓発されてゆくというかたちをとっております。まして戦術の分野にあっては教科書は不要であります。どころか、そのために弊害も多いと思います。しかしそれでもなおこれを作れとおっしゃるのでありましたら、私は教頭をやめさせていただくほかありません」

（「あとがき三」）

教科書制定の話は結果的に流れたが、「不秩序に流れる」ことを警戒し、「創造力の養成」

を阻もうとする軍エリートの体質を、司馬は浮き彫りにしていた。

教養の空々しさ

司馬の批判の対象は、明治陸軍や昭和陸軍の官僚エリートだけではなかった。『坂の上の雲』(単行本第二巻)の「あとがき」では、「戦略戦術からみてもいま起ち上がらねば戦機を逸します」とばかりに対露主戦論を唱える帝大七教授に対し、首相・桂太郎(第三師団長、陸相を歴任)が「忘れてもらってはこまります。私も軍人なのです」と受け流したことに言及している(「あとがき二」)。自らの軍事知識の乏しさを顧みることなく、軍事力・財政力への目配りを欠いた議論を堂々と振りかざすエリートの浅薄さを、司馬は示唆していた。

教養エリートへの不快感は、他の司馬作品にもちりばめられていた。『国盗り物語』には、美濃を離れて浪人していた明智光秀への言及がある。光秀は、東山文化風の洗練された趣味・教養を身につけ、「粗野で無教養な男というものを頭から軽侮する癖」を持っていただけに、何事も伝統を顧みない織田信長に対し、「野蛮国の王」「所詮は、出来星《できぼし》大名か」という印象しか持てなかった(第四巻)。

その後、信長の配下に入っても、神仏を信じることなく、「徹底した合理主義と実証精神」に満ちた信長は、光秀にとって「仕えにくい」人物だった。司馬は光秀について、「迷信家ではなかったが、神仏の崇敬者であった。神仏を崇敬する世間の慣習、常識をも尊重し、それに異をたてようとは思わない」と評している。こうした「教養主義者」は、合理性・実証性を重んじる信長とはかけ離れていた（同前）。

『関ヶ原』では、石田三成について「文字もろくに書けぬ大名の多いなかでは、論語などはほとんど諳《そら》んじるほどに知っており、どちらかといえばそういう教養のおごりがあって他の朋輩《ほうばい》を見くだしていた」と評している（上巻）。こうした姿勢が、関ヶ原の戦いで将帥《しょうすい》としての人望や調和の欠如を招き、陣形・兵力の面で東軍に劣らなかったにもかかわらず、短時日で敗走する結果につながった。司馬が「教養主義者」に感じ取っていたのは、「教養を持たない者」への蔑《さげす》みや驕《おご》りだった。

それは学歴をめぐる司馬の体験に通じていた。すでに述べたように、大阪外国語学校に進んだ司馬は、教養主義から遠くはないが、必ずしもその中心ではない場所で、青春期を過ごした。学生時代にロシア文学から中国史書まで、じつに手広く人文書を読破してきたとはいえ、旧制高校的なエリート意識との結びつきが濃厚な教養主義に対し、微妙な距離感を抱いたとしても、決して不思議ではない。このことは、『坂の上の雲』における正岡子規の描写にも垣間《かいま》見える。

松山から上京し、大学予備門（旧制第一高等学校の前身）に入った正岡子規は、大学で哲学専攻を志した。だが、子規に比べて圧倒的に重厚な哲学知識を有する学生に出会い、愕然《がくぜん》としてしまう。子規は哲学をあきらめ、国文科に進んだ。人情本や小説の類にひと月で一円も使う子規に対し、旧知の秋山真之は「そげなもの、読んでもいいのかなあ」との違和感を吐露していたが、そのことがまわりまわって、のちの短詩型文学の革新につながった（『坂の上の雲』第一巻）。

教養主義を連想させる哲学に挫折し、「二流」の文学に近づく子規に、司馬は「底ぬけの明るさや稚気」を見出していた（「あとがき五」）。そのことは、「二流」の学歴・記者歴を歩み、かつ、正統的な文学からは距離がある点で「二流」の歴史小説を開拓した司馬自身にも重なる。

司馬は人情本や戯れ本を選ぶ子規に、「酒徒が酒を愛するがごとくあしはどうあってもこれを愛する。目的などはなく、あしの精神に必要なのだ」と言わしめている（『坂の上の雲』第一巻）。教養主義的な「一流」とは異質な「二流」を選び取ることになった司馬自身も、その種の「底ぬけの明るさや稚気」を求めようとしたのだろう。

教養主義の暴力

教養主義には、教養の多寡や古典の読書量でもって人を序列づけるきらいがあった。その点も、司馬の教養観を読み解くうえで、見落とすべきではない。

戦前期の代表的な教養知識人である和辻哲郎《わつじてつろう》は、「教養」（一九一六年）というエッセイのなかで、小さな創作に精を出し、能動的に社会に関わろうとする若者に対して、次のように語っている。

君は自己を培《つちか》って行く道を知らないのだ。大きい創作を残すためには自己を大きく育てなくてはならない。〔中略〕まず君が能動的《アクチイヴ》と名づけた小さい誇りを捨てたまえ。〔中略〕常に大きいものを見ていたまえ。〔中略〕世界には百度読み返しても読み足りないほどの傑作がある。そういう物の前にひざまずくことを覚えたまえ。ばかばかしい公衆を相手にして少しぐらい手ごたえがあったからといってそれが何だ。君もいっしょにばかになるばかりではないか。

教養に依拠した価値観は、「百度読み返しても読み足りないほど」の古典や、それらを広く、かつ深く咀嚼《そしゃく》している年長者への従属を自明のものとする。竹内洋が『教養主義の没落』のなかで指摘するように、「教養主義を内面化し、継承戦略をとればとるほど、より学識をつんだ者から行使される教養は、劣位感や未達成感、つまり跪拝《きはい》をもたらす象徴的暴力として作用」する。

そのことは、『国盗り物語』の明智光秀や『関ヶ原』の石田三成における「教養のおごり」を連想させる。『坂の上の雲』でも、該博《がいはく》な哲学知識を有する友人に対し、子規は「あいつはおれの物識《ものし》らずを軽蔑したろう」との思いを吐露する（第一巻）。それも、その多寡《たか》によって人を序列づけ、下位にある者を見下す教養の暴力を示唆していた。

学校への違和感の投影

エリートへの違和感は、司馬の学校嫌いにも通じていた。

『坂の上の雲』の序盤には、秋山真之が大学予備門を退学して、海軍兵学校に入りなおすことを兄・好古に相談する場面がある。大学予備門は帝国大学（当時は帝国大学は一校のみで、のちの東京帝国大学）の予科に相当し、学者や高級官吏としての立身出世を見込むことができた。にもかかわらずそれを退学する理由として、真之は「学問をするに必要な根気が二流」「おもしろかろうがおもしろくなかろうがとにかく堪《た》え忍んで勉強してゆくという意味での根気です。学問にはそれが必要です。あしはどうも」と語っている（第一巻）。

第1章でも述べたように、司馬にとって、数学のような興味を持てない授業を、じっと座って聴かなければならない学校は、苦痛でしかなかった。大学予備門を去る秋山真之の姿は、こうした司馬の少年期に重なるものがあった。

『竜馬がゆく』では、竜馬を「他人にきめられたとおりにするのが、だいきらいなたち」であり、「先人の学問を忠実に学ぼうとする型」ではなく「それよりも自得したいという型」として描いている（第一巻）。司馬は学校ではなく、図書館や寺回りの合間の読書を通して、古今東西の歴史に目を見開くようになり、自ら「小説」らしからぬ歴史小説を編み出した。

そうした司馬自身の姿が、ここには投影されていた。

「正しさ」「イデオロギー」への嫌悪

司馬のエリートへの違和感は、彼らが振りかざす「正しさ」や「イデオロギー」への不快感にも結び付いた。

司馬は『歴史と視点』のなかで、「昭和期になって指導部に秀才の層が厚くなると、物の考え方が、政治や外交の面でもそうだが、抽象的思考を好み、形而上《けいじじょう》的ポーズにあこがれ、諸事現実離れしてきた」と述べている。むろん、それは、軍事合理性や技術合理性を顧みず、「防御鋼板の薄さは大和魂でおぎなう」といった思考でもって、むざむざと多くの兵の命を消耗した軍指導部への憤りに根差していた。

『「明治」という国家』のなかでも、司馬は「ありもしない絶対を、論理と修辞でもって、糸巻のようにグルグル巻きにしたものがイデオロギー、つまり〝正義の体系〟というものです。イデオロギーは、それが過ぎ去ると、古新聞よりも無価値になります。ウソである証拠です」と記している（上巻）。

一九七一年の対談でも、司馬は「ぼくは五・一五や二・二六事件はひじょうにきらいです。あの連中に迷惑をこうむったのは、われわれ庶民……、ゲタ屋のおやじであり、フロ屋のおやじであるわけで、その怨念が猛烈にある」と語っていた（『戦争と国土』）。青年将校らの独善的な国粋主義に対する腹立たしさがうかがえる。

『翔ぶが如く』には、熊本鎮台を襲撃した神風連《しんぷうれん》の反乱士族らが敗走する鎮台兵を容赦なく撫《な》で斬りにする場面があるが、これについて司馬は、「斬られる者に対する憐憫《れんびん》もなにもなく、第一、相手が人間であるとも思えなかったらしい。法律で徴募されてきた百姓兵に政治上の罪があるわけがなかったが、神風連にそういう斟酌《しんしゃく》はなかった。思想的正義に憑《つ》かれた者の目には他はすべて悪魔に見えるようであった」と記している（第六巻）。思想的な「正しさ」への固執が酸鼻をきわめた暴力を招くとの指摘である。

「正しさ」を突き詰めた先に生み出される狂気は、明治初期や昭和戦前期に限るものではなかった。高度成長期末期の大学紛争で繰り広げられた「ゲバルト」（暴力）にも、司馬は同質のものを見出していた。

日本人の歴史は敗戦によって一つ成熟した。右のような国家や社会をオモチャにした気違い気分は去ったが、それがまるで隔世遺伝のように最近になって学生運動の中に濃厚に出てきている。昭和初期の政治的軍人とそっくりの、つまり没常識・非論理のなかでこそ大閃光を発するという貧相で陰惨な、しかし、であればこそ民族的な深層心理に訴えやすいという日本的ファナティシズムが、学生運動の分裂のあげくに出てきているようである。

幻想と没常識のタイプも酷似しているし、他民族への（学生運動の場合は他の分派への）残忍さまでそっくりである。ある大学で慢性的につづいている他派への相互の残虐行為というのを最近くわしくきいたが、それはかつての日本軍が中国人に対して加えたそれとひどく似ているようにおもえて、暗然とした。

（『歴史と視点』）

東大闘争，1968～69年　安田講堂前で気勢をあげる全共闘派学生

一九六〇年代末には、東京大学、日本大学をはじめ、全大学の八割にあたる一六五校でストライキやバリケード封鎖などが行われ、マスプロ教育や学費値上げ、学生処分などへの不満が噴出した。ベトナム反戦運動や沖縄返還問題をめぐる政府批判、戦後体制批判の高まりも、それを後押しした。その過程で、旧来の政治的党派を核としない全共闘（全学共闘会議）が各大学で結成され、闘争を牽引した。だが、その一方で、民主青年同盟のような日本共産党に近いグループ（代々木系）と、それとは相容れない新左翼系セクト（反代々

木系）の対立も目立った。

一九六九年一月に東大闘争が機動隊に鎮圧されて以降、各大学の運動は次々に警察に抑え込まれて沈静化したが、いくつかのセクトはかえって過激化した。一九七〇年三月には、赤軍派がよど号ハイジャック事件を引き起こした。七二年には、連合赤軍メンバーが浅間山荘に人質をとって立て籠《こ》もったばかりか、内部で凄惨《せいさん》なリンチ殺人を繰り広げた。

司馬は、彼らのイデオロギーへの固執とそれゆえの暴力の残忍さに、「昭和維新」を唱え、テロやクーデター未遂を引き起こした右翼青年将校や、「皇軍」の「正しさ」を振りかざした中国戦線での残虐行為を重ね合わせていた。

「異常な三島事件に接して」

司馬は一九七〇年の三島事件についても、驚愕と嫌悪感をもって受け止めた。

一一月二五日、作家の三島由紀夫は主宰する「楯の会」会員四名とともに、陸上自衛隊市ヶ谷駐屯地に赴き、東部方面総監・益田兼利陸将を椅子に縛って監禁した。三島はバルコニーで自衛官に向けて演説を行い、日本国憲法に縛られた戦後体制を打破すべく、決起を呼びかけた。結果的に自衛官の同調は得られず、三島は庁舎内で割腹自決を遂げた。

三島は右傾化した言動でも知られていたが、『潮騒』『憂国』『美徳のよろめき』など文学作品の評価が高く、ノーベル文学賞候補にも挙がっていた。それだけに、三島によるクーデター未遂事件とその最期は、社会に衝撃を与えた。新聞・雑誌でも、緊急特集が続々と組まれた。

司馬は早くも、事件翌日の『毎日新聞』（一九七〇年一一月二六日）に、「異常な三島事件に接して」と題した論説を寄せている。司馬はその冒頭で、「三島氏のさんたんたる死に接し、それがあまりになまなましいために、じつをいうと、こういう文章を書く気がおこらない」と陰鬱な心情を吐露しつつ、「ただこの死に接して精神異常者が異常を発し、かれの死の薄よごれた模倣をするのではないかということをおそれ、ただそれだけの理由のために書く」と記している（『歴史の中の日本』）。

自衛隊市ヶ谷駐屯地で演説する三島由紀夫，1970年11月25日

先に触れたように、司馬は新聞記者時代に金閣寺放火事件（一九五〇年）を取材し、修行僧の宗門への不満が動機であったことをスクープした。その事件を題材に取った三島の『金閣寺』（一九五六年）は、文壇で高い評価を獲得し、読売文学賞を受賞している。また、司馬の短篇「人斬り以蔵」

（一九六四年）を参考に製作された映画『人斬り』（五社英雄監督、六九年）では、三島が薩摩藩刺客・田中新兵衛を演じた。そうした奇縁も、司馬が三島事件を重く受け止めることにつながったのかもしれない。

司馬がこの論説のなかで強調するのは、「思想というものは、本来、大虚構であることをわれわれは知るべきである」ということだった。

思想は思想自体として存在し、思想自体にして高度の論理的結晶化を遂げるところに思想の栄光があり、現実とはなんのかかわりもなく、現実とかかわりがないというところに繰りかえしていう思想の栄光がある。（『歴史の中の日本』）

しかし、三島は抽象的な「思想」「美」を現実の「政治」に結び付けようとした。その過程で道連れにされたのが、楯の会の青年たちだった。

三島氏はここ数年、美という天上のものと政治という地上のものとを一つのものにする衝動を間断なくつづけていたために、その美の密室に他人を入りこまさざるを得なくなった。楯の会のひとびとが、その「他人」である。（同前）

「天上のもの」を「政治という地上のもの」に結び付けることで、歯止めの利かない暴力が生み出される。その危うさを、司馬は三島事件のなかに読み込んでいた。

司馬のこうした議論は、三島のライフコースとの相違をも反映していた。三島は一九二五年一月の生まれであり、司馬の一学年下でしかなく、ともに戦中派世代に属している。だが、両者の歩みは大きく異なっていた。三島（本名・平岡公威《きみたけ》）は農商務省官僚・平岡梓の長男として、東京四谷に生まれている。学習院初等科に入学し、高等科まで進んだ三島は、一〇代前半から小説執筆に目覚め、一九歳で小説集『花ざかりの森』を刊行している。

その後、東京帝国大学法学部に進み、戦場に駆り出されることのないまま終戦を迎え、卒業後は大蔵省に入省した。すでに「早熟の新人」として川端康成らから評価されていた三島は、一年足らずで大蔵省を退職し、文筆活動に専念する。以後、『仮面の告白』（一九四九年）、『潮騒』（五四年）、『金閣寺』（五六年）などを次々に著し、早々に作家としての地位を確立した。

こうした経歴は明らかに「一流」であり、「二流」のキャリアを歩んだ司馬に比べて、三島はそのすべての面でエリートだった。

もっとも、エリートに対する司馬の幻滅が、三島事件の評価にどれほど投影されていたのかは定かではない。事件を評した「異常な三島事件に接して」にも、文学者・三島への敬意はあれ、三島のエリート性への言及はない。だが、司馬の三島事件への批判には、イデオロギーの過剰に対する嫌悪とともに、自らを疑うことのないエリートの威丈高《いたけだか》さへの不快感を読み込むこともできるだろう。

「明治の明るさ」

イデオロギーや組織病理、軍事・技術合理性の欠如を問いただした先に司馬が行き着いたのは、戦国期や幕末・維新期への評価だった。

司馬は『歴史の中の日本』において、「戦国時代は日本人が最もアクティブな時代であったと思います」「戦国期というのは太陽だってもっとギラギラと降り注いでいる。個々が非常にバイタリティを持っていて、自分のバイタルなものを表現しやすかった時代だったからでしょう」と述べている。そのことは、中世的な不合理やしがらみを叩き壊そうとした『国盗り物語』の斎藤道三・織田信長、『新史太閤記』の羽柴秀吉の人物像に透けて見える。こうした戦国イメージは、「近代的中央集権国家のおそるべき権力によって、人間たちが動員されただけで、個々の意思で個々の人生をアクティブにした時代でも何でもない」ところの太平洋戦争期に対比された(『歴史の中の日本』)。

同様のことは、『花神』や『竜馬がゆく』の幕末像にも通じるものがある。一介の村医者に過ぎなかった村田蔵六(大村益次郎)が蘭学をきわめ、西洋軍事学に知悉《ちしつ》し、徹底した軍事合理性と柔軟な思考でもって、幕長戦争や戊辰戦争で勝利を重ねていくさまは、『国盗り物語』の斎藤道三を思わせるものがあった。

『竜馬がゆく』では、土佐郷士の坂本竜馬が「日本では、戦国時代に領地をとった将軍、大名、武士が、二百数十年、無為徒食して威張りちらしてきた。政治というものは、一家一門の利益のためにやるものだということになっている。アメリカでは、大統領が下駄屋の暮しの立つような政治をする。なぜといえば、下駄屋どもが大統領をえらぶからだ。おれはそういう日本をつくる」（第三巻）と語りながら、独特の柔軟さと合理的思考で、薩長同盟や大政奉還を実現していく。

もっとも、後年の歴史学では、倒幕における坂本龍馬の関与は、実際にはかなり限定的だったことが指摘されている（『検証・龍馬伝説』）。ただ、史実との齟齬があるとはいえ、こうした竜馬像に込められていたのは、昭和陸軍との対比だった。

司馬は『竜馬がゆく』のなかで、直接的に昭和陸軍に言及しながら、「常識で考えても敗北とわかっているこの戦さを、なぜ陸軍軍閥はおこしたか。それは、未開、盲信、土臭のつよいこの宗教的攘夷思想が、維新の指導的志士にはねのけられたため、昭和になって無智な軍人の頭脳のなかで息をふきかえし、それがおどろくべきことに、「革命思想」の皮をかぶって軍部をうごかし、ついに数百万の国民を死に追いやった」と記している（第三巻）。その昭和陸軍像は明らかに、司馬の竜馬像の対極をなすものだった。

だが、それにもまして司馬が多く論じるのは、「明治」だった。司馬は『「明治」という国家』のなかで、戦車兵時代に感じ取った「味方による破壊音」「国家をたたきこわしている音」に触れながら、こう記している。

そのハンマーをもって駆けまわっているのは、国家が大がかりな試験でもって採用した高官たち——軍人・文官をとわず——でした。またお調子にのっている新聞人や学者や軽率な思想家も加わっていました。明治の遺産である自分の国家を自分でこわすことがあっていいものか、そうおもう気持を私に抱かせたのは、私が戦車という鉄のかたまりの中にいたということもあるでしょう。戦車は、国家の一部です。装甲の厚さ、砲の大きさ、そして全体を数量化して考えることができるという、素朴リアリズムのかたまりです。（上巻）

私は戦車の中で敗戦をむかえ、〝なんと真に愛国的でない、ばかな、不正真な、およそ国というものを大切にしない高官たちがいたものだろう。江戸期末や、明治国家をつくった人達は、まさかこんな連中ではなかったろう〟というのが、骨身のきしむような痛みとともにおこった思いでありました。（同前）

合理性を顧みず国家をかき回したエリートの害悪を、司馬は戦車という「素朴リアリズムのかたまり」を通して感じ取っていた。そのことが、「江戸期末や、明治国家をつくった人達は、まさかこんな連中ではなかったろう」「明治の遺産である自分の国家を自分でこわすことがあっていいものか」という思いをかき立てた。

それゆえに、司馬は作品のなかで、しばしば幕末や明治を「明るい時代」として描いた。『坂の上の雲』（単行本第一巻）の「あとがき」には、手放しなまでに「古き良き時代」としての明治が綴られている。司馬の明治評価を具体的に示す記述であり、やや長くなるが、以下に引いておきたい。

明治は、極端な官僚国家時代である。われわれとすれば二度と経たくない制度だが、その当時の新国民は、それをそれほど厭《いと》うていたかどうか、心象のなかに立ち入ればきわめてうたがわしい。社会のどういう階層のどういう家の子でも、ある一定の資格をとるために必要な記憶力と根気さえあれば、博士にも官吏にも軍人にも教師にもなりえた。そういう資格の取得者は常時少数であるにしても、他の大多数は自分もしくは自分の子がその気にさえなればいつでもなりうるという点で、権利を保留している豊かさがあった。こういう「国家」というひらけた機関のありがたさを、よほどの思想家、知識人もうたがいはしなかった。

しかも一定の資格を取得すれば、国家生長の初段階にあっては重要な部分をまかされる。大げさにいえば神話の神々のような力をもたされて国家のある部分をつくりひろげてゆくことができる。素姓さだかでない庶民のあがりが、である。しかも、国家は小さい。

政府も小世帯であり、ここに登場する陸海軍もうそのように小さい。その町工場のように小さい国家のなかで、部分々々の義務と権能をもたされたスタッフたちは世帯が小さいがために思うぞんぶんにはたらき、そのチームをつよくするというただひとつの目的にむかってすすみ、その目的をうたがうことすら知らなかった。この時代のあかるさは、こういう楽天主義《オプティミズム》からきているのであろう。

このながい物語は、その日本史上類のない幸福な楽天家たちの物語である。やがてかれらは日露戦争というとほうもない大仕事に無我夢中でくびをつっこんでゆく。最終的には、このつまり百姓国家がもったこっけいなほどに楽天的な連中が、ヨーロッパにおけるもっともふるい大国の一つと対決し、どのようにふるまったかということを書こうとおもっている。楽天家たちは、そのような時代人としての体質で、前のみを見つめながらあるく。のぼってゆく坂の上の青い天にもし一朶《いちだ》の白い雲がかがやいているとすれば、それのみをみつめて坂をのぼってゆくであろう。

（「あとがき一」）

ここに描かれる明治は、町工場がひしめく、いわば司馬が育った大阪の下町のようなイメージを帯びている。不毛な官僚制に搦《から》めとられることなく、だれもが新興国家という小世帯の「チーム」をつよくするという目標に向けて活動するような社会である。その前向きな「楽天主義」は、その気にさえなれば博士にも軍人にもなれるという「平等性」に支えられていた。

「暗さ」を映す「明るさ」

むろん、この歴史像からこぼれ落ちるものは少なくない。江戸期の身分制は解体されたとはいえ、貧困に喘《あえ》ぐ小作層や過重労働を強いられる製糸工場の女工たちにしてみれば、立身への期待や「「国家」というひらけた機関のありがたさ」を嚙みしめることなど困難だった。没落士族の生活苦も深刻だった。国政も藩閥政治の弊害が目立ち、自由民権運動への弾圧も頻発した。

その意味で、「明治の明るさ」を強調するかのような司馬の記述は、やはり一面的なものではある。「のぼってゆく坂の上」に「一朶の白い雲」を見出す司馬の明治像は、女工哀史や秩父困民党の農民たちを捨象《しゃしょう》して成り立つものでしかない。

では、なぜ司馬はこうした時代像を選び取ったのか。司馬も明治国家の歪《ひず》みから、決して目を背けていたわけではない。司馬は同じ文章のなかで、「庶民は重税にあえぎ、国権はあくまで重く民権はあくまで軽く、足尾の鉱毒事件があり女工哀史があり小作争議がありで、そのような被害意識のなかからみればこれほど暗い時代はないであろう」とも記している（「あとがき一」）。

にもかかわらず、明治に「明るさ」を見出そうとするのは、司馬が戦車のなかで感じ取った「昭和の暗さ」を照らし出すためだった。前述のように、司馬は敗戦の折に、「なんとおろかな国にうまれたことか」「むかしは、そうではなかったのではないか」との思いを抱いた。そこでは、昭和と戦国、幕末・維新、明治との比較対照が意識されている。

つまり、「明るい明治」は、フィルム写真でいうところのポジではなく、あくまで「暗い昭和」というポジを写し出すためのネガだった。アナログ・フィルムの写真技術では、被写体の明暗・濃淡を逆にした画像（ネガ）から、肉眼で見たのと同じ写真画像（ポジ）を作る。司馬にとって「明るい明治」と「暗い昭和」は、それらに対応するものだった。

むろん、こうした描写では、明治と昭和の断絶ばかりが強調され、両者を通底する暴力が見えにくくなる。この点は、少なからぬ近代史家も指摘する通りである。だが、司馬にとって真に主題化すべきは、戦車兵体験と「二流」の経歴を通して目の当たりにした「昭和の暗さ」だった。司馬の明治像、あるいは戦国像、幕末・維新像は、その「暗さ」「翳《かげ》」を浮かび上がらせるために必要な「明るさ」に過ぎなかった。

司馬は『坂の上の雲』全八巻（文庫版）を通して、そのような「明るい明治」を描き、『花神』全三巻、『竜馬がゆく』全八巻を通して維新期の「明るさ」を記した。戦国期の「明るさ」は、『国盗り物語』全四巻、『新史太閤記』全二巻などで叙述される。それらの記述の端々には、司馬の戦争体験や戦前期のライフコースが投影されていた。司馬は戦国期や近代最初期の「明るさ」にこれほどの膨大な分量を割くことで、憎悪した「昭和の暗さ」を描き出そうとしたのである。

迂回路の選択

それにしても、なぜ司馬は、戦国や幕末・維新、明治へと迂回《うかい》して、「昭和の暗さ」に向き合おうとしたのか。そこには、体験者や関係者が存命だったことが関わっていた。『坂の上の雲』を書く際にも、司馬はそのことを意識せざるを得なかった。

司馬は「「旅順」から考える」（一九七一年）のなかで、「乃木さんについてはまだ語るのはむずかしい。亡くなってまだ六十年余でしかないからです。歴史は百年ではじめて成立するというのは本当ですね。たとえばその人物の書生や女中だった人の孫がまだ生きていてその人物の身辺のことをなまなましくきいていたりするようでは、まだその人物の死体はなま乾きで、どうもむずかしい」と記している（『歴史の中の日本』）。

当時はすでに、日露戦争終結から六六年、乃木希典の死（一九一二年）から五九年が経過していたが、一部の関係者はまだ存命だった。それだけに、乃木や日露戦争を相対化し、突き放して論評することの難しさを、司馬は感じていた。折しも司馬が『坂の上の雲』を書いている時期であり、「神様の悪口をいうとはけしからん」という投書が届くことも懸念されていた（同前）。それはすなわち、読者たちの冷静さが担保されにくい状況を示唆していた。わずか三〇年ほど前の昭和の戦争についてであれば、なおさらだった。

司馬は同じ文章のなかで、参謀本部編纂『日露戦争史』（全一〇巻）の内容が空疎なことに触れているが、その理由として「この本が編纂されたのは戦いがおわってほどなくのことで、執筆者にえらい将軍たちの圧力がいっぱいかかったらしい」「将軍たちにとっては歴史とは手柄話という認識があり、手柄話である以上は自分のやったことを大ほめに書かせたい。こう書け、ああ書け、とさんざん注文したのでしょう。ところがそういう主観的手柄話を無限にあつめても一つの客観実態も得られないものです」と記している（『歴史の中の日本』）。比較的直近の昭和陸海軍を歴史小説化する難しさも、そこにあったのだろう。

とはいえ、司馬が昭和期を扱う歴史小説をまったく構想しなかったのかというと、そうではない。文藝春秋で司馬の担当編集者だった半藤一利《はんどうかずとし》によれば、司馬は「参謀本部を主人公にする作品を書こうかと思っているんだがね」といったアイデアを語っており、その後、ノモンハン事件に特化した作品を考えるようになった。関係の資料も、一通り見渡していたという（『清張さんと司馬さん』）。

だが、司馬はその後、「もうノモンハン事件の小説は書かない」と言うようになった。半藤は、「自分で調べられ、事変や戦車や参謀本部と関東軍の参謀たちの愚劣さ、悪質さについては、あますところなく話してくれるのに、ついに話だけで、ペンをとろうとはされなかった」と記している。半藤がなおもつよく執筆を求めても、寂しく笑いながら「ノモンハンを書けということは、私に死ねというのと同じことだよ」と答えていた（同前）。

半藤はその要因として、鍵となる取材対象者との関係悪化をあげている。司馬はノモンハン事件当時の作戦課長・稲田正純（当時大佐）や対ソ情報担当・完倉寿郎《ししくらじゅろう》（当時大尉）、技術本部（戦車担当）の原乙未生《はらとみお》（当時大佐）のほか、前線で戦った歩兵第二十六連隊長・須見《すみ》新一郎（当時大佐）に聞き取りを重ねていた。

須見は、軍上層部が机上で作戦を立てるばかりで、現地からの情報を顧みず、結果、甚大な損害を招いたことに、激しい憤りを覚えていた。それだけに、司馬が元大本営参謀・瀬島龍三と『文藝春秋』（一九七四年一月号）誌上で対談したことに立腹し、「よくもあんな卑劣《ひれつ》な奴と楽しそうに対談をして、私はあなたを見損なった」と司馬に絶縁を伝えたという。そのことが引き金となって司馬は書く意欲を失い、この主題について筆を折ることにしたというのが、半藤の推測である（『清張さんと司馬さん』）。

この経緯について、司馬自身はとくに語っておらず、その当否を厳密に判断することは難しい。ただ、このエピソードも、多くの関係者が生存していたことが、のびやかに書くことの妨げになっていたことを暗示している。

司馬が、戦国や幕末・維新、明治という遠い時代を選び、そこから昭和を照らし返そうとしたのも、時間的な近さゆえの「なま乾き」を回避しようとしたためであったのだろう。

「明るさ」と「暗さ」の混濁

ただ、司馬は明治を「明るさ」のみで描いたわけでもない。司馬は日露戦争をめぐる評価を『坂の上の雲』(単行本第二巻)の「あとがき」で次のように記している。

要するにロシアはみずからに敗けたところが多く、日本はそのすぐれた計画性と敵軍のそのような事情のためにきわどい勝利をひろいつづけたというのが、日露戦争であろう。

戦後の日本は、この冷厳な相対関係を国民に教えようとせず、国民もそれを知ろうとはしなかった。むしろ勝利を絶対化し、日本軍の神秘的強さを信仰するようになり、その部分において民族的に痴呆化した。日露戦争を境として日本人の国民的理性が大きく後退して狂躁の昭和期に入る。やがて国家と国民が狂いだして太平洋戦争をやってのけ敗北するのは、日露戦争後わずか四十年のちのことである。敗戦が国民に理性をあたえ、勝利が国民を狂気にするとすれば、長い民族の歴史からみれば、戦争の勝敗などというものはまことに不可思議なものである。

(「あとがき二」)

日露戦争は偶発的かつ薄氷の勝利であったにもかかわらず、それを誇大視したがゆえに「日本軍の神秘的強さ」の神話が生まれ、太平洋戦争の敗北を招いたとの指摘である。司馬にとって日露戦争は、「明るい明治」の到達点であっただけではなく、「暗い昭和」の端緒でもあった。

日露戦争下、もしくはそれ以前の明治にしても、司馬はことさらに「明るさ」を見出していたわけでもない。先述のように『坂の上の雲』では、「無能」な乃木希典を第三軍司令官に据える藩閥人事の硬直性、軍上層部における技術合理性の軽視、白兵攻撃でいたずらに兵士の損耗を繰り返す思考停止が、随所で描かれていた。

黙々と死を受け入れる兵士たちについても、その受動性への違和感を、以下のように綴っている。

> 日露戦争のとき、軍司令部のおよそ非戦術的な肉弾攻撃の命令に対し、兵士たちはほとんど黙々と機械的に集団死を遂げて行ったのは、命令に対する絶対的な受動性をかれらは体中でもっていたからであり、この性格なり姿勢は倭寇《わこう》時代の日本人のものではなく、江戸体制がつくったものである。
>
> （『歴史の中の日本』）

軍命令に従って黙々と死んでいく明治陸軍の兵士たちは、明らかに、旧弊秩序を打破し、経済・軍事合理性を追求した『国盗り物語』の斎藤道三などとは異質だった。

たしかに、司馬は「明るい時代」として、たびたび明治を位置付けた。だが、『坂の上の雲』にしても、そのタイトルに浮かび上がる「明るさ」のみに終始したわけではない。昭和に通じる明治の「暗さ」への言及も、決して少なくはない。

同様のことは、他の主要作品にも見られた。『翔ぶが如く』には、「海軍大輔《だゆう》川村純義が西郷と仲がいい。だから川村は鹿児島湾に艦隊を入れない」という希望的観測にしがみつく薩軍に触れながら、「外界を自分たちに都合よく解釈する点で幼児のように無邪気で幻想的で、とうてい一人前のおとなの集まりのようではなかった」と評していた。むろんそれは、「昭和期に入っての陸軍参謀本部とそれをとりまく新聞、政治家たち」に重なるものだった（第八巻）。

『関ヶ原』では、「正しさ」に固執し、人望を欠いた石田三成と西軍の組織病理に焦点が当てられていたし、大坂の陣を扱った『城塞』でも、「勝つという目的とは無縁な「事情」」がまかり通り、軍事合理性を顧みない大坂方の病弊が描かれていた。

その意味で、司馬は戦国や幕末・維新、明治を「明るさ」一辺倒で描いたわけではない。司馬作品においては、往々にして「明るさ」と「暗さ」が混濁《こんだく》するか、あるいは『関ヶ原』『城塞』のように「暗さ」が際立つものも少なくなかった。

ただ、そこで一貫していたのは、「暗さ」が昭和の病理のアナロジーであり、「明るさ」はそれを批判的に浮かび上がらせる対照項であったことである。その根底には、司馬の戦車兵体験と「二流」の経歴があった。

では、こうした司馬の歴史小説は、戦後社会において、どう受容されたのか。そこには、高度成長以降のメディア、教養、ビジネスをとりまく環境がどう関わっていたのか。次章では、それらについて見ていくこととしたい。

第3章　歴史ブームと大衆教養主義——高度成長とその後

1　経済成長と明治百年——企業社会との親和性

司馬作品の刊行と一九六〇年代

司馬遼太郎の主要作品の多くは、一九六〇年代に刊行された。『竜馬がゆく』（一九六三〜六六年）、『燃えよ剣』（六四年）、『国盗り物語』（六五〜六六年）、『関ヶ原』（六六年）、『峠』（六八年）、『坂の上の雲』（六九〜七二年）などである。

一九七〇年代の主要作には、吉田松陰・高杉晋作を扱った『世に棲む日日』（一九七一年）、末期豊臣家と徳川家康の攻防を描いた『城塞』（七一〜七二年）・『覇王の家』（七三年）、大村益次郎を主人公にした『花神』（七二年）などがあるが、いずれも七〇年代初頭に刊行されている。一九七〇年代半ば以降の主著は、紀行文・評論集を除けば、『翔ぶが如く』（一九七五〜七六年）、『空海の風景』（七五年）、『項羽と劉邦』（八〇年）、『菜の花の沖』（八二年）な

書斎での司馬遼太郎，1963年

どに限られる。つまり、司馬の主要作品の多くは、高度成長中後期に刊行が集中していた。

それはおそらく、偶然ではないだろう。坂本竜馬、斎藤道三、羽柴秀吉が、従来のしがらみに囚われることなく、のびやかに行動し、自由な交易や社会を切り拓こうとするさまは、経済水準の向上と消費文化の広がりが顕著で、経済状況が右肩上がりの一九六〇年代の日本社会に重なっていた。

一九六〇年には安保闘争が盛り上がりを見せたが、国民の反感を買った岸信介内閣が新安保条約成立と同時に退陣すると、運動の熱気は急速に消え失せた。後を継いだ池田勇人首相は、低姿勢と経済主義を前面に掲げ、所得倍増計画を打ち出した。以後、高度経済成長が本格化した。

すでに一九五〇年代後半から、企業の旺盛な設備投資と技術革新により、労働生産性の向上と賃金上昇が進んでいたが、その後の一〇年は実質経済成長率が年平均で一〇%にも達し、平均所得も年に一割の上昇が見られた。むろん、多少の景気変動はあったが、業界トップの山一證券が経営危機に陥った東京オリンピック後の不況期（一九六五年）でも、実質GNP成長率は六・四%の高い水準にあった。

所得倍増計画を推し進めた大蔵省出身のエコノミスト・下村治は、のちに高度成長期を回想して、「経済の状態でいうと、われわれが経験してきたこれまでのみじめな状態とまったく違った、先進工業国の状態に急速に上がっていく状態だ。それを言葉でいえば勃興期というのがちょうどいいんじゃないかということですね」と語っている（『証言・高度成長期の日本』上巻）。

このような時代認識は、「のぼってゆく坂の上の青い点にもし一朶の白い雲がかがやいているとすれば、それのみをみつめて坂をのぼってゆくであろう」という『坂の上の雲』（単行本第一巻、一九六九年）の「あとがき」の記述を思い起こさせる。

加えて、前章でも述べたように、司馬作品は経済合理性や技術合理性を重視していた。『新史太閤記』では、木下藤吉郎の商人のような進取の気質と経済・軍事の合理性が評価されていた。『竜馬がゆく』の坂本竜馬は、自由経済による交易の活性化と倒幕を不可分のものと捉えていた。司馬の歴史小説は、生活水準の上昇を実感し、今後の経済的な進展を期待できた時代状況に通じるものがあった。

企業社会との親和性

司馬作品には、企業組織を思わせる場面も少なくない。そのことも、経済の中心が第一次産業から第二次・三次産業に移行しつつあった日本社会を投影していた。

『新史太閤記』では、西美濃に墨俣城《すのまた》（砦《とりで》）を築き、美濃攻略の足掛かりをつかもうとする木下藤吉郎について、「信長が天下を得るには、美濃国を得なければならない。（その美濃国を得るには、西美濃を得るのがもっとも楽な道である）猿（藤吉郎）は、信長になりかわってそうおもっていた」と記されている（上巻）。眼前の業務をこなすだけではなく、上司や組織トップの思考を推し測りながら仕事に取り組まなければならないビジネスマンを連想させる記述である。

『坂の上の雲』では、日清戦争に先立ち海軍の改革を進めていた海軍大臣官房主事・山本権兵衛が、東郷平八郎（日露戦争で日本海海戦を指揮）について「東郷の資質にある周到性と決断力と、そしてなによりもその従順さを大きく評価した」ことに言及されている（第三巻）。「周到性」「決断力」「従順さ」は、企業組織での昇進でも往々にして求められるものである。

一九六〇年代は、人々の生活において、会社への依存度が高まった時代だった。高度成長に伴い、農村を離れて都市部に移り住む若年層が増加した。集団就職も加速し、多くの中卒・高卒者が工場や商店に職を求めた。当然ながら勤務する組織によって、彼らの生活は大きく左右された。

だが、企業と労働者の結び付きを強めたのは、そればかりではない。雇用形態や昇進制度の変化も大きかった。

戦前期には、ブルーカラーとホワイトカラーの身分差が厳然としており、職工（工員）と職員（社員・準社員）とでは給与・待遇・安定性が大きく異なっていた。職工は親方の請負によって束ねられるか、まず日雇工として雇われたあと、行状がよければ定雇工になることが多かった。それもあって、職員層とは異なり、長期雇用や年功賃金が適用されることはなかった（『日本社会のしくみ』）。

戦後改革期になると、工職混合組合として結成された企業別労働組合の要請もあり、ひとまず同じ従業員として位置付けられるようになった。とはいえ、実質的な差別待遇は残り、最末端の工員が職員へと身分上昇するためには、入社から三〇年以上を要することも珍しくなかった（『勤労青年の生活』）。

しかし、一九六〇年代半ばにもなると、これらの仕組みは徐々に改められるようになった。もともと、職員と工員の身分は、学歴（中等教育・高等教育を経ているか、義務教育で終えているか）に対応していたが、高度成長に伴い高校や大学への進学率が上昇すると、そうした区分の維持は難しくなった。また、人手不足が深刻化するなか、工員への差別待遇は良質な労働者の確保の妨げにもなった。

そこで広く導入されるようになったのが、職能資格制度である。「資格」とは、「社員四

職能資格制度に基づく昇進制度（例）

職能資格等級	滞留年数	対応年齢	専門職群（呼称）	管理職群（職位）直接部門	管理職群（職位）中間部門	管理職群（職位）間接部門
資格職１級	—	—				部長・支社長
資格職２級	—	—	主幹	所長	所長	部長・支社長／次長
資格職３級	—	—	主幹	所長	所長	次長／課長
資格職４級	—	—	主査	所長／副所長	所長／課長・副課長	課長／副課長
資格職５級	３年以上	32〜	主査	所長／副所長／次長	所長／課長・副課長／係長	副課長／係長
指導職１級	２年以上	31〜	主事	次長	係長	係長
指導職２級	２〜４年	28〜35		次長／主任	係長／主任	係長／主任
指導職３級	３〜４年	26〜31		主任	主任	主任
社員１級	２〜４年	24〜27				
社員２級（大卒初任）	２年	22〜23				
社員３級（短大卒初任）	２年	20〜21				
社員４級（高卒初任）	２年	18〜19				

出典：楠田丘『職能資格制度』（第２版，産業労働調査所，1979年）をもとに作成

級」「指導職二級」といった社内等級のことである。係長、課長といった職位を指すものではないが、高卒入社一年目であれば「社員四級」、係長になるためには「指導職二級」の資格を要するというように、職位に紐づけられていた。

この種の資格制度は、戦前期は職員のみに適用されていたが、戦後の民主化と高学歴化を経て、大手企業では一九六〇年代半ば以降、全従業員が一元的な資格等級で「社員」として序列化されるようになった。これにより、現場労働者であっても、工員から職員に昇進する経路が制度化された。従来どんなに頑張って会社のために尽くしても職長止まりだったブルーカラーにも、「青空の見える昇進」の道が示されるようになったのである（『高度成長と企業社会』）。

ビジネスマンの読者層

資格等級の上昇は、勤続年数とともに「能力」（職能）の評価に左右された。ここでの「能力」とは、必ずしも担当している特定職務の成績・成果を意味するものではない。むしろ、協調性や適応能力、仕事の意欲などの点から、労働者の長期的な行動を評価し、包括的な企業への貢献を問うものだった。それを測るのが、人事考課（査定）である。

いかに仕事の力量が高くとも、企業が嫌う組合員であったり、共産党員であったりした場合には、査定は容赦なく低評価となり、逆に、実務能力はさほどでなくても、企業に尽くし残業・休日出勤も厭《いと》わない姿勢がうかがえる場合は、人並みの昇進が可能だった。そのことは、特段の仕事もないのに残業することを「意欲」「貢献」の証《あかし》とみなす日本の企業風土を生んだ。

他方で、労働者からすれば、会社に貢献し、業績を向上させることは、所得の向上につながった。高度経済成長下にあって、国民所得が上昇基調にあったことも、その実感を強めた。重要なことは、それが大学卒の職員層に閉じていたわけではなく、高卒あるいは中卒の現場労働者にも共有されていたことである。職能資格制度が導入されたことで、職員・工員は「社員」として一元化され、長期雇用や昇進、福利厚生は、両者に共通のものとなった。

司馬の主要作品が続々と世に出たのは、まさにこのような時期だった。職員であれ工員であれ、いずれもサラリーマンとして査定をつよく意識し、会社員としての生き方を日々考えるようになった。そうした彼らにとって、気性の激しい織田信長に仕える『新史太閤記』の羽柴秀吉や、軍上層部に翻弄されながらも最善の選択を模索する『坂の上の雲』の秋山好古、自らの権力を盤石《ばんじゃく》にしていく『覇王の家』の徳川家康などは、企業組織における自らの振る舞いを考えるうえで、参照可能なものであった。

明治百年と大河ドラマ

「明治百年」ブームも、幕末・維新や明治を扱った司馬作品への関心を高めることとなった。

一九六八年が明治改元から一〇〇年に当たることから、佐藤栄作内閣は六六年三月、明治百年祭事業の実施を決定した。その一環として、『明治天皇紀』の出版、国立歴史民俗博物館の設立、国土緑化などが進められたほか、一九六八年一〇月二三日には日本武道館において、日本政府主催の明治百年記念式典が挙行された。

これを受けて、『美濃加茂明治百年史』（美濃加茂市教育委員会、一九六八年）や『鹿児島と明治維新』（鹿児島県明治百年記念事業委員会、六七年）など、自治体史編纂が全国各地で相次いだ。

両陛下を迎えて
明治百年記念式典

「明治百年記念式典」報道（『朝日新聞』1968年10月23日夕刊）

また、『明治百年の歴史』（上・下、講談社、一九六八年）、『史料明治百年』（朝日新聞社、六六年）、『新聞にみる明治百年』（読売新聞社、六七年）のほか、毎日新聞社の地方支局が各府県の『明治百年』を編纂するなど（六七～六九年）、新聞・出版界でも明治回顧の動きが顕著だった。一九六六年には原書房が、『小村外交史』『機密日露戦史』をはじめとする「明治百年史叢書」の刊行を開始している。

『産経新聞』に司馬の「坂の上の雲」の連載が始まったのは、そうした時期だった。司馬は『坂の上の雲』(単行本第一巻、一九六九年)の「あとがき」のなかで、明治維新から日露戦争までのあいだの三〇年間について、「これほど楽天的な時代はない」「のぼってゆく坂の上の青い点にもし一朶の白い雲がかがやいているとすれば、それのみをみつめて坂をのぼってゆくであろう」と述べていた。そのような心性は、高度経済成長の高潮期にあり、「明治百年」を言祝《ことほ》ごうとする社会状況に沿うものだった。

時を同じくして、司馬作品の映画化も進んだ。『燃えよ剣』(市村泰一監督、松竹、一九六六年)、『尻啖え孫市』(三隅研次監督、大映、六九年)、『幕末』(伊藤大輔監督、東宝、七〇年)など、司馬作品を原作とした映画は、一九七〇年までに一一本にものぼった。とはいえ、『幕末』が「キネマ旬報ベスト・テン」で一七位になったのを除けば、これらの映画は取り立てて話題になったわけではない。映画『人斬り』(五社英雄監督、大映、一九六九年)は年間配給収入第四位の売れ行きを記録したが、これは司馬の短編「人斬り以蔵」を参考にしているに過ぎず、物語は大きく改変されている。司馬原作の映画作品に限れば、さほど注目を集めたものはなかった。

むしろ、司馬作品が広く知られるうえでは、NHK大河ドラマの原作となったことが大きかった。一九六八年の『竜馬がゆく』を皮切りに、『国盗り物語』(七三年)、『花神』(七七年）が放映された。その後も『翔ぶが如く』（一九九〇年）、『徳川慶喜』（九八年）、『功名が辻』（二〇〇六年）が大河ドラマ化され、司馬原作の作品は計六本に及ぶ（二二年現在）。

一九六〇年代半ばには、白黒テレビの普及が進んでいた。一九六四年の東京オリンピックが追い風となり、世帯普及率は八割に達した。こうしたなか、「〝日本一のドラマ〟をつくれ」「大型で、面白く、見ごたえのある連続時代劇を制作しよう」という意図から作られたのが、一九六三年にＮＨＫで放送が始まった大河ドラマだった（『ＮＨＫ大河ドラマの歳月』）。

一家団欒《だんらん》のなかでテレビを視聴する生活スタイルは、急速に浸透しつつあった。毎週日曜の夜に放送された大河ドラマは、それにきわめて適した番組だった。必然的に、司馬作品の大河ドラマ化は、全国の幅広い層にその知名度を高めることにつながった。

映画『尻啖え孫市』（1969年）ポスター／映画『幕末』（1970年）ポスター

ちなみに、一九六八年放送の大河ドラマ『竜馬がゆく』は、幕末維新期の旗本一家を描いた前年の『三姉妹』とともに、明治百年企画として制作された。明治百年はここでも、司馬作品の追い風となった。

テレビの覇権と映画の凋落

大河ドラマ初期にあたる高度成長中後期は、映像メディアの覇権が映画からテレビに移行しつつある時代だった。一九五八年の映画館入場者数は、過去最高の年間一一億人に達したが、その五年後には、テレビ普及に反比例するように急減し、映画人口はピーク時の半数以下となった。大阪万国博覧会翌年の一九七一年にもなると、二割以下の二億一七〇〇万人にまで落ち込んだ。

すでにテレビが一家で視聴されるようになっていたうえに、主婦層向けのホームドラマや、『月光仮面』のような子ども向けヒーローもの、大河ドラマをはじめとした時代劇が、日常的に放送されていた。家庭で気軽に娯楽番組に接することができるのであれば、戸外に出て料金を払って映画を観る層が減少するのは当然だった。

もっとも、映画人はしばしばテレビ・ドラマを「電気紙芝居」と呼んで軽侮し、映画会社は「五社協定」を盾に、専属俳優のテレビ出演を渋りがちだった。大河ドラマも例外ではなく、第一作『花の生涯』（一九六三年）の制作担当だった合川明は、尾上松緑、淡島千景、佐田啓二、八千草薫、嵐寛寿郎らスター俳優を集めるために、「大映本社で何度〔社長の〕永田雅一氏にどなられたかしれない」と述懐していた（『NHK大河ドラマの歳月』）。しかし、テレビの優位性はほどなく明らかになり、映画とテレビの力関係は明らかに逆転した。

むろん、映画界も手をこまねいていたわけではない。テレビはたしかに、日常的に娯楽を

映画館数・入場者数の推移（1953～98年）

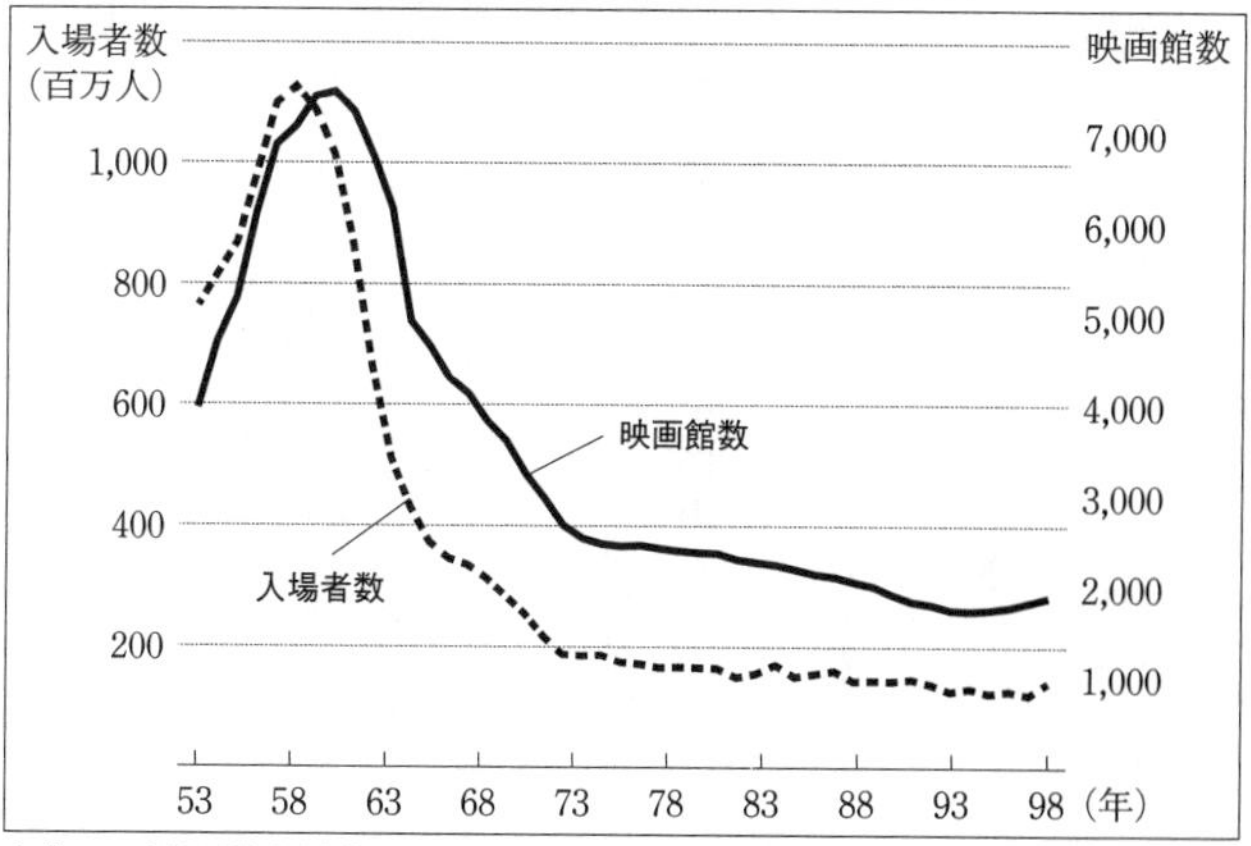

出典：日本放送協会編『20世紀放送史』下（日本放送協会，2001年）をもとに作成

提供していたが、あくまで家族で視聴可能な「健全」な番組が中心だった。しかし、それに飽き足らなさを覚える層は少なくなかった。一〇代後半や二〇代の若者層は、エロティシズムや暴力といった「不健全」な描写を、娯楽として好む傾向もあった。

このようななか、「御家族そろって東映映画」という路線に見切りをつけ、「テレビに走らない成人層」に向けた映画製作に舵《かじ》を切った東映は、「網走番外地シリーズ」「日本侠客伝シリーズ」「昭和残侠伝シリーズ」「緋牡丹博徒シリーズ」といったやくざ映画（任侠映画）を量産した。週末の深夜興行では、大学生をはじめとする青年層が多く集まり、これらの映画に興奮した。この路線は他社にも踏襲され、一九六〇年代後半から七〇年代初頭にかけて、映画界には「任侠映画の時代」が到来する。

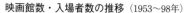

だが、そうしたブームは、この種の映画を好まない観衆を、映画からいっそう遠ざけた。ストーリーの定型性から、一九七〇年代前半に任俠映画が飽きられるようになると、年間映画人口は二億人を切り（一九七二年）、斜陽化は決定的となった。映画は「国民的な娯楽メディア」から、それを趣味とする人々に限定的なメディアへと、地位を低下させた。

このことは、司馬作品の映画化・ドラマ化を考えるうえで、示唆的である。先述のように、司馬の小説を原作とする映画作品は、一九七〇年までに一一本に及んでいたが、特段の話題作はなかった。歴史を素材にしたものか、せいぜい『梟の城』（工藤栄一監督、一九六三年、東映）のような伝奇的な忍者ものだったこともあり、その内容は総じて「健全」だった。映画界自体が衰退しつつあったなか、これらの作品はともすれば、ありふれた時代劇映画として埋没しがちだった。

それに対し、テレビには司馬作品は明らかに親和的だった。エロティシズムや暴力を強調するのではないだけに、家族団欒の場で視聴されるに適していた。そもそも、毎週日曜の夜八時頃に放送されたNHK大河ドラマは、休日の夕食後に家族全員が視聴する番組だった。司馬作品が幾度も映画化されながら総じて社会的な注目を集めなかったことと、大河ドラマ放送開始（一九六三年）から一五年のあいだに三作品も司馬の原作が選ばれたことは、映画とテレビをめぐるメディア変容を如実に物語っていた。

「司馬大河」の低調

とはいえ、後年に比べると、初期の大河ドラマは安定性を欠いていた。毎週日曜夜の放送という点では一貫していたものの、放送期間や時間帯は、当初は定まっていなかった。第一作『花の生涯』（一九六三年）は四月七日の放送開始で、最終回は一二月二九日、放送時間は二〇時四五分から二一時三〇分までだった。第二作『赤穂浪士』（一九六四年）以降、一月に放送を開始し、一二月に終了するスケジュールが定着したが、放送開始時刻は年によって、二〇時一五分から二一時三〇分の間で揺れ動いた。現在のように放送時間が二〇時から二〇時四五分で定着したのは、一九六九年の第七作『天と地と』以降のことである。

視聴率が振るわないことも珍しくなかった。『赤穂浪士』（一九六四年）や『太閤記』（六五年）こそ、平均視聴率は三一％を上回ったが、その後は低迷が続いた。幕末の旗本一家の悲哀を描いた『三姉妹』（一九六七年）は、大河ドラマとして初めて視聴率が二〇％を割り込んだ（『大河ドラマの50年』）。

こうした流れに拍車をかけたのが、司馬原作の大河ドラマだった。明治百年に合わせて放送された『竜馬がゆく』（一九六八年）は、前年の『三姉妹』の視聴率すら大きく下回る一四・五％にとどまった。これは、一九九三年までの大河ドラマ三〇年史のなかで、最も低い数字である（同前）。演出担当が途中で交代するなど、制作陣の軋轢《あつれき》が目立ったことも一因だったが、二年続きの不振を受けて、NHK内では大河ドラマの打ち切りさえ、真剣に議論

大河ドラマ『竜馬がゆく』『国盗り物語』を特集した『グラフNHK』（1968年8月号，73年3月号）

された（『NHK大河ドラマの歳月』）。

斎藤道三・織田信長・明智光秀を描いた『国盗り物語』（一九七三年）は、二二・四%まで視聴率を盛り返したが、大村益次郎を取り上げた『花神』（七七年）は一九%と低迷した。

大河ドラマは、一九六九年頃からカラー化が進んだこともあって復調傾向となり、『天と地と』（六九年）の視聴率は二五%、『元禄太平記』（七五年）で二四・七%、『黄金の日日』（七五年）で二五・九%に達した。『竜馬がゆく』はむろんのこと、『国盗り物語』や『花神』にしても、大河ドラマの枠のなかではヒット作には程遠かった。

メディアとしての大河ドラマ

その意味では、司馬の歴史小説は、大河ドラマの高視聴率に後押しされて読まれたわけではない。むしろ、大河ドラマで扱われたことによって、司馬という作家の名前や作品が社会的に広まったというのが実状だろう。

大河ドラマは、一年間という長期にわたって、定期的にひとつの題材を扱う番組である。それだけに、さほど視聴されずとも、ドラマのタイトルくらいは、多くの人々の耳目に届くものである。そのことは、同時期に主要作品を量産していた司馬の存在を、いっそう広く社会に知らしめることにつながった。

単行本刊行と大河ドラマ化のタイムラグも、見落とすべきではない。大河ドラマで扱われるのは、決して刊行当初の作品ではなく、それから一定期間を経たものである。大河ドラマ第二作『赤穂浪士』(一九六四年)の原作は、一九二八年に大佛次郎が著した同名小説である。一九七二年放送の『新・平家物語』は、五一年から五七年にかけて刊行された吉川英治作品が原作だった。

こうしたタイムラグは、司馬も同様だった。『竜馬がゆく』(単行本、第一巻)が刊行されたのは一九六三年であり、大河ドラマの放送に先立つこと五年である。『国盗り物語』や『花神』にしても、刊行から大河ドラマ化までに、それぞれ八年、五年を要した。大佛次郎や吉川英治ほど長いタイムラグではないにせよ、刊行当初に比べて話題性が乏しくなりかけた時期にドラマ化された点は、司馬作品も同様だった。

つまり、大河ドラマは、やや社会的に忘れられかけた作品に人々の関心を再度振り向ける機能を有していた。文芸評論家の武蔵野次郎は「歴史・時代小説の魅力」(一九七九年)のなかで、以下のように述べている。

NHKテレビ大河ドラマというものが、これまで一篇の歴史小説を劇化して一年間に亙《わた》って放送しつづけているが、その原作として著名な歴史小説作家の作品である歴史小説をとりあげているという基本的ドラマ作りの手法があることによって、旧作新作を問わずに各年に登場してくる歴史小説というものに対して、改めてつよい関心をひくことになる〈つまり、放送劇化がきまった作家の手になる作品が新しい装いのものに数多く刊行されるという〉ので、歴史小説作家にとっては、ひとつの励みになっているのではあるまいかと思われる。

これは直接的には、永井路子原作の大河ドラマ『草燃える』（一九七九年）を念頭に置いた記述である。だが、同様のことは、司馬をはじめ他の原作者の作品にも当てはまる。以前に刊行された歴史小説に対して、あらためて社会的な関心を喚起《かんき》し、「新しい装いのものに数多く刊行される」状況を生み出すことが、メディアとしての大河ドラマの機能であった。

2 「昭和五〇年代」の文庫と大河ドラマ

だが、大河ドラマ化が持続的な読者の獲得に直結したとは言い難い。大河ドラマの放送はあくまで一年間に過ぎず、翌年にもなると話題性は乏しくなる。書店でも、刊行当初や大河ドラマの放送期間に比べれば、来店者の目につきやすい場所に陳列されることは少なくなる。だとすれば、司馬作品はいかにして、持続的に多くの読者を獲得したのか。

そこで重要なのは、文庫というメディアの機能である。『竜馬がゆく』『国盗り物語』『坂の上の雲』といった司馬の主要長編は、一九六〇年代半ばから後半にかけて単行本として刊行されたが、文庫化されたのは、主に七〇年代半ば以降のことだった。『竜馬がゆく』が文春文庫に収められたのは一九七五年、『坂の上の雲』が文春文庫化されたのは七八年である。『国盗り物語』『峠』『花神』が新潮文庫に収められたのは、それぞれ一九七一年、七五年、七六年である。一九八〇年代前半においても、『翔ぶが如く』が八〇年、『項羽と劉邦』が八四年に、それぞれ文春文庫、新潮文庫から刊行されている。つまり、司馬遼太郎の話題作は主として、

「昭和50年代」に続々と文庫化された司馬作品『竜馬がゆく』（文春文庫, 1975年）・『花神』（新潮文庫, 1976年）

一九七〇年代半ばから八〇年代前半にかけて、すなわち「昭和五〇年代」に、次々と文庫化された。

大手出版社の文庫に入ることは、実質的に書店でいつでも入手できることを意味する。単行本であれば、刊行当初は書店の平台など目立つ場所に置かれるものの、一定の期間を経て話題性が乏しくなると、書店の棚の片隅に押し込まれ、そのうち出版社に返品されて書店から姿を消すことになる。それに対して、文庫の場合、書店のなかでまとまった一角を確保し、恒常的に買い手の目に触れる。それはすなわち、書店に立ち寄りさえすればつねに当該書を目にし、購入できるということでもある。

さらに言えば、文庫は廉価《れんか》で携帯にも便利なので、通勤通学時に読むことも苦にならない。そのことは、小遣いに限りがある学生層や、日々の電車通勤に一定の時間を割《さ》かなければならないサラリーマン層に、読者を広げることにつながった。

ちなみに、手元の文庫で確認すると、『坂の上の雲』(文春文庫、第一巻)が一九九二年一月時点で二九刷なので、平均すると年に二回増刷されている。『国盗り物語』(新潮文庫、第三巻)に至っては、文庫初版から一七年間で四四刷に達している。年平均で二回半といったところである。

司馬作品の多くは、一九六〇年代、つまり高度経済成長期に単行本化された。だが、そのことが、直接的に広い読者の獲得につながったわけではない。むしろ、「昭和五〇年代」に大手出版社からの文庫化が進んだことで、圧倒的に多くの読者を持続的に獲得するようになったのである。

その時期は、司馬の主要作品の単行本化から一〇年弱が経過し、文庫化するにはちょうどいいタイミングだった。基本的に文庫は、評価が定まった作品を、持続的に読者に提供するものである。単行本刊行から一定期間を経過することは、当時の文庫化の必要条件だった。その選別の是非を見極めるには、少なくとも一〇年程度の歳月は不可欠だった。

通勤客が訪れる国鉄品川駅構内のキオスク書店，1978（昭和53）年3月

大衆歴史ブーム

「昭和五〇年代」の時代状況も、司馬作品が受容されるうえで、決定的に重要だった。やや結論を先取りすれば、単に「文庫化されたこと」というより、「昭和五〇年代に文庫化されたこと」が、司馬作品がその後広く読み継がれる状況を生み出した。

その要因のひとつには、「昭和五〇年代」に盛り上がりを見せた大衆歴史ブームがあった。ことに、大衆歴史雑誌の隆盛は顕著だった。歴史学者を対象にした専門学術誌ではなく、歴史に関心がある一般読者を対象にした商業誌であり、『歴史読本』『歴史と旅』『歴史と人物』などが、代表的なものである。

戦後の大衆歴史雑誌の嚆矢《こうし》としては、『歴史読本』（新人物往来社）の前身にあたる『特集人物往来』（人物往来社、一九五六年一月創刊）に遡《さかのぼ》ることができる（六〇年一月に『人物往来歴史読本』に改題）。しかし、当初は「着物をぬいだ歴史」（一九五七年四月号）・「怪事件の主役」（六一年八月号）・「戦乱の美女」（六二年二月号）など、スキャンダラスな「秘史」「奇史」に焦点を当てがちだった。人物往来社の経営危機もあり、部数も低迷傾向にあった。この雑誌が盛り上がりを見せるのは、一九七〇年代以降、新社である新人物往来社のもとで、戦国武将や城郭、幕末偉人伝など「正統的な歴史」を扱うようになってからである。

同社はさらに、「視覚にうったえる要素を出来るだけ多く盛りこんだ〝見る雑誌〟」をうたった『別冊歴史読本』を一九七六年一〇月に、また、「斜めや裏から見たらどうなるのか」を扱う姉妹誌として『歴史読本スペシャル』を八二年八月に創刊した。

他の出版社でも、同様の雑誌の刊行が相次いだ。中央公論社は、一九七一年九月に『歴史と人物』を立ち上げた。秋田書店は、一九七四年一月に月刊『歴史と旅』を創刊している。いずれも、『歴史読本』と同じく総合雑誌の判型・体裁で、分量は三六〇頁ほどにも及んでいる。『歴史と人物』には、村上兵衛《ひょうえ》や上山春平など、『中央公論』誌常連の評論家・歴史家がたびたび寄稿した。『歴史と旅』はタイトルの通り、史跡をめぐる紀行記事なども多く掲載した。

一九七八年には、管理職層を対象にしたビジネス誌『プレジデント』（プレジデント社）が、「歴史人物路線」を前面に掲げるようになった。特集「現代の「参謀学」」（一九八三年五月号）では、新撰組・土方歳三や連合艦隊参謀・黒島亀人《くろしまかめと》、満鉄調査部の軌跡が紹介され、特集「戦史の教訓」（七九年一二月号）では、川中島の戦い（武田信玄・上杉謙信）や関ヶ原の戦い（徳川家康・石田三成）のほか、日露戦争（乃木希典）、第二次世界大戦・北アフリカ戦線（エルウィン・ロンメル独元帥）などについて論じられた。特集「「終戦後」の研究」（一九八〇年八月号）では、D・マッカーサーや昭和天皇に加えて、戦後初代の日本共産党書記

左上／『特集 人物往来』（1957年４月号，特集「着物をぬいだ歴史」）．上／『歴史読本』（1977年２月号）．左／『プレジデント』（1980年８月号，特集「「終戦後」の研究」）

長・徳田球一までもが取り上げられた。

大河ドラマの復調

こうした動きは、雑誌ばかりではない。NHK大河ドラマが復調し、高視聴率が続いたのも、「昭和五〇年代」だった。

先述のように、大河ドラマは明治百年企画が不振に喘ぎ、打ち切りも議論されていた。だが、ひとまず「せっかくカラー時代になったのだから、最後にもう一作品制作しよう」ということになり、上杉謙信の生涯を描いた『天と地と』(海音寺潮五郎原作)が一九六九年に放送された(『NHK大河ドラマの歳月』)。折しも、カラーテレビが普及し始めた時期だった。これは平均視聴率二五%、最終回(一二月二八日)には最高視聴率三二・四%に達し、大河ドラマの低迷傾向にようやく歯止めがかかった。

カラー化された大河ドラマは、以降四年間は平均視聴率二二%前後を維持し、一九七四年の『勝海舟』から八三年の『徳川家康』までの一〇年間は、おおむね二五%から三二%で推移した(『大河ドラマの50年』)。『黄金の日日』(城山三郎原作、一九七八年)、『獅子の時代』(山田太一脚本、八〇年)、『峠の群像』(堺屋太一原作、八二年)なども話題になり、多くの視聴者を引きつけた。

その要因のひとつには、積極的な新人俳優の起用があった。前述のように、大河ドラマ初期においては、いわゆる五社協定のため、映画スターの出演が難しかったが、そのことは結果的に実力ある新人・若手の掘り起こしにつながった。すでに『太閤記』（一九六五年）では、新国劇のホープとして演劇界で知られながら、一般的な認知度は低かった緒形拳が、主役の太閤秀吉に抜擢《ばってき》され、織田信長役には文学座座員の高橋幸治が、石田三成役には慶應義塾大学在学中の石坂浩二が起用された。

緒形拳は高橋幸治とともに、同じ役で『黄金の日日』（一九七八年）に出演して好評を博したほか、『源義経』（六六年、弁慶役）、『風と雲と虹と』（七六年、藤原純友役）、『峠の群像』（八二年、主役・大石内蔵助）などでも主要キャストとして出演し、大河ドラマの隆盛を牽引した。

石坂浩二も、一九六九年の『天と地と』で主役の上杉謙信を演じたほか、『元禄太平記』（七五年、主役・柳沢吉保）、『草燃える』（七九年、源頼朝役）など、大河ドラマの常連俳優となった。

だが、それればかりではなく、NHK大河ドラマのカラー化の影響も大きかった。

日本では、テレビのカラー本放送は一九六〇年九月に開始されたが、カラー受像機が高額だったため、カラー受信契約数は伸び悩んだ。必然的に、多くの人々にとって、カラーの迫力ある映像を見ようとすれば、映画館に出かけるしかなかった。しかし、一九六〇年代末になると、カラー受信契約数は急増した。大阪万博が開かれた一九七〇年には、二年前の四・

NHKのテレビ受信契約数の推移（1952〜88年，万件）

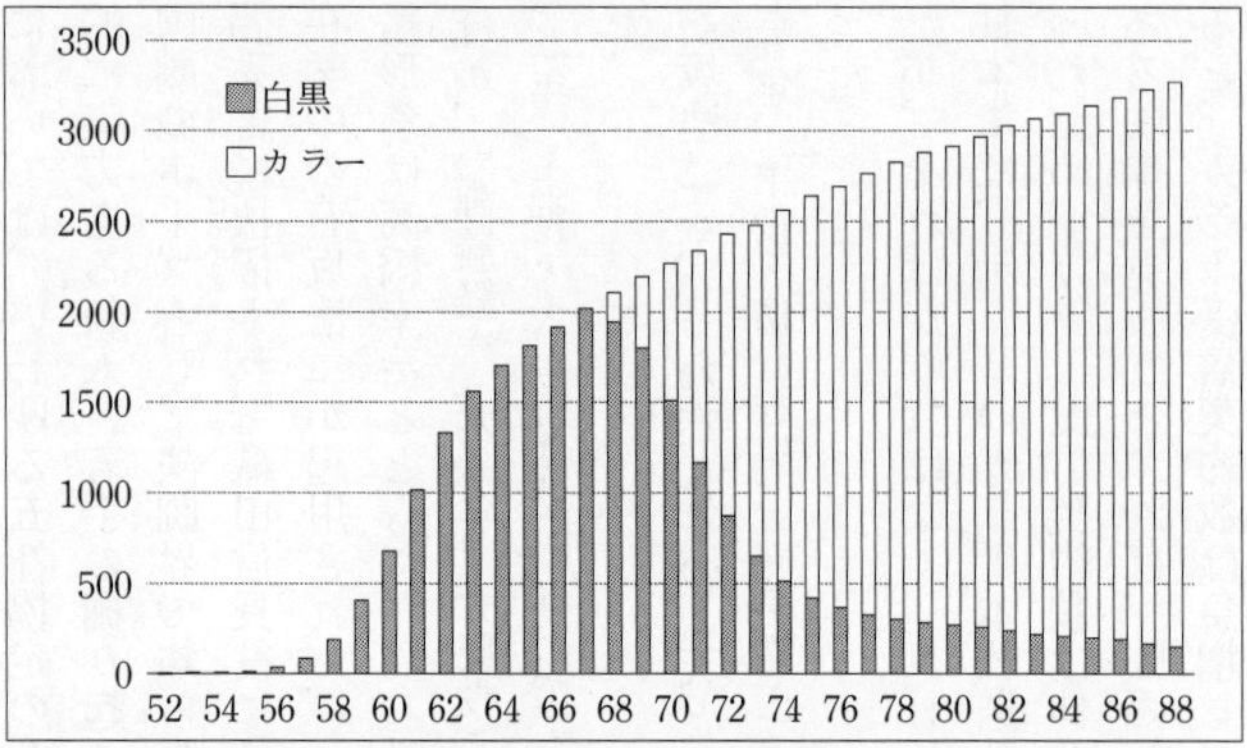

註記：各年の契約数は年度末時のもの
出典：日本放送協会編『20世紀放送史』下（日本放送協会、2001年）をもとに作成

五倍となる七六六万に達し、翌年には一一〇〇万件を突破、白黒契約数を上回った。

そのことは、自宅に居ながらにして、カラーの大作時代劇・歴史劇を楽しめる状況をもたらした。甲冑《かっちゅう》や戦場の色彩、衣装の絢爛《けんらん》さはカラーでなければ表現できなかったが、それに日常的に触れることを可能にしたのが、カラーテレビだった。当然ながら、人々がカラー作品を観るために映画館に出かける必要性はなくなり、映画人口はさらに減少した。大河ドラマの復調は、メディア環境の変化を象徴するものでもあった。

こうしたなか、大衆歴史雑誌は、毎年の年初に大河ドラマと結び付いた特集を企画するようになった。

NHK大河ドラマは一九六三年に始まったが、新ドラマがスタートする年始に『歴史読本』が特集を組むようになったのは、七一年からである。

一九七一年新春特大号（二月）の特集テーマは「立体構成 柳生一族」だが、これは剣豪・柳生但馬守宗矩《やぎゅうたじまのかみむねのり》を扱った大河ドラマ『春の坂道』（一九七一年、原作・山岡荘八）の放送開始に合わせたものだった。

以後、平家の興亡を扱った特集「栄光と転落の赤旗」（一九七二年二月号、『新・平家物語』企画）や特集「立体構成 織田信長」（七三年二月号、『国盗り物語』企画）、特集「立体構成 勝海舟」（七四年二月号、『勝海舟』企画）など、大河ドラマ放送開始時の一月に書店に出回る二月号で、毎年、そのテーマに即した特集が企画されるようになった。それは言うまでもなく、新たにスタートする大河ドラマに関心を抱く層を、読者として獲得しようとする試みであった。

『歴史読本』新春号（二月号）での大河ドラマ特集化は、一九七〇年代以降の大河ドラマの復調が背景にあった。また、それによって、『歴史読本』をはじめとする大衆歴史雑誌も「昭和五〇年代」に盛り上がりを見せたのである。

司馬遼太郎の歴史小説が次々に文庫化されたのは、このように大衆レベルで歴史ブームが盛り上がっていた時期だった。大河ドラマや大衆歴史雑誌の隆盛が、文庫化された司馬作品を手にする読者を生み出し、また逆に、司馬作品への関心が大河ドラマや大衆歴史雑誌に触れる人々を生み出していた。

教養主義の没落

では、なぜ、「昭和五〇年代」にこうした動きが顕著になったのか。そこにはかつて隆盛した教養主義の「遅延」があった。

第1章でも述べたように、教養主義は明治後期以降の旧制高校・大学で広がりを見せ、一九六〇年代頃まで続いた。だが、教養主義は必ずしも、学歴エリートだけのものではなかった。大学はおろか高校（新制）にも進めない層（「就職組」）が、文学・思想・歴史といった人文知に関心を持ち、それらの書物を手にすることも、少なからず見られた。農村の青年団や青年学級では、文学作品や総合雑誌の読書会がたびたび開かれた。勤労青年たちは『葦』『人生手帖』といった人生雑誌をしばしば手にしたが、そこでは彼らの生活体験記のほか、知識人による論説や読書案内、教養書の解説なども掲載されていた。むろん、学歴エリートたちとは異なり、新カント派やマルクスの原書などが扱われることはなかったにしても、思想・哲学の概説や相対的に読みやすい近現代日本文学が選び取られることは、珍しくなかった。

こうした教養は、彼らの生活や勤労の場で、何らかの実利をもたらすものではなかった。にもかかわらず、彼らは「実利を超越した教養」に憧れを抱いた。それは、進学・就職といった実利のための勉学に齷齪《あくせく》しがちな進学組とは異なり、「純粋に教養に向き合う」ことの自負を抱かせるものでもあった。

むろん、その背後には、いかに学業が優秀であっても、家計の理由や親の無理解により高校進学が叶わなかった鬱屈があった。だが、そのことが進学組への憧憬と反発が綯《な》い交ぜになった心性を生み出し、彼らよりも「純粋」な教養への憧れが、しばしば語られた。大衆教養主義は、一九五〇年代半ばに最高潮期を迎えたが、それは、高校進学率が五割ほどで、「自分より勉強ができないあいつが高校に行けて、なぜ自分が進学できないんだ」という屈折が生まれやすかったことが背景にあった（『「勤労青年」の教養文化史』）。

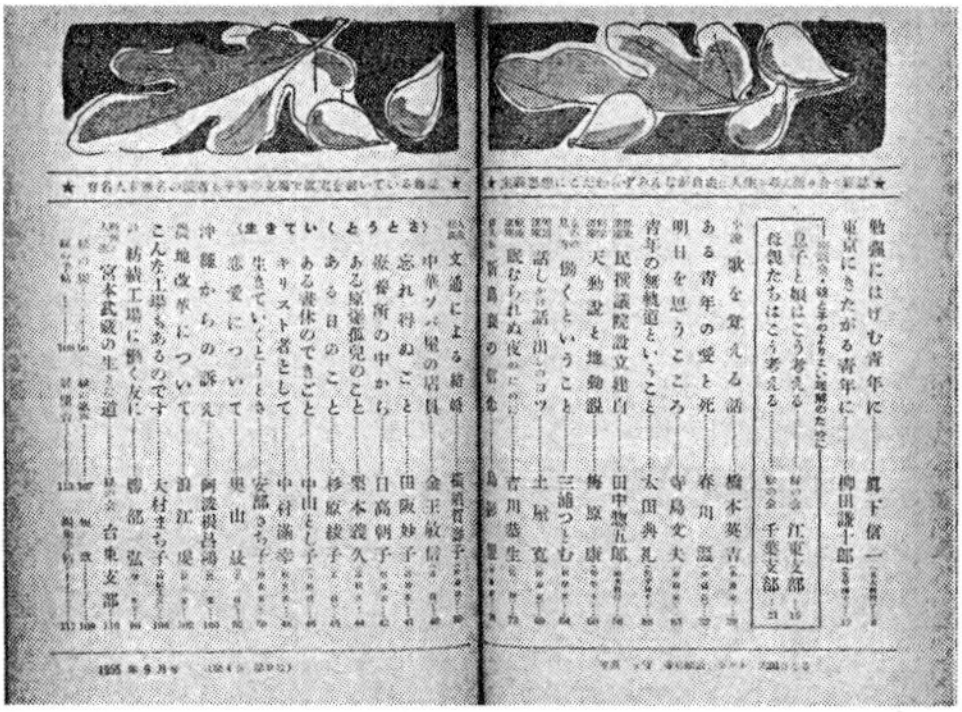
勉強にはげむ青年に——眞下信一
東京にきたがる青年に——柳田謙十郎
息子と娘にこう考える——江東支部
母親たちはこう考える——千葉支部
歌を奪える話——橋本英吉
ある青年の愛と死——春川
明日を思うこころ——寺島文夫
青年の無軌道ということ——太田典礼
民撰議院設立建白——田中惣五郎
天動説と地動説——梅原
働くということ——三浦つとむ
話し方話出しのコツ——土屋
眠むられぬ夜のために——吉川
新島襄の信念——島影盟
文通による結婚
中華ソバ屋の店員
忘れ得ぬこと
療養所の中から——日高朝子
ある原爆孤児のこと
ある日のこと——杉原綾子
ある講休のできごと——中山とし子
キリスト者として
恋愛について
沖縄からの訴え——阿波根昌鴻
農地改革について——浪江虔
こんな工場もあるのです——大村まち子
紡績工場に働く友に——服部弘
宮本武蔵の生きた道——台東支部
1955年9月号

『人生手帖』（1955年９月号）目次

しかし、学歴エリートの教養主義であれ、勤労青年たちの大衆教養主義であれ、一九六〇年代半ば以降にもなると、明らかな退潮傾向が見られた。高度経済成長のなかで大学進学率が急速に上昇し、世代人口の五分の一から四分の一が大学に進むようになると、大学生の社会的な稀少価値は低下した。必然的に、就職も平凡なものになった。授業は大教室でのマスプロ授業が一般化し、一家で初めての大学生として期待を抱いて入学した若者たちを幻滅させた。大学知識人への反

高校・大学進学率の推移（1950〜2010年，％）

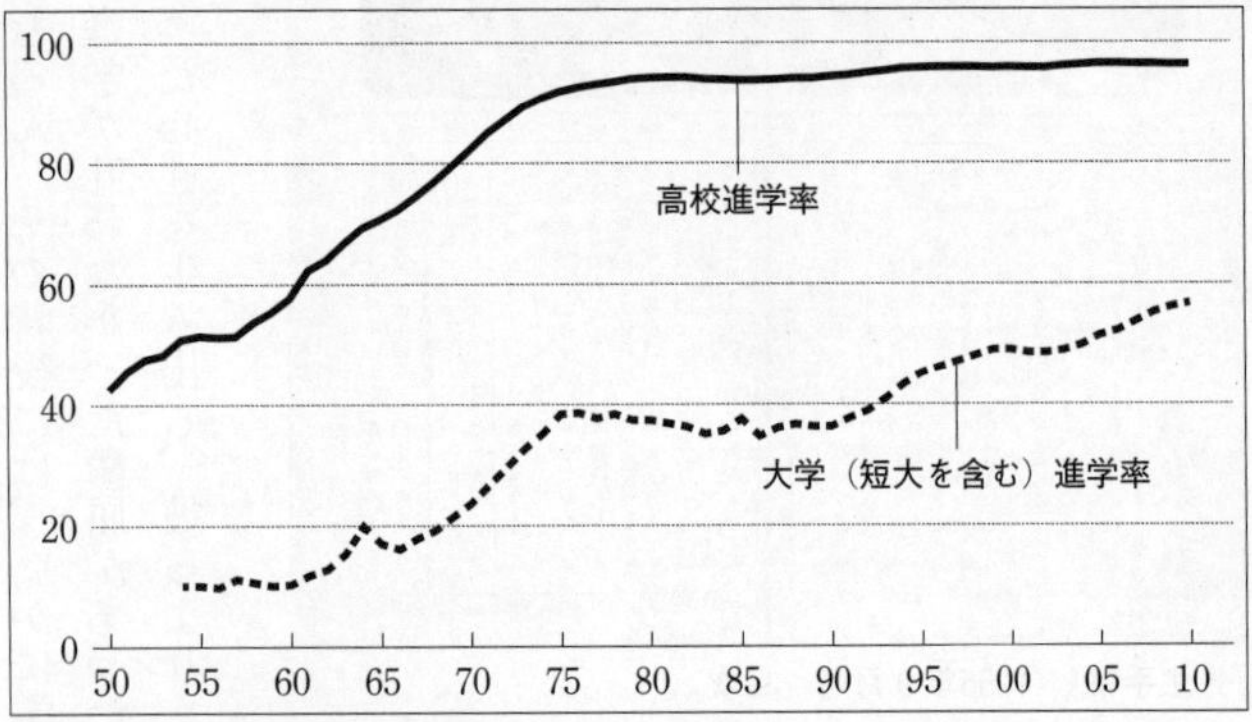

出典：文部科学省『学校基本調査』をもとに作成

感は肥大化し、大学紛争が頻発した。そうしたなか、大学キャンパスでは、教養主義が没落した。

だとすれば、勤労青年層のあいだで教養の価値観が薄れるのは、当然だった。一九五五年に五割だった高校進学率は、七〇年には八割に、七四年には九割に達した。必然的に、「高校進学できるかどうか」「どの高校に進学するか」は、家計の問題ではなく、学力の問題とみなされるようになった。

実際には、家計の問題が進学の希望を砕いたり、実業高校・定時制に選択が絞られる状況を生むことも少なくなかった。しかし、そのことは、社会的にほとんど顧みられなかった。こうしたなか、学業との親和性がつよい教養への憧れは、勤労青年たちにとって、縁遠いものとなった。

また、高度成長に伴い、労働条件の一定の改善と消費文化の浸透が見られたことで、進学をめぐる鬱屈や不遇への苛立ちは、まだしも紛れやすくなった。

そのことも、勤労青年たちの大衆教養主義の衰退に拍車をかけた（同前）。

だが、若者文化のなかではそうだったとしても、かつて若い頃に教養主義の規範を内面化した年代は、社会の中堅を担っていた。折しも「昭和五〇年代」は、大衆教養主義が高揚した一九五〇年代半ばの若者が四〇歳前後に達した時期である。そうした中年層に支えられていたのが、大衆歴史ブームだった。

中年文化と教養の遅延

『歴史読本』『歴史と旅』といった大衆歴史雑誌は、明らかに中年層を主要読者としていた。誌面の広告には、「つくだ煮 海苔」（新橋玉木屋）、「ナショナル大型冷蔵庫」（松下電器）、「晴海総合住宅展示場」などが目立つが、それは家族を持ち、住宅購入を考え、中元・歳暮に気を配る中年層が読者対象だったことを示している。大河ドラマや司馬遼太郎らの歴史小説は、中年層に限らず幅広い年代に受容されたが、裏を返せば、決して若者に閉じたメディア文化ではなかった。

つまり、大学キャンパスや若者文化のなかで教養主義の風潮が薄れつつあるなか、かつて教養主義をくぐった中高年に支えられていたのが、「昭和五〇年代」の大衆歴史ブームだった。高度経済成長を経て一定の豊かさを享受する一方、仕事や家庭生活において落ち着きを得つつあった年代である。二十数年前の若い時分を振り返って、当時浸った教養を懐かしく思い返すこともあっただろう。「かつての若者」の教養への憧憬は、「昭和五〇年代の中年」の大衆歴史ブームに溶け込んでいたのである。

それにしても、なぜ中年層の教養として、「歴史」が選び取られたのか。そこには「参入障壁」の低さがあった。

抽象的な思想・哲学・文学は、理解し、味読するのに、時間的・精神的な忍耐を必要とする。体力や時間に恵まれた若い頃に比べ、中年ともなると、現場実務のみならず管理業務が重なり、精神的な負荷は大きくなる。休日も家族や親族と過ごすことが多いだけに、難解な人文書にじっくりと向き合うことは容易ではない。「生」「真実」といった青春期特有の問題関心も、日常生活で労苦を重ね、人生の見通しが定まってくるなかで、薄れてくるのは避け難かった。

それに比べれば、「歴史」は、手を出しやすい教養だった。たしかに、アカデミックな歴史学では、古文書を読みこなし、地道に史料批判を重ねる作業が求められる。だが、歴史読み物に触れるだけであれば、そのような手間をかけることなく、時代の流れや歴史人物の思考(と思われるもの)を味読できる。後年の記述ではあるが、『歴史と旅』(一九九二年九月号)の「編集後記」には、以下のような記述がある。

思えば歴史は門戸の広い世界だ。なにしろ数学や科学と違って定理というものがまるでない。説得力、証明力さえあれば誰もが異議を唱えていい。外に出て史跡をみて「なぜ、どうして」と思えば、もう立派にその世界の人。泡沫《ほうまつ》意見なんていわせない。本号をご覧あれ。

アカデミックな歴史学を経ずとも、「もう立派にその世界の人」を自任できるだけの教養に触れ得るメディアが、大衆歴史雑誌であり、大河ドラマであった。

司馬作品と「昭和五〇年代」のサラリーマン

司馬の歴史小説は明らかに、「昭和五〇年代」の大衆歴史ブームに重なり合っていた。なかでも、ビジネスマンやサラリーマンたちに、熱烈に支持された。

評論家の尾崎秀樹は、一九七六年の座談会のなかで、「これまでのベストセラー作品を見ると、若い青年層と家庭の主婦層をつかんでいる場合が多い」のに対し、「司馬さんの読者はちょっとちがって、ビジネスマン層が買い支えているように思う」と述べている（「新〝国民文学〟の旗手の危険な魅力」）。『プレジデント』の歴史人物路線を進めた諸井薫も、一九七〇年代半ばにおける「司馬作品群へのビジネスマンの異様なまでの傾倒現象」を指摘している（「司馬ブームとは何だったのか」）。

それを裏付けるかのように、石川武（三井海上火災保険会長）や榊原英資（大蔵省国際金融

諸井薫（上），榊原英資

局長、のちに財務官）は、一九九六年の文章のなかで、『峠』『坂の上の雲』『国盗り物語』といった司馬作品を、二〇年近くにわたり読んできたことを語っていた（「変革期のドラマに心躍らせる」「「日本回帰」の契機」）。

たしかに、一九六〇年代に多く書かれた司馬の主要作品は、高度成長下の企業社会に親和的だった。だが、司馬作品がビジネスマン層を中心に多くの読者を持続的に獲得するようになったのは、通勤時の読書に便利な文庫化が進んだ「昭和五〇年代」以降のことだった。

そこでしばしば読み込まれたのが、教養だった。先の石川武は「司馬作品の魅力はその独自の歴史観、人物観にあると思う」と記している（「変革期のドラマに心躍らせる」）。榊原英資も、「司馬の歴史観、人間観」が「〔一九七〇・八〇年代の〕乱世のなかで日本を考え、自分の生き方を考えるきっかけ」となったことを綴っている（「「日本回帰」の契機」）。そこには、「読書を通じた人格陶冶」という教養主義の規範を垣間見ることができる。

司馬作品と教養の結びつきは、ことに「余談」に表れている。司馬作品では、人物描写の合間に、しばしば「余談だが」といった断りが入り、当時の政治史・軍事史・社会史、さらには比較文明論的な挿話が多く盛り込まれた。

たとえば、『国盗り物語』では、「余談だが」と断ったうえで、「戦術家としての信長の特色」を論じている。司馬が言うには、武田信玄、真田昌幸・幸村父子、竹中半兵衛重治らは、山間部など地形の複雑な地の出身ゆえに「手の込んだ、巧緻《こうち》で変幻きわまりない型の戦術家」となった。それに対し織田信長は、「山河や地形地物を利用する小味な戦術思想に欠けている」一方で、「その驚嘆すべき速力」が特徴的だった。それは、「一望鏡のように平坦な尾張平野で成長し、その平野での戦闘経験によって自分をつくりあげ」たためであった（第三巻）。

今日の眼には、いささか地理決定論にも見える記述だが、読者にしてみれば、ストーリーの躍動感だけではなく、戦国期の武将・戦術家の類型やその背景に思いをめぐらせる知的な楽しみを味わうことができた。

明治政府樹立から西南戦争終結までを描いた『翔ぶが如く』では、「すこし余談をしてみたい。征韓論とはなにかということについてである」と記し、征韓論に高揚する在野世論に言及している。そこでは司馬は、「外交が技術であるよりも国民的情念の表現、もしくはその情念によるヒステリー発作というにちかい」と批判的に指摘したうえで、同様の冷徹さの欠如が、昭和期の「軍部の国内統一」を招き、「国家そのものは四十余ヵ国という、ほとんど全地球の人類を敵としてしまい、潰滅してしま」う事態をもたらしたと論じていた（第一巻）。

ちなみに、その「すこし」の余談は、文庫版で六頁もの紙幅が割かれており、豊臣秀吉の朝鮮出兵から、戦後の講和条約締結をめぐる全面講和論と単独講和論の対立にまで及んでいる。

余談の頻出と分量の多さは、人物描写のストーリー展開を途切れさせかねない。だが、司馬の余談は、登場人物への感情移入から時に距離を取りつつ、政治史・軍事史・世論史への思考を促し、さらには昭和史を問いただそうとするものであった。

「余談」の教養

司馬の余談から掻き立てられる知的関心について、作家の田辺聖子は次のように述べている。

私たちは司馬さんの小説に頻出する「この時期」とか「余談ながら」という自作自注をどんなにたのしみ、期待して読んだことでしょう。自注がそのまま小説の血肉となり、主人公の独白や思惑とひびき合い、小説の魅力をいっそうたかめました。もはや従来の時代小説、歴史小説の枠をこえ、小説と評論の垣根もとりはずされていました。自注によって小説は奔馬のように躍動しました。（「弔辞」）

余談という名の「自作自注」を通して、小説のなかに「評論」が読み込まれ、そこに作品の魅力が見出されている。

作家の有吉佐和子も、余談には直接言及しないものの、『坂の上の雲』について「ああ、そうだったのかと教えられることが余りにも多かったので、小説を読んでいるという気がしなかった」「司馬さんの書かれるものは日本外史とでも呼ぶべき種類の史書ではあるまいか。膨大な材料を明晰に分類し判断し、しばしばユーモアを湛えて平明に綴っていく」と評していた（「司馬文学のファンとして」）。司馬作品のなかに見出されたのは、「小説」というより、「史書」という名の教養だった。

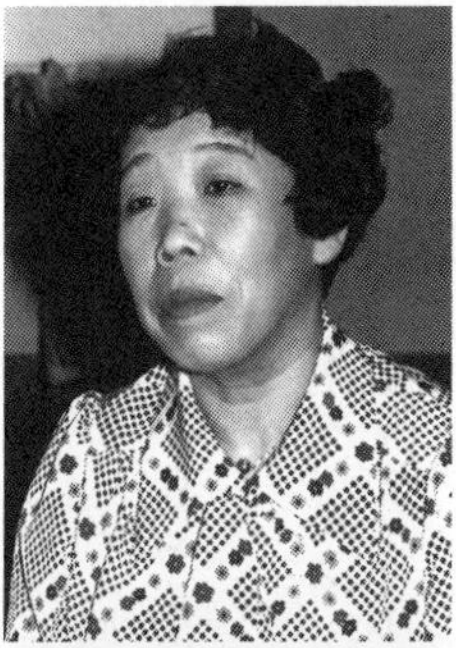

田辺聖子（上），有吉佐和子

こうした歴史小説のスタイルは、かなり独特だった。田辺が「もはや従来の時代小説、歴史小説の枠をこえ」ていると評したことも、それを物語っている。

司馬以前の世代で、歴史

上の人物を多く描いた作家としては、吉川英治や海音寺潮五郎、山岡荘八などが思い起こされよう。吉川英治の『宮本武蔵』『三国志』、海音寺潮五郎の『天と地と』、山岡荘八の『徳川家康』『伊達政宗』は多くの読者を獲得した。だが、総じて主人公の艱難辛苦《かんなんしんく》やヒロイズムに主軸を置くものであって、史的背景を他の時代・地域と比較して相対化したり、そこから現代を問う姿勢は、あまり見られなかった。

歴史家の会田雄次は、一九七九年の論説のなかで、吉川英治『宮本武蔵』や山岡荘八『徳川家康』を司馬作品に対比させながら、「何かえせ禅坊主が酔って若い連中に説教しているように感じられいたたまれなくなってしまう」「やはり「大時代」物で、そこから経営法を学ぼうというういささか古風な「大物」はいても、中堅エリート社員にはちょっと馴染難いものではなかったか」と評していた（「現代小説としての歴史文学」）。

それに引き換え、司馬作品は、主人公への共感のみならず、歴史をめぐる知的な関心をも、読者にかき立てた。それを後押ししたのは、随所に盛り込まれた余談だった。また、余談とは断らない記述でも、現代史をめぐる問いを喚起させるものがあった。

携帯可能な大河ドラマ

こうした教養の受容は、文庫というメディアのあり方とも、密接に結び付いていた。

通勤途中で司馬作品の文庫を手にするサラリーマンの読書は、どうしても細切れにならざるを得なかった。むろん、帰宅後や休日にじっくりと味読することもあっただろうが、日常業務の負荷や残業などを考えれば、つねにそれが可能だったとも言えない。往々にして、通勤の電車・バスの車内で読むことになりがちだった。物語の面白さにひかれて、下車するのが億劫《おっくう》に思われることもあっただろう。

だが、司馬作品はサラリーマンたちの断片的な読みにも適していた。司馬作品にちりばめられた教養は、あくまで余談として細切れに記されていた。なかには数ページに及ぶ余談もあったが、関連テーマについてじっくりと書かれた新書などに比べれば、手短かなものだった。断片的に余談が差し挟まれた司馬作品は、乗り換えや下車のために短時間で本を閉じなければならないサラリーマンたちにとって、細切れの読書を可能にするものであり、その通勤スタイルに適していた。さらに言えば、そうした読書が可能になったのも、廉価で携帯しやすい文庫というメディアがあってのことだった。

このことは、司馬作品が映画ではなくテレビに親和的だったことにも、重ね合わせることができる。

映画は真っ暗な劇場のなかでスクリーンを凝視するものであり、高い集中力が求められる。それは明らかに、日常生活から切り離された空間だった。

それに対して、テレビは明るい室内で視聴され、日常の些事《さじ》が頻繁に意識のなかに入り込む。かつ、当時のテレビは一家に一台あるに過ぎず、一家団欒《だんらん》の場で視聴された。同じ映像メディアであっても、外界から遮断され、高い集中力を要した映画と、日常のなかに配置され散漫な視聴が可能なテレビとでは、オーディエンスの向き合い方はまったく異なっていた。その意味で、文庫版の司馬作品は「映画的」ではなく、あくまで「テレビ的」だった。通勤時の読書は、外界の様子を意識下からシャットアウトし、物語に没入することをどうしても妨げてしまう。乗り過ごすことのないように、現在の通過地点につねに注意を払っていなければならない。文庫化された司馬作品は、こうした「テレビ的」な散漫な読書を可能にしていた。

映画作品とテレビ番組の時間的な長さの相違も、見落とすべきではない。多くの劇映画作品は、九〇分や一二〇分、大作になると一八〇分にも及ぶ。それに対し、テレビ・ドラマはせいぜい一時間に過ぎない。しかも、コマーシャルが細切れに挿入されることで、視聴はどうしても断片的なものとなる。NHK大河ドラマにはコマーシャルが挟まれることはないが、番組時間は一回当たり四五分に抑えられている。大河ドラマ全話（約四〇回）で見れば、合計三〇時間以上にのぼり、大作映画の一〇倍以上の長さだが、一回あたりは通常の大衆映画の半分程度の時間でしかない。

そのことも、細切れの読書が可能になる司馬作品に通じるものがあった。『竜馬がゆく』や『坂の上の雲』は文庫版で全八巻、『翔ぶが如く』は全一〇巻にも及ぶ。サラリーマンたちは、それを毎日行き帰りの通勤電車のなかで細切れに読んでいた。それは、「映画的」というよりは「テレビ的」であり、さらに言えば「大河ドラマ的」な読書だった。彼らにとって、文庫化された司馬作品は「携帯可能な大河ドラマ」であり、それは通勤時に細切れに教養に接することを可能にしたのである。

3　サラリーマンの教養主義

オイルショック後の企業社会

それにしても、なぜ「昭和五〇年代」のサラリーマン層は、司馬作品を手に取り、「歴史という教養」に触れようとしたのだろうか。彼らの日常の仕事や私生活において、そこから得られる実利はほとんどなかったはずである。そこには、高度経済成長期とはまた異なる「昭和五〇年代」の社会状況が、深く関わっていた。

一九七〇年代初頭以降、日本の経済成長は鈍化し、二度のオイルショック（七三年、七九年）はさらなる経済悪化を招いた。こうしたなか、大手企業は大規模な労働争議を避けるべく、不況時であっても従業員の解雇を極力抑え、全社的な配置転換で対応するようになった。三池争議（一九六〇年）をはじめとする大規模労働争議に手を焼いた経験が、大きかった。

それは、職員（ホワイトカラー）と工員（ブルーカラー）を「社員」として一本化する人事システムが定着していたことで、可能となった。先にも述べたように、職能資格制度は、もともと別系統だった職員・工員の昇進システムを一元化した。そのことは、製造部門と管理部門、事務部門の垣根を越えた配置転換を可能にした。

労働組合も雇用維持を優先課題とし、賃上げ要求を抑制して、配置転換をいっそう容認するようになった。日本政府も当時の雇用慣行を活用して解雇を避けるよう、企業につよく働きかけた。一九七四年に雇用保険法を制定し、雇用調整給付金で休業手当を補助して、関連企業への出向を支援したのは、そのあらわれである（『日本社会のしくみ』）。

もっとも、その皺《しわ》寄せを受けたのは、非正規雇用の期間工（臨時工）やパート従業員だった。また、女性社員も結婚退職の勧奨や早期定年制によって、昇進・昇格のルートから外され、景気変動の調整弁として位置付けられていた。

不況時の大量解雇を必要としない程度に一定の正規従業員を恒常的に採用し、その分、期間工やパート、下請け受注数で景気変動の調整をはかる――こうした日本的雇用慣行は、高度成長が終焉《しゅうえん》した「昭和五〇年代」に、広く支持されるものとなった。

専門性より柔軟性

そこでサラリーマン層に必要とされたのは、複数の企業を渡り歩ける専門技術の高さではなく、会社の要請に応じて、さまざまな職務に対応できる柔軟性と吸収力だった。労働社会学者の熊沢誠は、「日本の企業を支えている精鋭サラリーマン、とくにホワイトカラーに対する経営の要請は、なによりフレキシブルな働き方です。従業員が特定の技能や仕事の範囲に固執するのは困るのです」と指摘している（『働き者たち泣き笑顔』）。

企業も社内教育やOJTを通じて人材養成をはかったが、そこで教育コストをかけた分、他の企業に社員が流出することを抑えようとした。そもそも職能資格制度は、労働流動性を抑制するものでもあった。職能資格制度は個々の企業で別個に設けられたので、会社を一歩離れれば、その資格等級には何の価値もなかった。

欧米であれば、技術職なり会計職なり、職務ごとの労働市場が存在した。よりよい条件を求めて勤務する企業を移り、ステップアップしていくことが一般的であり、労働組合もそれに対応することが多かった。それに対し戦後日本では、職員・工員混合の企業別組合が主流であり、職務ごとの横断的な労働市場はあまり見られなかった（『日本社会のしくみ』）。必然的に、労働者が自らの専門技術を磨き、よりよい条件をめざして企業を渡り歩く動きは、ごく限られたものだった。

「人格」への関心

となると、従業員たちが企業に長期にわたって在籍することを選び取るのは、当然だった。そこでは社内で少しでも高い評価を得ることが、所得を上昇させ、自らの生活水準を高めることにつながる。従業員の「貢献度」を測る査定の存在がそこに与《あずか》っていたのは、先述のとおりである。

そのことは、特定の職業技術の技量よりも、組織人としての振る舞いや「人格」への関心を高めた。部署が変われば求められる技術はさまざまなので、その都度、習得するしかない。むしろ、新たな業務に積極的に取り組む意欲や、会社のためなら残業や異動を厭わない姿勢こそが、企業では求められた。

とはいえ、解雇を極力抑えつつ、順当な昇進を全従業員に保証することは、高度成長が止まった「昭和五〇年代」の企業にとって、明らかな負担だった。昇格・昇進の増加は、人件費の増大につながる一方、資格等級に見合うポストにも限りがあった。

このことは、僅差の昇進をめぐる過当競争に、従業員たちを駆り立てた。ポストが限られるだけに、スピード出世は期待しにくかったが、その分、対外的には大した意味をなさないわずかな昇進スピードの差に、従業員たちは一喜一憂しなければならなかった。

そこでは、同期入社の同僚の存在が大きかった。年齢や入社年がバラバラであれば、自分の昇進スピードをはかる基準は見つかりにくい。しかし、新卒一括採用が一般化していた日本では、同期入社組の存在が可視化され、それが、昇進の微細な違いを重要視させる基準線となった(『日本のメリトクラシー　増補版』)。

企業にとどまり昇進を望む従業員は、こうした競争にさらされながら、「組織人としての人格陶冶」とさらなる「社内のがんばり」を、自らに課さねばならなかった。

一九七〇年代後半以降の『プレジデント』が「歴史を通じたリーダーシップの涵養《かんよう》」へと編集方針を転換させたことは、このような企業社会の趨勢《すうせい》を暗示していた。そこで扱われたのは、特定の職業技術ではなく、あくまで管理職やその予備軍としての「生き方」であった。

司馬作品も同様だった。前述のように、司馬の歴史小説は、サラリーマン層に組織人としてのあり方を考えさせた。『新史太閤記』『国盗り物語』『坂の上の雲』における戦国武将や陸海軍人の描写は、明らかに、企業組織における行動律と重なり合っていた。織田信長という組織トップの思考を推し測りながら西美濃攻略をめざす木下藤吉郎や、限られた兵力のなかで冷静に「負けない戦い」を実践する秋山好古などは、その好例だった。

ある年配のビジネスマンは、一九九二年の対談のなかで「司馬さんの作品を読むと、主人公がひどい境遇の中にあっても自らの信念を貫いていくと協力者が現れたり、運命が好転して道が開けてきたりする具合がよく描かれていて、たいへん勇気づけられる」「私自身も事業がうまくいかずエアポケットに落ち込むことがままあるが、そんな時に司馬さんの本を読み返すと、人のやらないことをやるのだから苦労するのが当たり前だ、と心が落ち着いてくる」と語っている（『ビジネスマン読本　司馬遼太郎』）。司馬作品のなかにサラリーマンの行動律が読み込まれることは、決して少なくなかった。

もっとも、司馬作品では技術合理性に重きが置かれていたが、自らの技術を恃《たの》みにさまざまな組織を渡り歩く人物像が描写されたわけではない。むしろ、組織の歪《ひず》みを感じ取りながらも、属するに値する組織で自らの能力を活かそうとするさまに、重点が置かれていた。『城塞』では、大坂方中枢（淀君、大野修理ら）に翻弄されつつ、その範囲のなかで自らの軍事技術を生かす場を模索した真田幸村が描かれていた。その点でも、司馬作品はサラリーマンたちの「生き方」に重なり合うものだった。

会田雄次

歴史家の会田雄次は、一九七九年の文章のなかで、司馬作品と企業社会の関係性について、以下のように述べている。

> 新しい中間読物、例えば『限りなく透明に近いブルー』を通読し得るのは学生か、会社員だったら、「ドブねずみ色の背広」がまだ何とも身につかぬ、つまり企業責任を負っていない若い人々に限られよう。だが、司馬氏の作品は、企業や家庭や社会を背負わなければならなくなった人々、それも全く近代的大企業の中堅的社員をふくむ層を初めて「小説」を読む人々たらしめたのである。〔中略〕司馬氏の作品は、それが戦国の古い時代のものでも現代、大企業の中堅管理職の人間の生き方に通じる。〔『空海の風景』

における」弘法大師の心情は今日の留学生、さらには商社の駐在員の心に直結するのだ。
（「現代小説としての歴史文学」）

村上龍『限りなく透明に近いブルー』（一九七六年）のような芥川賞作品など手にすることのないサラリーマン層を司馬作品が読者として獲得してきたこと、そこでの描写が彼らの職業生活と重なり合うことが、ここには示されている。

司馬作品は、戦国期や幕末・維新期、明治期の人物描写を通して、中堅管理職やその予備軍に「人間としての生き方」について内省を促した。それは、会社にとどまり、「組織人としての人格陶冶」を重んじる「昭和五〇年代」の企業社会に、明らかに親和的だった。

「組織の息苦しさ」からの逃避

とはいえ、司馬作品には、企業社会との親和性ばかりでなく、それとの齟齬もいくらか垣間見えた。『竜馬がゆく』では、倒幕をめざしながらも、土佐藩はもとより薩摩・長州からも自立した坂本竜馬が描かれていた。『坂の上の雲』の秋山兄弟、『花神』の大村益次郎についても、上層部の意向に阿《おもね》ることなく自らの技術を生かそうとするさまに、描写の重きが置かれていた。

そこに透けて見えるのは、査定を通して企業組織に従属せざるを得なかった当時のサラリーマンとは、やや異質な人物像だった。司馬はプレジデント社社長の諸井薫に対して「経営者やビジネスマンが、私の書いたものを、朝礼の訓示に安直に使うような読み方をされるのはまことに辛い」と語っていた（「司馬ブームとは何だったのか」）。そこからも示唆されるように、司馬作品は必ずしも、「企業の論理」に合致するものではない。昭和陸軍にも通じるような「組織への盲目的な従順さ」は、司馬にとって批判の対象でしかなかった。

読者にしてみれば、司馬の歴史小説におけるこうした描写は、一種の爽快感《そうかい》を醸《かも》し出すものだった。現実の生活では、組織に従属し、理不尽さや不合理に堪えなければならない。それだけに、組織から一定の距離をとり、そこを離れるとまではいかずとも、それなりの独立性を保つことは、サラリーマンたちの願望であっただろう。

諸井薫は、司馬作品を「辛い浮世を生き抜く現代ビジネスマンにとって、こんな格好なカタルシスもない」と評して、以下のように述べている。

ビジネスマンは心ならずも周囲に気兼ねして自分を殺す日常の中で生きているだけに、マイペースを貫く偏執狂に近い人間の生き方に憧れる傾向があるが、司馬作品の主人公にはそのタイプが多い。竜馬しかり、土方歳三、河井継之助、大村益次郎、数え上げれば、司馬好みの男達にはあきらかに共通するものがある。

（「司馬ブームとは何だったのか」）

だが、見方を変えれば、これらはしがらみの多い会社生活をめぐる「ガス抜き」を促すものでもあった。現実の企業勤めのなかで、大村益次郎や坂本竜馬のように「マイペース」や「合理性」に固執することは困難だった。だが、そうした願望を司馬作品の主人公に投影することで、まだしも救われる気持ちを抱くむきがあったことは、想像に難くない。

読者たちは、自らの願望を司馬作品に重ねることで、現実の企業社会との折り合いをつけていた。司馬作品は、「朝礼の訓示に安直に使うような読み方」ともまた異なる形で、結果的に企業社会を下支えしていたのである。

「変化の時代」との親和性

「昭和五〇年代」と司馬の歴史小説の結び付きは、それればかりではない。むしろ、高度成長の終焉により、先を見通しにくくなった時代状況にこそ、司馬作品は親和的だった。

司馬作品の多くは、戦国期や幕末・維新期を扱っていたが、そこで描かれるのは、既成の価値観が覆され、新たな認識や社会構想が模索される状況だった。戦国期を扱う『国盗り物語』『新史太閤記』であれ、幕末・維新期を主題とする『竜馬がゆく』『花神』であれ、不毛な秩序を次々に破り捨て、新たな軍事・政治・経済の仕組みを編み出そうとする主人公が描かれていた。

こうした人物像は、高度成長の次を見据えなければならなかった「昭和五〇年代」に重なり合うものだった。

敗戦後の日本は、政治・経済・文化のあらゆる面で、欧米に追いつくこと（キャッチアップ）を目標にしてきた。しかし、アメリカはベトナム戦争で国際的に非難を浴びただけでなく、戦費がかさんだことから経済も疲弊し、金・ドル交換停止などのニクソン・ショック（一九七一年）は世界経済に混乱をもたらした。イギリスは、すでに第二次大戦後から輸出力の減退や慢性的なインフレ、国際収支の悪化に苛まれていた。社会保障の充実と完全雇用がはかられてはいたが、そのことは企業経営の硬直化と競争力の減衰を招き、「英国病」と称された。戦後のひところまでは追いつくべき対象だった欧米は、一九七〇年代半ばにもなると、必ずしも日本にとってのモデルではなくなっていた。

大平正芳首相が組織した政策研究会（大平政策研究会）の報告書『文化の時代の経済運営』（一九八〇年）でも、「近代化（産業化、欧米化）を達成し、高度産業社会として成熟した日本は、もはや追いつく目標とすべきモデルがなくなった。これからは、自分で進むべき進路を探っていかなければならない」と書かれていた。「キャッチアップ型近代」の終焉という認識が、そこには浮かび上っていた（『追いついた近代 消えた近代』）。

そうしたなか、ビジネスの場では、社会の変化に対応できる資質・能力が重視されるようになった。ビジネス誌では、「海図なき50年代への挑戦」（『週刊ダイヤモンド』一九七五年一月四日号）や「先見力の研究」「情報力の研究」（『プレジデント』七九年一月号・一〇月号）といった特集企画が多く組まれた。

それと合わせてしばしば論じられたのは、自由競争の原理と規制撤廃である。大平・中曽根政権下でブレーン政治の担い手の一人だった政治学者・香山健一《こうやまけんいち》は、『英国病の教訓』（一九七八年）のなかで、「自由な社会はあくまで国民の自立自助と自由競争を原則に運営せねばならず、必要以上に国家が市民生活や企業活動に介入し、過保護になってはいけない」「社会保障制度や福祉のあり方についても、従来の西欧、北欧型福祉国家の模倣をしてはならない」と論じていた。一九八二年一一月に発足した中曽根康弘政権は、新自由主義の路線を打ち出し、国鉄や電電公社の民営化や行政改革を進めたが、香山の議論はその方向を後押しするものであった。

ビジネス教養主義

『国盗り物語』に描かれた室町期の旧習旧弊や、『竜馬がゆく』『花神』に記された幕政末期の疲弊は、こうした状況において、企業の自由な活動を阻害する規制や「英国病」「北欧病」に重ねることができた。旧いしがらみを打破する司馬作品の主人公は、既成の権威や何らかのモデルに頼ることなく、「自分で進むべき進路を探っていかなければならない」という価値観を体現する存在だった。司馬作品の多くは、旧来の秩序を否認し、「変化という何か」を自ら探り当て、それを現実のものにしていく物語であり、それはまさにキャッチアップ型近代の終焉が言われた「昭和五〇年代」の価値観に沿っていた。

大蔵官僚だった榊原英資は、一九七〇年代に「軽薄な流行にのり、アメリカ型「改革」を指向」していたことを振り返りながら、「司馬の歴史観・人間観はアメリカかぶれした「改革」派に国を思う志というものが一体何なのかを改めて教えてくれた」と回想している（「日本回帰」の契機」）。司馬作品はしばしば、「ポスト・キャッチアップ」の時代の指針となる教養として、受け止められたのである。

とはいえ、ビジネスの実利に直結するものとして、司馬作品が求められたわけではなかった。司馬の歴史小説は、たしかにサラリーマン層に広く読まれたが、スキルやノウハウを教授するビジネス書として受け止められたのではない。あくまで、ビジネスや行政をとりまく現状を歴史との対比で捉え返し、自らの行動・思考に自省を促すものとして、司馬作品は受容された。司馬の歴史小説が「乱世のなかで日本を考え、自分の生き方を考えるきっかけ」になったという榊原の先の記述は、そのことを物語る。

司馬作品は、ビジネスの短期的・中期的な実利に直結するものとして読まれたのではない。あくまで「歴史という教養」を通した「人格陶冶」が、読書を通して模索された。そこには、ビジネス教養主義とでもいうべきものが、浮かび上がっていた。

男性サラリーマンの読書文化

ただ、司馬作品に強い親和性があったのは、あくまで男性サラリーマン文化だった。職能資格制度が導入された大手企業、あるいはそれに準ずる中堅企業の男性サラリーマンには、司馬作品に浮かび上がる「「歴史という教養」を通じた人格陶冶」は受容しやすいものだった。だが、こうした企業文化の外部で生きる人々には、それはさほど当てはまるものではなかった。

一九八〇年代初頭でも、大企業の正社員だったのは、労働人口の二六％ほどに過ぎない。農業従事者や自営業者を除けば、工場の期間工やパート・アルバイトといった非正規雇用の人々、あるいは零細企業の労働者が、残りの部分の大多数を占めていた。彼らのなかにも司馬作品の愛読者は少なくなかっただろうが、企業組織での昇進・昇格から縁遠い彼らが、サラリーマンたちと同じように司馬作品を読んだとは考えにくい。

また、司馬作品は、女性のライフコースにも、親和的ではなかった。当時は高卒は言うまでもなく大卒の女性も増えていたが、企業での彼女たちの働き方は、男性のそれとは異なっていた。女性は男性社員のように長期にわたって企業で働き、昇進・昇格していくことが前提にはされず、結婚を機に退職を強く勧奨されるか、そうでなくても早期定年制がとられることは珍しくなかった（『性別定年制の史的研究』）。

結婚後は、家事労働を一手に担ったほか、子育てや介護をも抱えざるを得なかった。戦後日本は、これらを専業主婦に負わせることで、福祉支出を抑制する小さな政府の方針をとってきた。むろん、子育てが一段落すれば仕事に就く女性は少なくなかったが、多くの場合、パートやアルバイトといった非正規労働だった。そうした境遇からすれば、女性たちが司馬作品に浮かび上がるビジネス教養主義を自らの生き方に投影することは、難しかっただろう。むろん、司馬の歴史小説を手にする女性読者がいなかったわけではない。田辺聖子や有吉佐和子が、司馬の「余談の教養」に惹きつけられていたのは、先述のとおりである。だとしても、司馬作品は総じて、社内昇進を見通せた男性サラリーマンの生き方に親和的だった。

ナショナリティとの親和性と齟齬

司馬の歴史小説の受容は、「昭和五〇年代」のナショナル・アイデンティティにも通じるものがあった。

大平政策研究会の報告書『文化の時代の経済運営』（一九八〇年）は、先に引いた「これからは、自分で進むべき進路を探っていかなければならない」という記述に続けて、「われわれは、急速な近代化や高度経済成長を可能にした日本の文化を検討するとき、そこに多くの優れた特質を再発見した」と記している。そこにあったのは、高度成長を実現し、欧米をモデルとする必要がなくなったことへのナショナルな自負だった。日本の経済・社会制度を評価したエズラ・ヴォーゲル『ジャパンアズナンバーワン』（一九七九年）が話題になったのも、そのゆえである。

こうした心性は、司馬作品の主人公たちが、旧弊を打破しながら活力ある社会・組織を自ら構想し、作り上げていったことに重ねられた。一九七〇年代前半に通産次官を務めた両角《もろずみ》良彦《よしひこ》は、後年の文章のなかで、愛読してきた司馬作品について、次のように語っている。

> 氏〔司馬遼太郎〕がかくも鮮やかに明治という時代を截り取ったのは、あのころの日本人の素朴さ、無邪気さ、ひたむきさを珍重したかったためだろう。恐らくそこには現代の心理的な暗さへの反作用があった。
>
> 敗戦この方、われわれは古き良き時代の日本人像を捨てて顧みなくなって久しい。〔中略〕皮肉なことに、われわれの精神は経済的繁栄とは逆比例して、懊悩《おうのう》を強いられ、ひたすら内攻するという奇現象を呈してきた。
>
> そこに忽然《こつぜん》と現われた「坂の上の雲」は、われらの心理的閉塞状態に風穴をあけ、伸びやかで、透明な精神の記憶を蘇らせた。登場する主人公たちは物語の中で、西欧的な合理性と融合した明治人の気骨を見せてくれたし、和魂洋才の潑剌《はつらつ》としたエネルギーでわれらの鈍麻した感覚をゆさぶった。まさに「明治の奇蹟」をタイミングよく再評価して、現代への警鐘を鳴らしたが故に、この小説は人びとの心を捉えたのである。
>
> （「浮雲に托す」）

敗戦に伴う「心理的閉塞状況」を断ち切り、「古き良き時代の日本人像」を再評価しようとする心性が、司馬作品から導かれていた。

同様の作品理解は、これに限らなかった。伊藤淳二(元鐘紡会長)も、同じく『坂の上の雲』に言及しながら、「明治維新とともに徳川封建時代に圧殺された日本人の魂が燃え上がり、人材雲の如く、ついに強国ロシアを葬り去った」「司馬遼太郎作品のすべては、「漢《おとこ》」の生き方を追求し、その生き方とは志の高さ、その志とは自らを捨てて一つの理想に生死することを教えた」と述べている(「漢の生き方を教えた」)。

彼らが司馬作品に読み取っていたのは、キャッチアップ型近代では顧みられなかった「日本人の魂」や「志の高さ」だった。

「誤読」する愛読者たち

もっとも、実際の司馬の歴史小説では、必ずしも「古き良き時代の日本人像」が強調されたわけではない。『坂の上の雲』などで繰り返し論じられたのは、「ロシア帝国は日本に負けたというよりみずからの悪体制にみずからが負けた」「日本人がとくにすぐれていたわけでもなく、ロシア人がとくに愚鈍であったわけでもないのである。ただロシア国家は老朽化しているために愚鈍であった」ということだった（『坂の上の雲』第六巻・『歴史の中の日本』）。

実際に、ロシア軍の強固なトーチカに対して白兵突撃をひたすら繰り返す乃木希典軍の思考停止ぶり、海軍との連携や前線からの情報を軽視する司令部、そして、藩閥意識とセクショナリズムから抜け出せない陸軍首脳・参謀の固陋《ころう》が、『坂の上の雲』全編を通して色濃く描かれていたのは、第2章で述べたとおりである。ロシア帝国の腐敗や組織病理にも多くのページが割かれてはいるが、それは司馬にとって、昭和期日本のアナロジーでもあった。「世界史のなかですくなくとももう一例、帝政末期のロシアとそっくりの愚鈍さを示した国家がある。太平洋戦争をやった日本である」という記述は、そのことを如実に物語っている（『歴史の中の日本』）。

それだけに、「和魂洋才の潑剌としたエネルギー」や「古き良き時代の日本人像」がことさらに読み込まれることは、司馬にしてみれば不本意だっただろう。第2章でも述べたように、司馬が戦国期や幕末・維新期、明治期の明るさを描いたのは、戦争体験に根差した「昭和の暗さ」を照らし出すためだった。だが、司馬作品を称賛するビジネスマンたちは、そこに目を向けることはなく、総じて司馬の「明るさ」のみに目を奪われがちだった。

「変化」への順応

司馬作品のなかに「激動の時代のリーダー像」が読み込まれることも少なくなかったが、

そこにも書き手と読み手の齟齬を見出すことができる。

石川武（三井海上火災保険会長）は、司馬の歴史小説について「経営に携わる者にとって、時勢を読み取る大局観と個々の局面において人間を動かすエネルギーの源や心理のとらえ方は大変参考になる」と評していた（「変革期のドラマに心躍らせる」）。従来の「キャッチアップ」や高度成長というモデルが消失するなか、「時勢を読み取る」ことに資するものとして、司馬作品は読まれていた。雑誌『プレジデント』でも「先見力の研究」「情報力の研究」（一九七九年一月号・一〇月号）といった特集が組まれ、ビジネスの場で社会の変化に対応できる資質・能力が重視されていたことを考えれば、司馬作品に対するこうした読みは奇異なものではない。

だが、司馬作品で強調されていたのは、「変化への順応」ではなく、「変化の創造」だった。『国盗り物語』は、中世の寺社の商工業許可権を否定し、自由な経済制度を生み出そうとした斎藤道三を描いている（第一巻）。『竜馬がゆく』では、尊王攘夷のイデオロギーとは一線を画し、「人材があればたれでも大老、老中にさせるような国家」を構想しつつ、自由交易を通じたのびやかな経済活動をめざした坂本竜馬の姿が強調されていた（第三巻）。そこに浮かび上がるのは、所与の変化に器用に自らを合わせていくのではなく、むしろ、自らが「あるべき社会」を構想し、その実現に向けて動こうとする人物像だった。

これに対し、『プレジデント』や司馬作品の読者に透けて見えたのは、「変化に順応することへの切迫感」だった。従来のモデルが失効し、経済や社会に変化が生じる状況は所与のものとされ、その変化の動向を正確に読み取り、それに合わせる必要性が、『プレジデント』や司馬作品に読み込まれていた。

そこには、司馬とビジネスマン読者との齟齬を読み取ることができる。司馬が諸井薫に対して「経営者やビジネスマンが、私の書いたものを、朝礼の訓示に安直に使うような読み方をされるのはまことに辛い」と漏らしていたことも、それに通じるものがあった。

「教養」の変質と社会批判の後景化

それは教養の変質を暗示していた。

先述のように、一九五〇年代半ばに高揚した勤労青年たちの教養文化では、人文社会系の読書を通じた人格陶冶が重んじられ、その延長で社会批判も多く論じられた。青年団や青年学級、人生雑誌では、民主主義や反戦・平和、労働問題、貧困・格差といったテーマがしばしば扱われた。それは、読書や討議を通じて、現代社会を批判的に捉え返し、「あるべき社会」を構想しようとするものだった（『「勤労青年」の教養文化史』）。また、大学キャンパスにおける教養主義は、戦前からマルクス主義や社会民主主義とも結び付き、社会改良への志向が顕著だった。大学生たちが『中央公論』『世界』といった総合雑誌を手に取り、一九五〇年代前半の徴兵制反対署名運動や六〇年安保闘争に積極的に関わったのも、そのゆえだった。

しかし、彼らが中年となった「昭和五〇年代」の「歴史という教養」においては、社会のあり方そのものを捉え返す議論は、総じて少なかった。変化は構想し、創り出すものというよりは、順応する対象として位置付けられていた。それはすなわち、社会批判への関心が後景に退いていたことを意味する。

中年ビジネスマンたちは、司馬作品のなかに「歴史という教養」を読み込み、それを通じた人格陶冶（人望、リーダーシップなど）を志向した。それは参入障壁が低いものだったとはいえ、彼らが若かりし頃の教養主義の連続上にあった。

だが、かつての大学生や勤労青年たちとは異なり、中年期の彼らは教養から社会批判への関心を導くことは少なかった。日本回帰を語りながら「戦後」を批判する議論はしばしば見られたものの、格差や貧困、福祉、戦争など、国内外の社会の歪《ひず》みへの着目は、さほど目立たなかった。そもそも、司馬の歴史小説は、戦国や明治の「明るさ」を通して、昭和の組織病理やエリート主義を問いただすものだったが、これらを汲み取るむきは少なかった。

ビジネスマンやサラリーマンの読者たちは、司馬が描いた「明るさ」に目が眩《くら》んでいた。その背後には、「教養主義の没落」後の教養の変質があったのである。

第4章　争点化する「司馬史観」――「戦後五〇年」以降

1　文学・歴史学の沈黙

無言の文学界

司馬遼太郎作品は、サラリーマン層をはじめとする広範な読者を獲得した。しかし、文学の世界では、司馬への注目は限定的だった。

「昭和五〇年代」末（つまり一九八〇年代半ば）までに司馬を単独で特集を組んだ文芸誌は、『カイエ』（冬樹社、七九年一二月号、特集「司馬遼太郎」）に限られる。そのほか、『國文學 解釈と教材の研究』（學燈社、一九七三年六月号）が「特集 松本清張と司馬遼太郎」を組んでいるが、この両誌を除けば、司馬遼太郎を特集した文芸誌はとくに見当たらない。『国文学 解釈と鑑賞』（至文堂、一九七九年三月号）は、「歴史・時代小説の現在」と題した特集を設けたが、司馬は海音寺潮五郎、山本周五郎、子母沢寛ら一二名の歴史・時代小説作家のなかの一人として取り上げられたに過ぎなかった。

文学の世界でさほど取り上げられなかった背景には、そもそも司馬自身が「正統的な文学」から距離を取っていたことがある。既述のように、司馬は学生時代から特定の作家にのめりこむことはなく、文学青年や文学サークルとの関わりを避けてきた。そのことは、「文壇」「文学者」への引け目とともに、衒学的な自己陶酔がつきまとう彼らへの拒否感につながっていた。

司馬は、自らの作品が「小説らしさ」から逸脱していることに自覚的だった。司馬は「小説とは要するに人間と人生につき、印刷するに足るだけの何事かを書くというだけのもので、それ以外の文学理論は私にはない。以前から私はそういう簡単明瞭な考え方だけを頼りにしてやってきた」と述べるなど、既成の文学潮流や手法を顧みることに、さほどの意義を見出さなかった（「あとがき六」）。

なかでも『坂の上の雲』は、「小説」であることすら放棄した作品だった。

『坂の上の雲』という作品が、小説でも史伝でもなく、単なる書きものであると私がしばしば、それもくどいほど断ってきたのは、自分自身が小説という概念から解放されたいためであった。

（『歴史の中の日本』）

この作品は、小説であるかどうか、じつに疑わしい。ひとつは事実に拘束されることが百パーセントにちかいからであり、いまひとつは、この作品の書き手——私のことだ——はどうにも小説にならない主題をえらんでしまっている。千数百年、異質の文明体系のなかにいた日本人という一つの民族が、それをすてて、産業革命後のヨーロッパの文明体系へ転換したという世界史上もっとも劇的な運命をみずからえらんだのだが、そういう劇的なことというのは、小説という世界にひきずりこむことはじつに難しい。双方、本来、質として無縁かもしれない。

（「あとがき四」）

『坂の上の雲』第１巻（文藝春秋，1969年）

司馬にとって『坂の上の雲』は、一般の文学作品とは異なり、「事実」にこだわった作品だった。のちに執筆過程を振り返りながら、「『坂の上の雲』という作品は、ぼう大な事実関係の累積のなかで書かねばならないため、ずいぶん疲れた。本来からいえば、事実というのは、作家にとってその真実に到着するための刺戟剤であるにすぎないのだが、しかし『坂の上の雲』にかぎってはそうではなく、事実関係に誤りがあってはどうにもならず、それだけに、ときに泥沼に足をとられてしまったような苦しみを覚えた」と述べている（「首山堡と落合」）。

そのことは、司馬作品の「余談」の多さにも通じていた。先述したように、司馬は『坂の上の雲』に限らず、物語の史的背景や古今東西の事象との比較を、余談として、多くの作品のなかにちりばめてきた。それが、読者の教養への憧憬を刺激したことは、既述のとおりである。「余談の教養」に満ちた司馬作品が「小説でも史伝でもなく、単なる書きもの」となることは、必然だった。

司馬は学歴・職歴において、一貫して「二流」の道を歩んできた。そのスタンスは、文学における立ち位置にもつながっていた。司馬は余談交じりの歴史小説を執筆することで、「小説」でも「史伝」でもない、両者の中間領域を選び取った。それは、文学の「一流」「正統」から距離を取り、「傍系」を選び取ろうとする姿勢のあらわれでもあった。

称賛と批判の曖昧さ

とはいえ、司馬の歴史叙述には、一定の評価も見られた。

ソビエト史の菊地昌典（東京大学助教授）は一九七三年の文章のなかで、「その歴史方法論には、歴史家がとかく忘れがちな歴史認識の手がたい手法が率直にのべられていて、関心をひかれる」「とかく資料第一、あるいは資料のみで人間をとらえられると錯覚しやすい歴史家への警告でもある」と記している（「歴史家への挑戦状」）。

古代史家の上田正昭（京都大学教授）も、「人間の翳《かげ》」（一九七二年）と題したエッセイのなかで、「司馬さんほど、歴史に投じつつある人間の翳を見事に描く人は少ない。司馬さんの筆は変革期に生きた人物と人生に密着するのではなく、たえずこれを鳥瞰《ちょうかん》してその虚と実に迫る」「丹念な史料の採集と深い読みとが、この人の史眼と実感のなかで、小説の形を借りて物語られる」と綴っていた。

これらは『司馬遼太郎全集』の月報に収められた文章であっただけに、司馬に好意的な記述になるのは当然だろう。だが、裏を返せば、アカデミックな歴史学者が司馬の全集の月報に筆を執り、一定の評価をすることに対して、特段の躊躇《ちゅうちょ》がなかったとも言える。現に上田は『國文學 解釈と教材の研究』（一九七三年六月号）に寄せた論文「司馬遼太郎と朝鮮」でも、同様の評価を記している。

文芸批評においても、司馬への評価が皆無だったわけではない。亀井俊介（東京大学助教授、比較文学）は、「司馬遼太郎の美学」（『中央公論』一九七四年九月号）のなかで、「従来の大衆文学に見られた求道的な精神性を排したところに氏の新しさがある。英雄は時代の束縛から解放され、さわやかな自由人として活躍する」と評していた。

文芸批評家の桶谷秀昭と岡井隆の対談「司馬遼太郎をどう読むか」（『カイエ』一九七九年一二月号）でも、「司馬さんの作品を読むと、非常に博識で、それで斬新な人物観をもってる人のお話を聞いてるときの面白味を感じますね」「やっぱり司馬遼太郎が何万部だか何十万部だか売れるってのは、そういう教養が訴えるわけですからね。文学青年とか作家予備軍

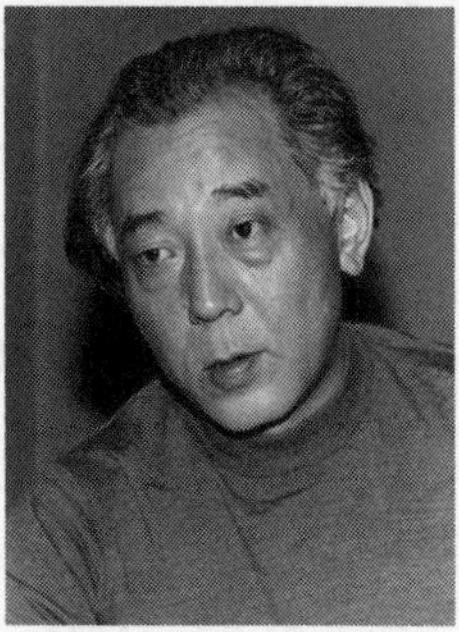

加藤周一

みたいなものだけしか支持層ないわけでしょう、今の純文学ははっきり言って」と、司馬作品に浮かび上がる教養が評価されていた。

ただ、その一方で、司馬の歴史叙述への違和感も見られた。ことに、この時期にしばしば指摘されたのは、「英雄」への偏重だった。

先述の菊地昌典は、『一九三〇年代論』（一九七三年）のなかで、民衆史家・色川大吉が掘り起した日露戦争下の上等兵の戦中記録を引きながら、「複雑に屈折したこの一上等兵の思考と運命は、司馬文学ではとらえられることはない」「『坂の上の雲』のエリートの手足となって動いた庶民が、国民国家の勝利のヴェールでおおわれていいものか、どうか。また十中八、九、万骨となって朽《く》ちはてるであろうわれわれ読者が、これらエリートの言説にむざむざとのり、おのれを風雲児、将軍に擬すことがいいものか、どうか」と批判していた。

加藤周一も、一九七七年の文芸時評のなかで、菊地のこの議論を踏まえながら、「司馬遼太郎氏の史観は天才主義である。数人の天才たちが、対立し、協力しながら、廻天の事業を行う」「そこには、民衆が演じた役割と、経済的な要因がもったであろう意味は、ほとんど描かれず、ほとんど分析されない」としたうえで、「この小説が提供する歴史の解釈、歴史的事件の全体像は、われわれがわれわれ自身の社会的現実と歴史的立場を発見するのには役立たないだろう」と斬り捨てている（「司馬遼太郎小論」）。

もっとも、司馬は「英雄」のみに着目したわけではない。『梟の城』『風神の門』など忍者を扱った伝奇ロマン小説、あるいは「けろりの道頓」（一九六〇年）のような短編では、名声や栄達を求めず、己の技術のみを頼りに、日の当たらない世界で生きようとする戦国期の中下層の人々の姿を描いていた。『新史太閤記』の木下藤吉郎は、たしかに「天下人」へと栄達したが、多くの記述が割かれていたのは、幼少期より貧困や家族・地域からの暴力に喘ぎ、それゆえに閉鎖的で不合理な秩序を作り替えようとする主人公の「社会への抗《あらが》い」だった。『竜馬がゆく』にしても、世に出る以前の坂本竜馬が社会の末端で生を営み、既成秩序の桎梏に苦しみ、「あるべき未来」を自ら構想しようとするさまを描いていた。だが、文学・歴史学の領域では、司馬作品のこうした側面にはあまり注目されなかった。

ただ、後年とは異なり、「昭和五〇年代」前後の時期には、それ以上の司馬への苛烈な批判は見当たらなかった。むしろ、司馬をめぐる論評には、好意的な記述と批判的なそれが綯《な》い交ぜになった曖昧さが目立っていた。

亀井俊介は先の論考のなかで、「日本の大衆文学の型を破り、それを破天荒な規模で拡大しつつある氏のこの新鉱脈の豊かさ」を評価する一方で、「この国家の重圧におしひしがれたひとりひとりの人間の戸惑い、歎き、苦しみ、あるいは「怨念」は、脇にのけられてしまっている」との違和感を記している（「司馬遼太郎の美学」）。

また、歴史学者の大江志乃夫《しのぶ》は、一九七七年の論説「司馬遼太郎『翔ぶが如く』について」のなかで、「司馬さんは、非常に情熱をかけた綿密な調査と取材によって、これらの対象をえがきだしている」「地元の研究者による最新の研究成果を十分に活用し、自分でも直接の取材をおこない、まったくのフィクションなしに作品のなかにとりこんでいる」と評価しつつも、「実在の人物が歴史のうえに残しているたしかなアリバイを、作家が無視して創作しうる限界はどこまでか」と述べ、史実と創作が混濁する司馬作品への疑問を語っていた。

「単なる書きもの」の評しづらさ

こうした曖昧な評価は、「小説でも史伝でもなく、単なる書きもの」に過ぎない司馬作品の評しがたさを意味している。亀井俊介は、先の評論の最終段落で、「司馬遼太郎氏がいまきりひらいている新しい鉱脈が、小説であるか歴史であるか、あるいはそのどれでもないジャンルのものなのかは、いまは問題外としよう」と記している（「司馬遼太郎の美学」）。

大江志乃夫も、先述の論説の末尾を「この『翔ぶが如く』は、私にはあまりに身近でありすぎて、これについて批評めいたことを書くのは、もっとも不適任であるかもしれない」という一文で締めくくっていた。大江はすでに『明治国家の成立』（一九五九年）や『日露戦争の軍事史的研究』（七六年）を著し、幕末・明治期について重厚な研究を積み重ねていた。

それだけに、司馬の史的誤認を指摘するのは容易だったはずだが、歴史小説を歴史学と同列に論じることには躊躇した。大江がその論考のなかで「歴史小説におけるフィクションの限界はどこにもとめられるべきか」を幾度も自問していたことにも、そのためらいが浮かび上がっていた（「司馬遼太郎『翔ぶが如く』について」）。

他方で、「小説」でも「史伝」でもない司馬作品の両義性に、苛立ちを示す向きもあった。評論家の渡辺京二は一九七九年の評論のなかで、『坂の上の雲』や『翔ぶが如く』について、「あの程度の乃木批判なら、話は小林秀雄の乃木論ですんでいる。しかも彼は戦術批評までやっている。講釈癖もここまで昂じて来た訳で、それにつれて小説のほうはスカスカになった」「私は、司馬という作家から小説の提供を欲するもので、歴史に関する講釈を聞きたいのではない」と酷評している（「『翔ぶが如く』雑感」）。そこにあるのは、司馬が「小説」の枠から外れていることへの不快感だった。

司馬の歴史叙述についても、渡辺の評価は厳しかった。渡辺は『翔ぶが如く』について「それはこの問題に関する先行の諸論究の綜合の観すら呈している。しかもというべきか、それゆえというべきか、司馬の考察が西南戦争論としても西郷論としても、〔四〇〇字詰め原稿用紙で〕数千枚を費やしたにしては見るべき独自性に乏しい結果に終っている」「彼の立論は総じてあの委曲を尽くした蘇峰の考察の域をあまり出ぬものと評するほかはあるまい」としたうえで、以下のように評している。

この人にはこのように物事を軽率に論断したり誇張したりする習癖があって、あくどい限どりをこととする大衆作家の習い性といい条、それではとうてい歴史を語る資格はなかろうということである。この人は史上はじめてとか前代未聞といった種類の修辞を濫発《らんぱつ》する。もちろん大部分は修辞として看過するとしても、鹿児島私学校を「一国一党の独裁政党」と見なすなら「世界で最初のそれであるにちがいない」などと振りかぶられると、よせやいといいたくなるのはどうしようもない。（「『翔ぶが如く』雑感」）

渡辺はすでに当時、在野の思想史家として、『評伝 宮崎滔天』（一九七六年）、『神風連とその時代』（七七年）、『北一輝』（七八年）などをものしていた。それゆえか、司馬の史的叙述に新味のなさを覚え、「思いつきの面白さ」を「当時の思想状況のなかに定位させることをしない」という不満を抱いた（同前）。

渡辺はその論説の結部において、「『翔ぶが如く』七巻を読んで、私は巨大な徒労の感にうたれた」と記している。渡辺にとって、司馬の「小説でも史伝でもなく、単なる書きもの」は、「小説」としても「史伝」としても、中途半端に見えたのである。

司馬作品は、文学界・歴史学界の双方で、必ずしも無視されるわけではなかったが、論評しづらいものであった。「余談の教養」が多く盛り込まれた司馬作品は、文学界と歴史学界のいずれにおいても、「傍系」だった。批評界で全面的な称賛と全面的な批判が見られず、両者がゆるやかに混濁した曖昧な論評が多かったのも、そのゆえである。亀井や大江に比べれば渡辺は、「小説」でも「史伝」でもない司馬作品の両義性に苛立ちを露わにしていたが、いずれの反応にも透けて見えたのは、司馬作品の評しづらさであった。

2　歴史小説から史論へ――「余談」の本業化

戦後歴史学と民衆史

ことに歴史学の曖昧で「無言」の反応の背後には、学問潮流の存在もあった。戦後の歴史学は、マルクス主義や日本共産党の影響をつよく受けていた。戦時期の歴史学が皇国史観に立脚し、ファシズムを下支えしたことへの反省と批判からである。一九五〇年代前半には、「大衆＝農民・労働者」を理解し、彼らのための歴史学を編み出すことをめざして、国民的歴史学運動が盛り上がりを見せた。これら歴史学界の主流は「戦後歴史学」と呼ばれ、抑圧を受ける無産階級（労働者・農民層）の抵抗に歴史発展の原動力を見出す階級闘争史を掲げた。

一九五〇年代後半には、日本共産党の路線変更や内紛の影響もあって、戦後歴史学はしばらく停滞したが、一九六〇年代以降、再び議論が活発化した。その背景には、「近代化論」

や「明治百年ブーム」への反発があった。

日本が高度経済成長を果たすなか、海外の社会科学者のあいだでは、「日本はなぜ急速に近代化を遂げたのか」「西洋以外で唯一、近代化を達成できたのはなぜか」という関心が高まった。いわゆる近代化論である。なかでも米国ケネディ政権下で駐日大使を務めた日本学者E・ライシャワーの議論は、日本でも広く紹介され、「ライシャワー・ブーム」と呼ばれる人気を博した。一九六八年には、先述のように、日本政府主催の「明治百年記念式典」が挙行され、明治を言祝ぐ動きが顕著に見られた。

戦後歴史学の研究者たちは、そのような状況を批判的に見ていた。講座派マルクス主義の流れを汲む戦後歴史学にとって、近代化論や明治百年ブームは、「変革の担い手たろうとする民衆の主体性を解体させ、現存の支配体制のなかで満足するよう訴える」という危うさを帯びていた（『イコンの崩壊まで』）。こうした動向を受けて、戦後歴史学は、高度成長による社会変化を念頭に置きつつ、中間層との共闘可能性も視野に入れた人民闘争史への関心が高まった。

とはいえ、明治百年ブームには、自治体史編纂を活性化させる側面もあった。そこでは、歴史学者が多く動員されたが、同時に大学所属の研究者と地方の歴史研究者（中高社会科教員、学芸員など）の交流を活性化させ、郷土史ブームが生み出された。

そうした流れを受けて、戦後歴史学では、民衆・生活・女性・地域への関心が高まった。

なかでも色川大吉、鹿野《かの》政直、安丸良夫らが、民衆史・民衆思想史をリードした。マルクス主義の図式を演繹的に当てはめがちだった従来の戦後歴史学とは異なり、これらの研究には、史料そのものから帰納的に被支配層の主体性を捉えようとする姿勢が見られた。

歴史学界との不調和

このような潮流に照らしてみると、司馬作品と戦後歴史学との齟齬は明らかだろう。明治前半期を「日本史上類のない幸福な楽天家たちの物語」と捉える司馬の近代史理解は、講座派マルクス主義の影響を受けた戦後歴史学とは相容れなかった。

また、司馬作品は、斎藤道三、羽柴秀吉、坂本竜馬といった「英雄」を主人公に据えていたが、それは民衆史の流れにも沿うものではない。民衆思想史を切り拓いた色川大吉は、「司馬さんの目には底辺の庶民や棄民や一揆する民衆は入らなかったようだ」との思いを抱き、司馬の「英雄こそが歴史を動かすという嗜好《しこう》」に批判的だった（「明」重視の英雄史観」）。

同様の違和感は、NHK大河ドラマをはじめとする大衆歴史ブームにも向けられた。色川は『歴史の方法』（一九七七年）のなかで、大河ドラマの主人公が斎藤道三、坂本竜馬、上杉謙信など、一貫して「みんな英雄である」「治者の立場からのものが多い」ことを指摘したうえで、「これでは、まるで日本の歴史は英雄が作ってきたようにあやまられてしまう」「こういうものを通して現代の管理社会向きの歴史ブームというのが十数年間も演出され維持されてきた」と述べている。当然ながら、それはすでに三作品も大河ドラマ化されていた司馬遼太郎の歴史小説に向けられた批判でもあった。

むろん、先に述べたように、司馬は「英雄」「治者」のみを描いたわけではない。しかし、司馬の長編では総じて「歴史上の偉人」が取り上げられたこともあって、人民闘争史や民衆に重きを置く戦後歴史学は、司馬に違和感を抱きがちだった。

ただ、戦後歴史学が司馬作品をことさらに指弾するほどの動きも、目立たなかった。歴史小説はあくまで歴史学の範疇《はんちゅう》の外にあり、アカデミックな観点から評価し、批判することは、歴史学者にとって、大人げない行為でもあった。

近代史家の松浦玲は、後年の著書のなかで『竜馬がゆく』を念頭に、「フィクションが許される小説を相手に事実を論じるのはたいへん骨が折れる」と記している（『検証・龍馬伝説』）。同様のためらいは、少なからぬ歴史学者に共有されていた。

それは言い換えれば、歴史学者が論じるに値するものとして、司馬作品を位置付けていなかったことを指し示す。「昭和五〇年代」における司馬と歴史学者の関係性は、このようなものだった。

司馬はその後も、『胡蝶の夢』（一九七九年）、『項羽と劉邦』（八〇年）、『菜の花の沖』（八二年）、『箱根の坂』（八四年）といった大作を発表した。だが、それと並行して、『歴史と視点』（一九七四年）、『歴史の中の日本』（七四年）、『ロシアについて』（八六年）などの評論・文明批評を多く著すようになる。一九八七年に『韃靼疾風録』を書き上げると、それを最後に歴史小説の筆を止め、史論・文明論・紀行文の執筆に専念した。

　そのなかで書き上げられたのが、『街道をゆく』（全四三巻、一九七一～九六年）、『「明治」という国家』（八九年）、『この国のかたち』（全六巻、九〇～九六年）である。

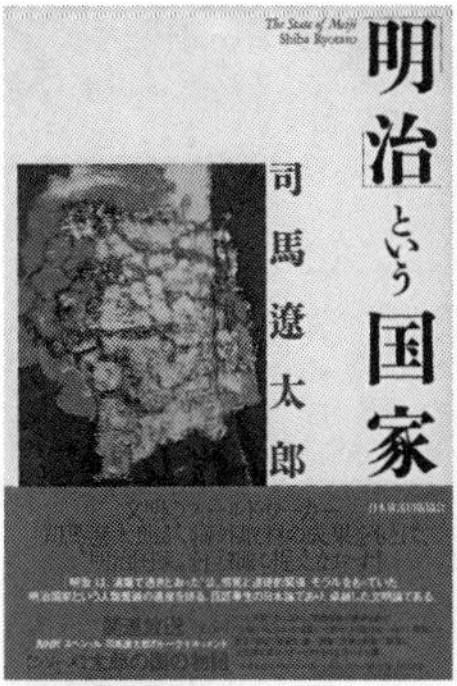

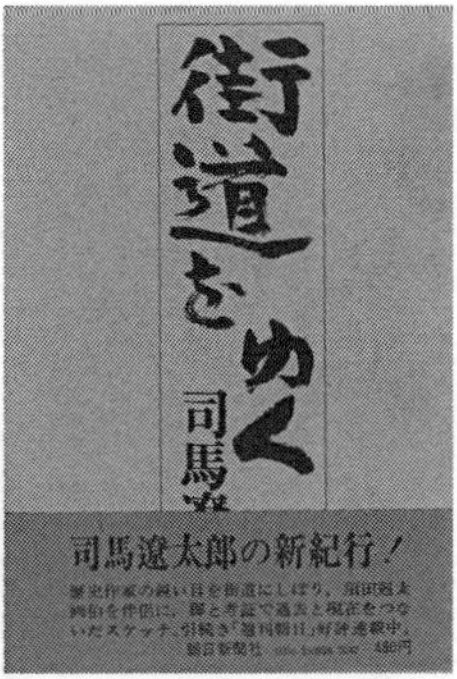

左上／『「明治」という国家』（日本放送出版協会, 1989年）．上／『街道をゆく』第１巻（朝日新聞社, 1971年）．左／『この国のかたち』第１巻（文藝春秋, 1990年）

　これらはいわば、司馬の歴史小説における「余談」を広げたものだった。先述のように、司馬は小説のなかで、「余談だが」との断りを入れつつ、文明論や古今東西の比較を論じていたが、それらを抽出し、さらに議論を展開したのが、司馬の評論・紀行文だった。

時を同じくして、知識人との対談も多くなった。大阪大学教授で劇作家・評論家の山崎正和とは「近代化の推進者　明治天皇」（『文藝春秋』一九七四年二月号）はじめ、幾度も対談を重ねた。そのほかにも、政治思想家の橋川文三、比較文化史の芳賀徹、国際政治学の高坂正堯など、政治学・思想史から文化史・文学に至るまで、多岐にわたる著名知識人との対談が多く組まれた。

これらは、必ずしも雑誌編集部や出版社の意向によるものばかりではない。山崎正和は、「私は司馬さんとの対談だけはいつも跳びつくやうにして引き受けることにしてゐる」と述べ、「衒学《げんがく》臭のいささかもないその素晴らしい博識」への感動を語っていた（「司馬さんの老眼鏡」）。橋川文三との対談にしても、司馬が吉田松陰・高杉晋作を主人公にした『世に棲む日日』を著していたこともあり、橋川自身が望んで実現したものだった（「教養の厚い岩盤」）。

一九七二年には平川祐弘《すけひろ》、木村尚三郎、芳賀徹ら東京大学教養学部教員が集って、『坂の上の雲』を論じる座談会が催された。彼らはこぞって「面白い。これで日本の歴史学の固陋《ころう》で偏頗《へんぱ》な近代暗黒史観が払拭される」と語ったという（同前）。先の芳賀との対談も、これを機縁としていた。

これはすなわち、司馬の「余談」がビジネスマン層のみならず、一部の知識人に受け入れられていたことを示している。しかも、その対談相手のなかには、山崎正和、高坂正堯、橋川文三など、同時代の知をリードする学識者が少なくなかった。

学際知識人による称賛

だが、先述のように、司馬は学者・知識人とつねに折り合いがよかったわけではない。ことに、戦後歴史学の研究者は、司馬を「敬して遠ざける」という姿勢が色濃かった。では、司馬はどのような種類の研究者に好意的に受け止められたのか。

総じて司馬を評価する知識人に共通していたのは、複数の学問領域を広く横断する学際性である。

山崎正和は戯曲執筆や文化史・文芸史研究のかたわら、サントリー文化財団の設立（一九七九年）に携わり、政治学から歴史学、美学、思想・哲学まで、人文社会系の学問領域を広く網羅した学芸賞を創設した。

橋川や高坂には、それぞれ政治思想史、国際政治学という固有の専門領域があったが、彼らの関心は多岐にわたっていた。そもそも、政治思想史は、政治学、歴史学、思想研究を横断するものであり、学際性を帯びた学問領域だった。それに加えて、日本浪漫派や三島由紀夫、柳田國男をも精力的に論じた橋川は、必然的に文学史やアジア主義、民俗学にも通暁《つうぎょう》していた。高坂も、国際政治学や欧州外交史を専門にしていただけに、その関心は政治思想、政治史、ヨーロッパ史に及び、時代と地域をまたいだ比較史的な視座を有していた。そこか

山崎正和（右）と司馬の対談，1971年

橋川文三

高坂正堯

ら日本政治も捉え返すようになり、一九六八年には『宰相吉田茂』をまとめている。

むろん、学際知識人のすべてが、司馬に関心を示したわけではない。だが、中国古代史から日本近代史まで手広く論じる司馬と領域横断的な知識人との関係は、総じて良好だった。

批評家・鶴見俊輔の司馬への評価は、そのことを如実に物語っている。鶴見は、一九九五年の司馬との対談のなかで、「史学科出身の人は、相当善意の人だけれども、やっぱり、細かいですよ」「〔司馬は〕大学の史料《ママ》科で勉強されたことないでしょ。〔中略〕これがいいんですよ」と語り、司馬を次のように評している。

司馬さんの、ことに『街道をゆく』を見てると、太い線で書いてあるけれど、ディテールとブロード・ストロークスとその、両方がある。その二つが相関してるんです。珍しいことじゃないかと思うんです。私が読んだことのあるすぐれた歴史家は大体、太い線で書く能力をもってる。そして小さなディテール、エピソードと関連がつく。〔中略〕日本ではこれは大学の罪じゃないかと思うんですが。大学の史学科って、分割しちゃうでしょ。だから、ブロード・ストロークスがない。もってる人は、山路愛山とか柳田国男とかね、大学の史学とは関係ない人です。

（「昭和の道に井戸をたずねて」）

鶴見俊輔

鶴見は、細部の正確さを突き詰める歴史学に、閉塞性を感じ取っていた。一次史料に基づく論証の緻密さよりも、事象を取り巻く背景を大づかみで把握することに、鶴見は有効性を見出していた。

鶴見も、学際知識人の代表的な存在だった。プラグマティズム哲学や記号論が本来の専門ではあったが、その活動はコミュニケーション研究・大衆文化研究から転向研究、思想の科学研究会の創設・運営、六〇年安保闘争やベトナム反戦運動など、多領域に及んだ。

もっとも、司馬を評価する学際知識人たちの政治的スタンスは、決して一様ではなかった。佐藤栄作や中曽根康弘など歴代総理の外交ブレーンを務めた高坂正堯や、大平正芳首相の「田園都市構想研究グループ」に参加した山崎正和は、政権与党にも近く、親米保守の姿勢が色濃かった。それに対し、橋川文三や鶴見俊輔は、雑誌『思想の科学』や日本戦没学生記念会（わだつみ会）に集うなど、進歩派知識人と目されていた。ことに鶴見は、六〇年安保闘争やベトナム反戦運動で、政府批判の姿勢を鮮明にしていた。

しいて言えば、彼らはいずれも教条主義的なマルクス主義には距離を取っていたが、政権への向き合い方には、温度差が見られた。にもかかわらず、彼らが司馬作品を高く評価したのは、その学際的な知的関心に基づいていた。

こうした評価の延長で、司馬は「歴史小説の革新」という功績により、一九八二年度の朝日賞を受賞した。一九九三年には「『竜馬がゆく』などの大作を次々と発表。司馬史観ともいわれる独特の歴史観を展開したほか、『街道をゆく』で紀行文学の新分野を切り開いた」との理由で、文化勲章が授与された。それに先立ち、一九九一年には梅棹忠夫（民族学）や川島武宜（民法学）らと並んで、文化功労者に選ばれている。司馬の「小説でも史伝でもなく、単なる書きもの」は、ここにきて、梅棹や川島といった戦後の学知を切り拓いた知識人

文化勲章受章内定の記者会見，1993年10月19日

と同等の評価を受けるようになったのである。
それは、「二流」「傍流」のキャリアを歩んだ司馬が「一流」と目されるようになったことを意味する。司馬作品は「単なる小説」でも「単なる史伝」でもないゆえに、領域横断的な知識人の知的関心を喚起した。「余談」に満ちた司馬の歴史小説や文明批評は、文学や歴史学からすれば「傍流」でしかなかったが、そのゆえに「日本の歴史学の固陋で偏頗な近代暗黒史観が払拭される」ような斬新さが見出されたのである。
知的世界でのこうした評価は、ビジネスマンたちが司馬作品から教養を読み込むことと重なり合っていた。司馬が文化功労者に選ばれた翌年の対談のなかで、あるビジネスマンは司馬作品の教養を次のように語っていた。

司馬作品の魅力は、膨大な史実や史料を広く探し求め、それを緻密に分析し、一般読者に分かりやすい物語の形で提供してくれるところにある。一部には、戦争の細部の記述が多すぎるとか、くどすぎるとかの批判や、現代の講釈師うんぬんの悪口もあるが、私は膨大な史実の裏付けがあるからこそ安心して読めるし、確固とした史観によって分析整理されているからこそわかりやすい。これだけ多くの読者が獲得できる秘密はそれだ、とにらんでいる。

言い換えるなら、史実と史観の調和が見事に取れている。史実に忠実すぎると教科書になり、史観が偏ると時代考証との矛盾に突き当たる。そのあたりの調和の妙が司馬作品の特徴ではないか。（『ビジネスマン読本 司馬遼太郎』）

「史実と史観の調和」という指摘は、鶴見俊輔の「太い線で書いてあるけれど、ディテールとブロード・ストロークスとその、両方がある」という司馬評に通じる。「膨大な史実の裏付けがあるからこそ」の安心感と「史実に忠実すぎる」のではないことによる議論の広がりが、ビジネスマンたちの知的関心をかきたてていた。

「二流」「傍流」のもの書きだった司馬は、教養主義の名残をとどめた中年サラリーマンと学際知識人によって、「一流文化人」に押し上げられた。司馬の歴史小説や評論も、「教養書」としての地位を確固たるものとした。そして、司馬の著作が広く読まれることで、中年教養文化が活性化された。「昭和五〇年代」の大衆歴史ブームも、こうした流れのなかで生み出されたものであった。

3　アカデミズムでの批判と称賛

追悼号と「史観」

「司馬史観」という語も、人口に膾炙《かいしゃ》するようになった。とくに、一九九〇年代以降、その傾向が顕著になった。

司馬の歴史像を指して「司馬史観」と言われるが、その呼称は一九八〇年代までは、さほど目立たなかった。雑誌記事タイトルに司馬史観の語が含まれているものは、『坂の上の雲』司馬史観に疑義ありを聞く」(『週刊ポスト』一九七二年一一月三日号)や谷沢永一「司馬史観の源流」(『文藝春秋』七五年一二月号)がある程度で、その後は、小泉武栄「司馬遼太郎の地理学――司馬史観の魅力の根源を探る」(『東京学芸大学紀要「第3部門　社会科学」』四六号、九五年)、山崎正和・五百旗頭真(対談)「司馬史観」と日本史学」(『中央公論』九六年四月号)、松本健一「司馬史観のゆくえ」(『This is 読売』九六年四月号)まで待たねばならなかった。

だが、それ以降、総合雑誌などで、たびたび「司馬史観」が取り上げられるようになる。

NDLオンライン（国立国会図書館）で検索した限りでも、「司馬史観」をタイトルに含む論説・著作は、一九八〇年代以前は先の二本であるのに対し、九〇年代以降は六三本に及ぶ（二〇二二年五月現在）。

そのことは、司馬が歴史作家というよりは「歴史家」として、一般に認知されるようになったことを示している。

その要因のひとつには、一九九六年二月に司馬が他界したことがあった。各種雑誌は司馬の死去を受けて、こぞってその業績を回顧する特集を組んだ。

『文藝春秋』は、一九九六年四月号で特集「さようなら司馬遼太郎さん」を設けたほか、同年五月には「司馬遼太郎の世界」と銘打った臨時増刊号を出している。『中央公論』も同年九月に、臨時増刊号「司馬遼太郎の跫音《あしおと》」を刊行した。

右上／『文藝春秋』1996年5月臨時増刊号「司馬遼太郎の世界」．上／『中央公論』1996年9月臨時増刊号「司馬遼太郎の跫音」．右／『プレジデント』1996年4月号

文芸誌では、「追悼特集 私たちの『司馬遼太郎』」（『オール讀物』一九九六年三月）、「追悼特集 司馬遼太郎」（『小説新潮』一九九六年四月号）、「司馬遼太郎が愛した「風景」」（『芸術新潮』一九九六年八月号）などの特集が組まれた。また、ビジネス誌『プレジデント』は、「追悼特集 ありがとう、司馬遼太郎」（一九九六年四月号）と題した特集を設けたほか、一九九七年三月には「臨時増刊 司馬遼太郎がゆく」を出している。

これほど多くの雑誌メディアに取り上げられたことは、司馬の歴史小説や歴史認識への社会的関心を、あらためてかき立てることにつながった。

「自由主義史観」との接合

だが、「司馬史観」への関心の高まりは、それのみによるものではない。むしろ、「自由主義史観」論争の過熱が、「司馬史観」をめぐる議論の高揚を後押しした。

東京大学教授だった教育学者・藤岡信勝は、戦後教育における歴史認識は日本の過去を一方的に断罪する「自虐史観」であり、それはアメリカ占領軍が押し付けた歴史観やソ連を中心とする共産主義勢力の歴史観に基づくものであると批判した。そのうえで藤岡は、日本国民の自由な主体性に基づく歴史観を提唱し、それを「自由主義史観」と称した。

藤岡は、元従軍慰安婦たちの証言はでっちあげだと主張し、この問題を歴史教科書に記載することに激しく反発した。南京事件の被害者数についても、極端に少なく見積もっていた。

この訴えに共感した文化人たちは、一九九六年に「新しい歴史教科書をつくる会」を結成し、日本人が誇りを持てるような「国家の正史」を確立すべきと訴えた。小林よしのりのマンガ『戦争論』（一九九八年）やそれに続く一連の作品は、若い世代の間に「自由主義史観」を流布させる役割を担った。

折しも、「戦後五〇年決議」の国会採択をめぐって、歴史認識問題が過熱した時期だった。一九九一年には、韓国人の旧日本軍人・軍属や元慰安婦たちが日本政府を告発し、補償要求訴訟を起こした。東アジアへの加害責任をめぐって、日本は国際的批判にさらされた。それに加えて、日本はバブル経済崩壊後の不況に喘《あえ》ぎ、国民的な自信が打ちのめされていた。こうしたなか、「自由主義史観」は、ナショナルな自負を回復させるものとして受け止められた。

この「自由主義史観」を唱えた藤岡がたびたび参考にしたのが、司馬作品だった。藤岡は「司馬史観と歴史教育」（一九九六年）のなかで、戦後の歴史観を「明治のはじめから日本は一路大陸侵略に乗り出し、近隣諸国を踏み荒らした末に、戦争で国民は悲惨な目にあったとして、日本国家を専ら悪逆非道に描き出す「罪悪史観」」として批判し、歴史教育が「従軍慰安婦まで登場させて、日本人は世界で例のない好色・愚劣な国民であるということを中学生に教え込」んでいることを問題視した。藤岡がそのような歴史理解に至った「最大の要因」として挙げているのが、「司馬遼太郎の作品との出会い」だった。

私にとって、日露戦争を描いた『坂の上の雲』は、それまでの教育によって私のなかに植えつけられてきた日本近代史のイメージを、根底から覆す衝撃的な体験だったということだ。〔中略〕

戦場の兵士だけではない。国の一大事のために、底辺の造船労働者までもが、死力をつくして働いた、その心意気を、「国家」の観念を根源的に奪われた戦後の日本人は、素直に見つめることができなくなった。日本人が素朴に国を信じた時代があったこと、健康なナショナリズムの横溢《おういつ》した時代があったことを実感することができなくなった。司馬の作品が問いかけているのは、まさにこの問題である。

（「司馬史観と歴史教育」）

藤岡にとって、「司馬史観」は「自由主義史観」を下支えし、「日本人の誇り」を喚起するものだった。だが、それは、司馬作品への明らかな「誤読」に基づいていた。

たしかに、司馬は明治維新から日露戦争までの時期を「日本史上類のない幸福な楽天家たちの物語」と位置付けていた。しかし、先述のように、司馬は『坂の上の雲』のなかで、乃木軍の思考停止ぶりや陸軍内部の組織病理、陸海軍のセクショナリズムを批判的に描き、決して「幸福な楽天家たちの物語」とは言えない側面にも、筆を多く割いていた。

さらに言えば、日露戦争で勝利したことが、「戦争の科学的な解剖を怠り、むしろ隠蔽し、戦えば勝つという軍隊神話をつくりあげ」たことも指摘している。日露戦争での戦勝の結果、「日本は当時の世界史的常態ともいうべき帝国主義の仲間に入り、日本はアジアの近隣の国々にとっておそるべき暴力装置になった」というのが、司馬の近代史理解だった（『歴史の中の日本』）。それは、日本の近現代史に「健全なナショナリズム」のみを読み込み、軍の不毛な組織病理やアジア諸国への暴虐から目を背ける「自由主義史観」とは、明らかに異なっていた。

だが、同様の司馬理解は、決して藤岡に限るものでもなかった。前章でも触れたように、通産官僚だった兩角良彦は、『坂の上の雲』を論じた一九九六年の文章のなかで、「敗戦この方、われわれは古き良き時代の日本人像を捨てて顧みなくなって久しい。自称文化人たちの自虐史観は民族の心を窒息させ、自負心を奪い去ってしまった」と記していた。こうした「心理的閉塞状態」に風穴を開け、「伸びやかで、透明な精神の記憶を蘇らせた」のが、『坂の上の雲』だった（「浮雲に托す」）。「戦後五〇年」に日本の加害責任が多く問われたことが、「自虐史観」から逃れたいという社会的心性を生み、その先に『坂の上の雲』をはじめとする司馬作品が見出されたのである。

時を同じくして司馬が死去し、総合雑誌などで多くの司馬遼太郎特集が組まれたことが、そうした動向を後押しした。実際に、この兩角の文章が掲載されたのは、司馬の追悼特集を組んだ『文藝春秋』（一九九六年五月臨時増刊号「司馬遼太郎の世界」）であり、先の藤岡信勝

「司馬史観と歴史教育」を収めたのは、『中央公論』（一九九六年九月臨時増刊号「司馬遼太郎の跫音」）だった。

近代史家の『坂の上の雲』批判

このような動きは、アカデミックな歴史学からの司馬批判を喚起した。

実証を重んじる歴史学者にとって、「自由主義史観」は相容れるものではない。その矛先は、「司馬史観」にも向けられた。近現代史家・中村政則（一橋大学教授）による『近現代史をどう見るか――司馬史観を問う』（一九九七年）は、そのあらわれだった。中村は「歴史教育の立て直しのために、司馬史観がどんなに大きな意味をもっているか、計りしれない」と語る藤岡信勝に言及しながら、「「自由主義史観」の根っこにある司馬史観を検討することによって、その本質を明らかにする」という執筆意図を綴っている。

中村のこの著作は、岩波ブックレット（一九八二年創刊）の一書として刊行された。岩波ブックレットは「様々な領域の第一人者が問題の本質をコンパクトにわかりやすくまとめ」ることを意図したA5判六四頁程度の小冊子シリーズである（「編集部からのメッセージ」）。その分量は、一般的な学術書に比べれば、四分の一程度に抑えられていた。当然ながら執筆期間は短くて済むが、その分、著者（あるいは出版社）が早急に世に訴えたいテーマが多かった。

中村の『近現代史をどう見るか――司馬史観を問う』も、勢いを増す「自由主義史観」への切迫した危機感から、書かれたものだった。中村は、のちに同書を発展させた『「坂の上の雲」と司馬史観』（二〇〇九年）を刊行しているが、それをまとめあげる前に、ブックレットとして早く問題提起する必要を感じていたのだろう。

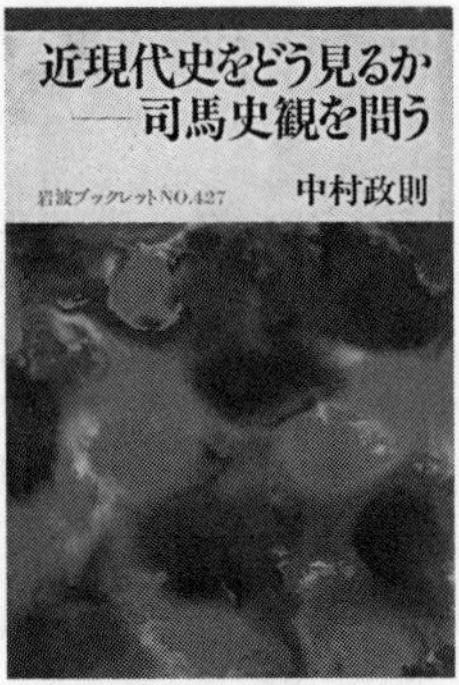

中村政則『近現代史をどう見るか』（岩波ブックレット，1997年）

中村が同書で重きを置いたのは、朝鮮半島や満洲地域の住民に対する「加害」の問題だった。中村は『坂の上の雲』を念頭に置きながら、次のように述べている。

> 何よりも日露戦争は朝鮮・満州を舞台に戦われたのであって、日本本土で戦われたわけではない。旅順は昔は良港であって、漁師たちはそこで生計を立てていたのである。ところが旅順はロシアに占拠され、熾烈な戦場と化したため、漁師たちは漁業をあきらめざるを得なかった。戦争を考える場合には、こういう「攻められた側、侵略された側」の視点を忘れると、とかく独善的な戦争観が成立することになる。とくに日露戦争が朝鮮支配と重合して進んだことに注意しなければならない。
>
> （『近現代史をどう見るか』）

「「攻められた側、侵略された側」の視点」を欠落させて「独善的な戦争観」を導いていたのは「自由主義史観」であったが、それに通じるものを、中村は司馬の著作、なかでも『坂の上の雲』に見出していた。

中村は、日露戦争を「祖国防衛戦争」と捉える司馬の歴史理解に対して、批判的だった。司馬は、「日本列島は朝鮮半島をもふくめてロシア領になっていたかもしれないという大げさな想像はできぬことはない」とし、「成立してわずかに三十余年という新興国家であった当時の日本では、日露戦争は「民族的共同主観のなかではあきらかな祖国防衛戦争」だったと位置付けている（「あとがき一」「あとがき六」）。これについて中村は、ロシアの対朝鮮政策史に関する研究動向を踏まえながら、「ロシアが実際に朝鮮を侵略し、さらに日本にも攻め込んでくる可能性があったかというと、それはまた別問題である」と述べ、「日露戦争が日本側の祖国防衛戦争であったとする〔司馬の〕立論はいちじるしく説得力を欠くことになる」と指摘している（『近現代史をどう見るか』）。

「明るい明治」「暗い昭和」という対立図式についても、中村は明瞭な違和感を示していた。中村は、日清戦争における旅順虐殺事件（旅順占領後、非戦闘員である多数の清国人を日本軍が殺戮《さつりく》した事件）やその後の大正デモクラシーに着目しない司馬の歴史理解を、以下のように評していた。

「明るい明治」、「暗い昭和」という対比的なとらえ方では、日本近現代史の全体構造を的確につかむことはできないのである。なぜなら、大正・昭和は明治を母胎として形づくられたものであって、明治と昭和の間にそれほど大きな非連続や断絶を置くことはあまりに単純であるし、この間における国際関係の重大な変化を見落とす危険さえある。（同前）

歴史学からのこうした指摘は、中村に限るものではなかった。日本近代史を専門とする鈴木良（立命館大学教授）も、「歴史意識と歴史小説のあいだ」（一九九七年）のなかで『坂の上の雲』を評しながら、「二つの戦争（日清戦争と日露戦争）が戦場と化した朝鮮、中国の民衆の動きが、ほとんどまったく無視されてしまう点」や「日本の開戦論が軍と外務省により主導、形成されて、戦争に突入」したことが見落とされている点、「東北アジアの諸民族の主体的な動きをほとんど無視してしまう点」などを指摘していた。その議論の根底にあったのも、「加害」や植民地主義をめぐる問題意識だった。

鈴木は同じ論考のなかで、「朝鮮における反日世論の高まり、これを抑圧しながらすすめられた朝鮮植民地化の過程をまったく考慮にいれないのは、司馬氏のこの時代のみかたの根本的な問題であると思う」「氏が日本の侵略を認めたくないということの合理化」と記していた。

鈴木の議論の背後にも、「自由主義史観」批判の動きがあった。鈴木の論考は、『歴史評論』（一九九七年二月号）の特集「近代史研究のゆくえ」に収められていたが、同誌編集委員会は特集企画の背景について、「昨年の〔司馬の〕死去をきっかけにジャーナリズムでは一種の司馬ブームがおこり、また、自らの〝史観〟を「司馬史観」だと称している人もいる」と記している（「特集にあたって」）。

「自らの〝史観〟を「司馬史観」だと称している人」というのは、明らかに藤岡信勝ら「自由主義史観」を標榜《ひょうぼう》する論者を指している。死去に伴う司馬ブームの盛り上がりと「自由主義史観」の伸長が、歴史学界において、司馬作品に正面から向き合う必要性を実感させたのである。

「戦国」の後景化

他方で、司馬の中世・近世への理解が問われることは少なかった。『坂の上の雲』に比べれば、戦国期を扱った『国盗り物語』『関ヶ原』『新史太閤記』などへの歴史学からの批判は、目立たなかった。

『国盗り物語』では斎藤道三に多くの記述が割かれているが、道三については、「六角承禎条書」（『岐阜県史　資料編　古代・中世四』〔一九七三年〕所収）の発掘以前は、一次史料に乏しく、その後もまとまった研究は少なかった。当然ながら、『国盗り物語』には、史実に沿わない記述も少なくなかった。

斎藤道三は『国盗り物語』での叙述とは異なり、一代で美濃国主になったのではなく、父・長井新左衛門尉との二代によるものだった。美濃・長井氏に仕える以前に「油売り」をしていたことは推測されるものの、日々鑓《やり》の穂先で銭の穴を突く鍛錬をしたというエピソードは、近年の研究によれば、後世に成立した俗説とされる（『斎藤氏四代』）。

しかし、それも含めて、近世以前の歴史に対する司馬の認識が歴史学のなかで問われることは、あまりなかった。「戦後五〇年」の時期に批判の俎上《そじょう》に載せられたのは、あくまで幕末・維新期や明治期を扱った司馬作品、なかでも『坂の上の雲』だった。

その要因のひとつには、講座派マルクス主義の流れを汲む戦後歴史学と司馬作品とのあいだの明治認識の相違があった。だが、それにもまして、「自由主義史観」の言論人が、司馬作品、なかでも『坂の上の雲』を「国民の正史」として見出したことが大きかった。「自由主義史観」の動きを活発化させたのは、「戦後五〇年」の戦争責任論や植民地主義批判への反発だった。そこで争点になったのは、昭和期の国家のありようとともに、大陸侵出の淵源たる明治への評価だった。こうしたなかで、「司馬史観」、なかでも司馬の明治認識のみが、歴史学の批判にさらされるようになったのである。

「明るさ」の前景化

もっとも、歴史学者が批判するように、司馬が「加害」や植民地主義にまったく無自覚だったかと言うと、そうとは言えない。

司馬は「日本人の二十世紀」（一九九四年）のなかで「あの戦争〔日中戦争・太平洋戦争〕は、多くの他民族に禍害を与えました。領地をとるつもりはなかったとはいえ、〔中略〕侵略戦争でした」「土地に現実にいるのは土地の人々であって、その人々が、日本軍の作戦によってひどい目にあいました」「真に植民地を解放するという聖者のような思想から出たものなら、まず朝鮮・台湾を解放していなければならないのです」と述べている（『この国のかたち』第四巻）。

『翔ぶが如く』でも、豊臣秀吉の朝鮮出兵以降、「加害者である日本側はその後朝鮮国とその民族を知ろうとする努力を怠った」としながら、明治初期の征韓論が「秀吉の無知の段階からすこしも出ていなかった」ことや「帝国主義という呼称さえあてはまらないほどに幼稚」な「満州事変以降のアジア侵略政策」に言及している（第一巻）。

既述のように、戦車兵の体験をくぐっていた司馬は、軍の組織病理や恣意《しい》的なイデオロギーに対し、根強い怒りを抱いていた。「昭和の暗さ」にこだわったのも、そのゆえであった。

こうした司馬の思考が、近代史家らにまったく汲み取られなかったのかというと、そうでもない。中村政則は、先のブックレットのなかで、これらの司馬の記述を踏まえながら、

「この見解は、さきに紹介した私の見解とほとんど一致している」「司馬には「昭和史への痛覚」があったが、藤岡〔信勝〕にはそれがない」と述べている（『近現代史をどう見るか』）。

だが、その共感が掘り下げられることはなかった。「戦後五〇年」の近代史家らが着目したのは、あくまで司馬の「明治の明るさ」であって、「昭和の暗さ」ではなかった。

たしかに司馬は、『坂の上の雲』『竜馬がゆく』などで、明治前半期や幕末・維新期の「明るさ」を綴っている。『国盗り物語』『新史太閤記』といった戦国期を扱った作品でも、「明るさ」が際立っていた。しかし、第2章でも述べたように、その「明るさ」は、「昭和の暗さ」を照らし出すためのものだった。歴史小説である以上、フィクションは少なからず織り込まれていたが、司馬は、そこで映し出される戦国期、幕末・維新期、明治期の「明るさ」を通して、合理性の欠如や組織病理、不毛なエリート主義が渦巻き、国内外に甚大な災禍をもたらした「昭和の暗さ」を描こうとした。

「戦後五〇年」の歴史学界は、ようやく司馬作品に正面から向き合い始めた。だが、そこでは「明治の明るさ」ばかりに焦点が当てられ、「昭和の暗さ」はさして顧みられることはなかった。

「一流」への昇格

もっとも、近代史家からの批判は、かえって司馬の歴史小説を教養の範疇にいっそう組み入れることにつながった。歴史学が司馬に言及するようになったことは、歴史小説に過ぎないものを「学問的に真摯《しんし》に向き合うべき対象」として位置付けていることを意味する。吉川英治や海音寺潮五郎、山岡荘八の歴史小説が歴史学のなかで特段の言及がなされないことを考えれば、司馬作品のポジションは、明らかに異なっていた。

『歴史評論』編集委員会は、先の鈴木良の論説を特集「近代史研究のゆくえ」（一九九七年二月号）に収めた意図について、「この日本では、作家司馬遼太郎が国民の歴史意識の形成に大きな影響を及ぼしてきた」にもかかわらず「これまで歴史学はほとんど司馬文学に検討を加えてこなかった」ことへの「反省」をあげている（「特集にあたって」）。かつて「小説でも史伝でもなく、単なる書きもの」に過ぎなかった司馬作品は、「戦後五〇年」になってようやく、アカデミックな歴史学の場で論じられる対象へと、格上げされたのである。

歴史学からの司馬批判の一方で、文学・思想・文化史を広く扱う学際知識人による評価は、「昭和五〇年代」から一貫して高かった。山崎正和は『文藝春秋』（一九九六年四月号）に寄せた文章のなかで、「司馬さんが第二次大戦後、日本を代表する歴史文学者として歴史を描いたことは紛れもない事実です」「司馬さんが生み出した文学的技術は、誠実に一つの観点から世界を眺め、観察を一筋の筋道にまとめ、しかしそれをあくまで「私」の署名つきで提供するものだったのです」と記している（「風のように去った人」）。

司馬作品に対する学際知識人の評価は、しばしば戦後歴史学への批判に結び付いていた。

芳賀徹は一九九六年の鼎談《ていだん》のなかで、「司馬さんが『坂の上の雲』とか『竜馬がゆく』を書く前は日本の歴史学会というのはコチンコチンでした」「戦後十何年、「歴史は世界的な基本法則で動くんであって、それに合わぬ日本の歴史は歪んでいて、曲がっていて、暗くて、だめな歴史だった」と、そればっかりでした。そこにフッと司馬さんが現れて、一気に彼らの足をすくった」と語っていた（「国民文学としての司馬遼太郎」）。これは、マルクス主義の図式に依拠した戦後歴史学を念頭に置いた発言である。

山崎正和も先の文章のなかで、戦時期の皇国史観や戦後のマルクス主義歴史学といった「歴史主義」に言及しながら、司馬を以下のように評価している。

歴史にありもしない目的を与え、その観点から個人に善悪のレッテルを貼り、一つの時代への参加を呼びかけ、しかももっとも残酷なかたちで参加した者を罰するのが、歴史主義です。そして、日本の戦後は、戦前に劣らぬほど、政治的な歴史的使命感が社会を支配した時代でした。司馬さんはこの圧倒的な暴力と戦うために、あえて火中の栗をひろって、意味や目的や使命感抜きに歴史を見ようとしたのでした。

（「風のように去った人」）

山崎もまた、司馬作品のなかに、戦後歴史学の「圧倒的な暴力」に対する抵抗を読み取っていたのである。

そのことは、歴史学からの司馬批判が、かえって学際知識人による司馬評価を高めていたことを暗示する。山崎や芳賀にとって、戦後歴史学との相容れなさが、司馬作品を評価するひとつの根拠となっていた。そもそも彼らは、戦後歴史学や左派イデオロギーから距離を取っていた。それだけに、戦後歴史学とは対抗関係にあるようにも見える司馬作品は、好ましいものに映った。

とはいえ、見方を変えれば、戦後歴史学と学際知識人との一種の共闘関係も浮かび上がる。戦後歴史学は、司馬作品を批判することで、それを学問的に論じるべき対象として格上げした。それに対して学際知識人たちは、戦後歴史学に批判される司馬作品のなかに、戦後歴史学への反批判を読み込み、学問的な価値を見出した。「小説でも史伝でもなく、単なる書きもの」に過ぎなかった司馬作品は、戦後歴史学と学際知識人双方の異なる思惑が絡まり合いながら、「二流」の教養へと昇格されたのである。

「二流」の「暗さ」の不可視化

司馬作品が「一流」へと格上げされたことは、その根底にあった「二流」「傍系」の側面が見えにくくなることにつながった。

どの時代を扱うにせよ、司馬作品には「昭和の暗さ」がちりばめられていた。それは、学歴や職歴、軍隊経験をめぐる司馬の「二流」のライフコースを通して見出されたものだった。だが、司馬を批判した戦後歴史学は、その「明治の明るさ」は問うても、「昭和の暗さ」に着目することは少なかった。

この点は、司馬を高く評価した学際知識人にも通じていた。彼らは司馬の領域横断的な教養に高い関心を示しつつ、そこに戦後歴史学への批判を読み込んだ。しかし、司馬の「昭和の暗さ」を深掘りすることはなかった。戦後歴史学批判の流れで司馬の「明治の明るさ」に着目することはあっても、その根底にある「昭和の暗さ」への目配りは、さほど見られなかった。

「明治の明るさ」が批判されるにせよ、共感されるにせよ、それが注目を浴びることで司馬は「一流」となった。だが、そのことは、「二流」の経験に根差した司馬の「昭和の暗さ」を、かえって後景化することになったのである。

終章　司馬遼太郎の時代――中年教養文化と「昭和」

「二流」の昭和史

これまでの章で、司馬遼太郎という作家が生み出され、その作品が読まれ、そして死去するまでの時代を眺めてきた。そこには、「二流」「傍系」の昭和史が浮かび上がる。

司馬は今日でこそ、「国民作家」として広く知られている。日本の古代史から中世・近世史、近現代史、さらには中国史、朝鮮史に至るまで、その該博な知識は、多くの識者が認めるところである。文化功労者・文化勲章などの受章歴、死去した際のメディア報道を考えれば、司馬が「一流文化人」と目されていることは疑えない。

だが、そこに至るまでの司馬の歩みは、決して「一流」「正統」ではなかった。戦前期に高等教育に進むことができた点で、明らかな学歴エリートではあったが、進学先は旧制高等学校ではなく、旧制の官立専門学校だった。終戦後には記者の職を得るが、それは新興の零細紙や準大手紙であって、『朝日新聞』『毎日新聞』のような「一流紙」ではなかった。

文学の面でも、司馬は「傍流」だった。若い頃から多くの文学作品に触れてきたものの、特定の作家に強く傾倒することはなかった。司馬は、文学青年や文学サークルの自己陶酔的な雰囲気になじめず、つねに距離を置いていた。司馬作品が「小説でも史伝でもなく、単なる書きもの」であったことも、そこに起因していた。

「国民作家」になるまでの司馬の歩みは、決して「三流」ではなかったが、かといって「一流」「正統」だったわけでもない。あくまで「二流」「傍流」だった。このことは、優等生的なものへの燻《くす》ぶった違和感を、司馬に植え付けることとなった。

軍隊経験は、その思いを研《と》ぎ澄まされたものにしたのと同時に、社会や組織の歪《ひず》みにも目を向けさせた。司馬が軍隊で目の当たりにしたのは、独善的な「正しさ」を叫び、合理性を顧みないエリート将校の振る舞いだった。戦車兵という「技術」に結びついた兵種にいたことも、その思いを強くした。

これらに対する憤りが、歴史への関心につながった。司馬は、戦国期や幕末・維新期、明治期を扱っていても、「昭和」との対比にたびたび言及した。それが明示されてなくとも、昭和陸軍の組織病理や合理性の欠如を重ね合わせた記述は、多く見られた。司馬の歴史小説は、学校や記者生活、そして何より戦車兵体験を通じて生み出された「二流」「正統」への苛立ちに、突き動かされていたのである。

「傍流」の教養主義

司馬作品が受容された状況も、「二流」「傍流」と無縁ではなかった。司馬の歴史小説は、文芸誌で積極的に評されたわけでもなければ、歴史学者が高く評価したわけでもない。『竜馬がゆく』『坂の上の雲』『国盗り物語』といった作品を多く愛読したのは、企業・役所勤めのサラリーマンやビジネスマンたちだった。つまり、文学や歴史学の「正統」とは異なる場で受容されたのが、司馬作品だった。

司馬の歴史小説は主として、「昭和五〇年代」以降に文庫化された。そのことも、通勤時にページをめくるサラリーマン読者を持続的に生み出すことにつながった。折しも、高度成長が終焉し、二度のオイルショックに直面するなか、「変化の時代」が謳われていた。経済力・政治力が相対的に低下した欧米は必ずしも日本のモデルとはみなされなくなり、自由競争と規制撤廃が叫ばれた。それは、中世・幕末の旧弊秩序が瓦解するなかを主人公が勇躍する司馬作品に重なるものであった。

そこで司馬作品に読み込まれたのは、一種の教養だった。司馬の歴史小説には「余談」がちりばめられ、戦国史、幕末史、明治史のみならず、中国史、朝鮮史、ヨーロッパ史、昭和史、さらには古今東西を比較した文明論まで盛り込まれていた。そのことに愉しみを覚えるサラリーマン読者は、少なくなかった。

それは「実利」に直結するものではなかったが、彼らは司馬作品に「組織人としての生き方」を重ね合わせ、「「歴史という教養」を通じた人格陶冶」を模索した。そこには、教養主義との連続性が色濃く見られた。

ポスト高度成長期と男性サラリーマン文化

もっとも、「昭和五〇年代」には、すでに教養主義は衰退していた。だが、大学キャンパスや勤労青年文化ではそうだとしても、中年文化のなかでは、その残影が見られた。社会の中堅を占めていた中年層は、かつて若い頃に教養主義の高潮期をくぐった世代でもあった。その彼らが手にしたのが、司馬作品だった。抽象度の高い思想書・哲学書・文学書に触れ直すことは、負担が大きかったのかもしれないが、「歴史」はそれらに比べれば、参入障壁の低い教養だった。司馬作品のみならず、大衆歴史雑誌や『プレジデント』が「昭和五〇年代」に読まれたのも、そのゆえである。

ただ、司馬作品の読書文化に親和的だったのは、主に大手・中堅企業に勤務する男性サラリーマン層であって、零細企業の従業員や非正規雇用者、女性たちではなかった。

大手・中堅の社員が職能資格制度のもとで「組織人として人格」を重んじたのに対して、非正規雇用者や零細企業の従業員は、長期雇用や昇進の可能性を展望することが難しかった。女性は、かりに大手企業で職を得られたとしても、結婚退職を前提とした実質的な若年定年制のために、長期にわたって働き続けることが難しかった。担当業務も、単純な事務作業を割り振られる傾向があった。戦後日本では、専業主婦を前提とした家族モデルのもと、女性に子育てや介護を全面的に担わせることで、公的な社会福祉が圧縮されてきた。女性の早期退職の慣行は、そのための下地でもあった。

女性のなかでも寡婦（シングルマザー）層の困苦は大きかった。彼女たちは、昇進の見通しが乏しいのみならず、安定的な雇用の確保も難しく、かつ、子育てや教育をめぐる経済的・肉体的な負担を、一人で抱え込まなければならなかった。

当然ながら、これらの人々からすれば、「組織人としての人格陶冶」という規範は縁遠いものだった。むろん、女性読者や零細企業勤務の読者もいないわけではなかった。だが、総じて司馬作品の読書文化は、こうした層への皺寄せで成り立つ戦後の社会システムに、強く結び付いていたのである。

「一流」への昇格と戦後五〇年

サラリーマン層の受容とは異なり、知識人による司馬評価は、アンビバレントなものだった。学際知識人は、「小説でも史伝でもなく、単なる書きもの」である司馬作品に好意的だったが、歴史学者や文学研究者は、それを自らの学問領域に位置付けて積極的に論評しようとはしなかった。

そこに変化が生じたのが、「戦後五〇年」だった。当時は、日本の戦争責任や植民地主義をめぐって論争が過熱し、アジア諸国から日本の「加害」を問う動きが強まっていた。それへの反発として、歴史修正主義的な立場を取る「自由主義史観」が台頭した。その論者たちが参照したのが、『坂の上の雲』をはじめとする司馬作品だった。「自虐史観」の払拭をめざした彼らは、近代国家成立後間もない日本が強国ロシアに勝利した物語に、ナショナルな自負を読み込んでいた。

時を同じくして、一九九六年二月に司馬が死去した。それを機に、新聞やテレビはもちろん、週刊誌、総合誌、文芸誌、ビジネス誌といったさまざまな雑誌で、司馬の追悼特集が組まれた。司馬への社会的な注目は、前にも増して高まった。

こうした状況は、歴史学者による司馬批判を導いた。中村政則ら近代史家は、旅順虐殺事件や朝鮮半島植民地化の進行を不問に付し、日露戦争を「祖国防衛戦争」とみなす司馬の近代史理解を批判し、「「攻められた側、侵略された側」の視点」の欠落を指摘した。そこには、「自由主義史観」が参照する司馬作品に社会的な注目が高まっていたことへの懸念があった。

もっとも、それは裏を返せば、「批判に値するもの」として司馬作品が位置付けられたことを意味する。学問として論じる価値を見出せないのであれば、言及しなければいいだけのことである。「昭和五〇年代」までの歴史学が、司馬へのアンビバレントな評価に終始したのも、そのゆえであった。それに比べれば、批判的な姿勢を鮮明にした「戦後五〇年」以降の戦後歴史学は、司馬を学問的に論じることに、一定の意義を見出すようになった。

他方で、学際知識人による司馬への評価は、揺るがなかった。ことに左派的な議論に違和感を抱く知識人・文化人は、もともとマルクス主義の影響下にあった戦後歴史学への不快感も相俟って、司馬を好意的に評していた。

かくして司馬は、サラリーマン層のみならず知識人のあいだでも、「一流」の著述家と見なされるようになった。

ただ、司馬作品をめぐる論評が、明治期を扱った著作に偏していたことも、見落とすべきではない。『国盗り物語』『新史太閤記』『関ヶ原』など、司馬には戦国期を題材にした作品も多かったが、それらへの言及は少なかった。主として議論の対象になったのは、司馬の幕末・明治認識、なかでも『坂の上の雲』だった。それも、植民地責任や戦争責任の争点化に伴い、「昭和」や「明治」をめぐる論争が過熱した「戦後五〇年」の状況を投影していた。

「明るさ」にかすむ「暗さ」

司馬が「一流文化人」へと昇格される一方、作品の基底にあった「二流」「傍流」の情念や「昭和」への憤りは、さほど顧みられなかった。むしろ、そこにナショナルな自負を読み込む動きが目立った。

もっとも、それは「戦後五〇年」以降の「自由主義史観」に限るものではない。すでに「昭和五〇年代」にも、「日本回帰」「日本賛美」につながる読みが見られた。『坂の上の雲』が多くの読者を獲得したのも、そのゆえである。アジアの小国日本が強国ロシアを撃破したという日露戦争の物語は、高度成長を達成し、欧米の超克が意識されるようになった「ポスト・キャッチアップ型近代」の時代に親和的だった。

だが、司馬は作品のなかで、日本賛美を描いたわけではない。『坂の上の雲』において繰り返し語られたのは、日露戦争での失敗や歪《ひず》みを捉え返さなかったことが、昭和陸軍の組織病理を生み、アジア・太平洋戦争における加害と被害を招いたという認識だった。同様の問題意識は、司馬の他の作品にも多くちりばめられていた。

たしかに司馬作品には、戦国や幕末・維新、明治の「明るさ」も見られた。だが、それはあくまで「昭和の暗さ」を照らし出すためのものだった。さらに言えば「明治」を「明るさ」のみで描いたわけでもなかった。司馬作品から日本回帰や戦後中期のナショナリズムを汲み取ろうとする読みは、「明るさ」ばかりを注視するあまり、その根底にあった「昭和の暗さ」から目を背けていた。

それも、司馬作品が断片的な読みを可能にしていたことと、無関係ではない。随所に「余談」がちりばめられた司馬の歴史小説は、通勤するサラリーマンの散漫で断片的な読みに適していた。むろん、自宅でじっくりと味読されることもあっただろうが、『坂の上の雲』『竜馬がゆく』など、文庫本で全八巻、計約三二〇〇ページにも及ぶ著作を精緻に通読することは容易ではない。読み手の関心に沿って飛ばし読みされることのほうが多かっただろう。「明治の明るさ」ばかりが注目され、「昭和の暗さ」さらには「明治の暗さ」が読み込まれなかったことは、断片的な読みのひとつの帰結でもあった。

このことは司馬作品への共感を語る言説だけではなく、それに批判的な言説にも当てはまる。「明治の明るさ」が焦点化され、それ以外への着目が薄かった点では、司馬作品に日本回帰を読み込む言説と等価である。キャッチアップ型近代の終焉や「戦後五〇年」など、その時々の社会背景も絡みながら、司馬作品に対する特定の読みが促されたのである。

「終身雇用」の衰退と司馬作品

以上のような「司馬遼太郎の時代」の様相を踏まえて、今後の司馬作品の受容について、少しばかり考えてみたい。

司馬作品の読書文化は、かなりの程度、男性サラリーマンたちに支えられてきた。だが、そうした状況は今後も続くものだろうか。

むろん、戦後の代表的な「国民作家」である司馬の作品が、これからも少なからず読み継がれることは、間違いないだろう。だが、かつてと同じように、サラリーマン層が司馬作品の主たる読者であり続けるのかというと、それは難しいように思える。

バブル崩壊やリーマン・ショックを経て、非正規雇用が増加し、雇用の安定性は大きく低下した。たしかに、労働人口に占める大企業正社員の割合そのものは、一九八〇年代以降、大きな変化はなく、二六％程度で推移している（『日本社会のしくみ』）。しかし、新卒入社後、

5-1　日米青少年の転職に対する考え方（%）

	調査年	つらくても転職せず一生ひとつの職場で働き続けるべき	できるだけ転職せずに同じ職場で働きたい	職場に強い不満があれば転職もやむを得ない	職場に不満があれば転職する方がよい	自分の才能を生かすため積極的に転職する方がよい	わからない・無回答
日　本	2003	10.3	—	53.0	17.9	14.2	4.6
	2018	4.4	23.6	26.4	22.8	10.1	12.6
アメリカ	2003	2.5	—	21.9	56.2	15.0	4.4
	2018	15.6	24.8	23.5	21.4	4.6	10.1

註記：2003年は18～24歳、18年は13～29歳が対象
出典：労働政策研究・研修機構編『データブック国際労働比較2019』（労働政策・研究研修機構，2019年）をもとに筆者作成

定年まで同一の会社に勤務し続けることは、もはやサラリーマン層のなかでは一般的なものではない。二〇一七年の日本の平均勤続年数は、一二・一年であり、四・二年のアメリカに比べれば長いものの、一一・二年のフランスや一〇・五年のドイツと大差はない。二〇年以上の勤務者の割合となると、フランスが四五・六%、ドイツが四〇・三%なのに対して、日本は二二・五%にとどまっている（『データブック国際労働比較2019』）。

さらに、青少年層（一〇～二〇歳代）を対象にした転職についての意識調査によれば、「つらくても転職せず一生一つの職場で働き続けるべき」とする回答は、日本では二〇〇三年で一〇・三%、一八年は四・四%にとどまる。しかも、二〇一八年の数字は、一五・六%のアメリカよりもはるかに低い。

それに対して、「職場に不満があれば転職する方がよい」「自分の才能を生かすため積極的に転職する方

がよい」の合計は、三二・一％の二〇〇三年と三二・九％の一八年とで大差はないが、一八年の数値は二六・〇％のアメリカを上回っている（同前）。

すでに日本の労働社会は中長期的な雇用を前提にしたものではなくなっており、ことに若い世代のあいだでは、アメリカ以上に転職に積極的な価値観が広がっている。

だとすれば、社内の複数の部署を渡り歩くことを前提に「組織人としての人格」を磨くことよりも、より条件のよい他社に移籍できるだけのビジネス・スキルや専門技術に重きが置かれるようになるのは、当然である。そうしたなか、サラリーマンたちが組織人としての生き方を投影しながら司馬作品を手にすることは、必然的に少なくなっていくだろう。

そのことは、雑誌『プレジデント』の変化からも、うかがうことができる。『プレジデント』は一九七〇年代後半以降、歴史人物特集を前面に掲げてきたが、二〇〇〇年代に入るとそれらの特集はほとんどなくなり、実利的なテーマが中心となった。終身雇用や年功序列に基づく従来型の労働環境が成立しにくくなるなか、「歴史を通した人格陶冶」という価値観が衰退していることが浮かび上がる。このことは、司馬作品の読書文化の未来、さらには現在をも暗示している。

中年教養文化の可能性

では、「司馬遼太郎の時代」から遠ざかろうとしている今日、かつての中年教養文化から何を汲み取ればよいのだろうか。司馬作品を手にしたサラリーマンの大衆教養主義に、いかなる可能性や限界を読み込むことができるのか。

たしかに、史実の詳細に照らしてみれば、司馬の歴史小説での記述には、必ずしも正確ではなかったり、言及されない点があったことは否めない。新撰組副長・土方歳三を描いた『燃えよ剣』では、土方が攘夷派志士の拷問に関わった陰惨な側面への記述がうすく、ヒロイックな面が強調されがちだった。

『坂の上の雲』では、第三軍司令官・乃木希典に批判的な一方で、満洲軍総司令部の大山巌(総司令官)や児玉源太郎(総参謀長)の行動は好意的に評価されている。しかし、日露戦争史研究では、大本営や北方作戦に集中していた満洲軍総司令部は、第三軍に旅順攻撃を急がせるばかりで、弾薬補充など要塞攻撃のための堅実な準備を怠り、そのことが多大な兵力損耗の決定的な要因であったことも、指摘されている(『世界史の中の日露戦争』)。また、第三軍は同一の攻撃法を繰り返したわけではなく、失敗から教訓を引き出して改良していたことも、今日の歴史学では明らかにされている(「乃木希典」)。その意味で、「司馬の美学が歴史の事実の選択を恣意的で、作為的なものにした」という中村政則の厳しい指摘は、重要なものである(『近現代史をどう見るか』)。

とはいえ、「余談の教養」がちりばめられた司馬の歴史小説が、サラリーマンをはじめとする読者に一定の知的関心をかき立てたことも、否定できない。古今東西の政治史・軍事史との比較が随所に配され、昭和史との対比もなされるなかで、社会を長いスパンで多角的に捉え返す営みに興味を抱く読者は、少なくなかった。それは、必ずしもビジネスの実利への関心に縛られない人文社会系の読書へと誘うものでもあった。

歴史学の知見からすれば、粗さが目立つものではあっただろうが、その分、のびやかな思考実験が試みられていたと見ることもできよう。それは、「一流」から距離をとった「二流」の司馬作品ならではのことだったのかもしれない。

むろん、史実の細部に厳密であることとの重要性は、言うまでもない。だが、知的な立論のありようは、必ずしもそれのみに限られるものでもない。あえて古代史や中世史などとの対比を試みるなかで、いかなる歴史像が浮かび上がるのか。また、そこからどのような現代史像を捉え返せるのか。こうした実験的な歴史の読みから、社会や文化を問い直すヒントが生み出される可能性もあるのではないだろうか。司馬が「昭和の暗さ」を多角的に描こうとしたことは、その一つの例であろう。

裏を返せば、それらの営みを通じて、人文知はゆるやかに、サラリーマンを含む大衆層にも支えられてきた。司馬作品の愛読者が『歴史読本』を手に取り、歴史学者の論説に触れ、さらに岩波新書や中公新書のページをめくる。そのような読書の連鎖も、ごく普通にあり得ただろう。現に、若い頃に司馬作品を手にしたことをきっかけに、歴史学や社会学に関心を持つようになったことを回想する研究者は、必ずしも少なくはない。

だが、人文知と大衆をゆるやかに架橋した司馬作品の機能に、はたして知識人たちはどれほどの関心を払っただろうか。中村政則は、司馬を批判した岩波ブックレット『近現代史をどう見るか』のなかで、以下のように述べている。

私の印象を言えば、過剰ともいうべき読者へのサービス精神が過ぎている。産経新聞の記者としての十数年の経験が、そのような読者に対する配慮を身につけさせたのであろう。

これは、「朝日新聞の記者」だったとしたら異なっていたということなのか。それとも、学者ではなく「新聞の記者」だったことが、「読者へのサービス精神」を過剰にしたとの指摘なのか。前後の文脈からは判断しがたいが、いずれにせよ、史実の精緻な追究は「読者に対する配慮」とは関わりのないものとして、位置付けられている。

たしかに、一面ではそうあるべきではある。史実の検討から編み出される知見は、決して大衆の動向に左右されるべきものではない。だが、その一方で、アカデミズムの実践と読者大衆の架橋について思考を巡《めぐ》らせることも、重要ではないだろうか。

もちろん、中村が岩波ブックレットという平易でコンパクトな叢書で問題提起を試みたこと自体、研究者の枠を超えた訴えをめざした証左ではある。しかし、それは岩波ブックレットを手にする読み手に届くものではあっても、はたして「産経新聞の読者」までもが想定されていただろうか。そこには、精緻な「一流」の学知と大衆との乖離《かいり》が透けて見える。

これは何も、中村に限るものではない。鈴木良も、司馬を批判的に論じた「歴史意識と歴史小説のあいだ」（『歴史評論』一九九七年二月号）のなかで、「日本のビジネスマンたちは、高度成長期に懸命に働いた。働き蜂だとか社畜だとか悪口をいわれながら。そうした自分たちのほとんど唯一の理解者だと思われたのが司馬遼太郎氏の歴史小説であったのではないか」と綴っている。司馬作品を手にした「日本のビジネスマン」たちを、アカデミズムが突き放しているかのようにも見える。

人文知を下支えする社会

人文知が大衆から切り離され、孤高の存在になってしまうことは、望ましいことではない。大衆迎合しない屹立《きつりつ》した姿勢が学問には求められる一方で、知と大衆が有機的に触れあう営みもまた重要である。人文知に人々が接することは、私的な実利に閉じることなく、あるべき社会を構想し、差別や格差を批判的に問う輿論《よろん》の形成につながるものである。逆に知がアカデミズムの範囲を超えた読者を想定することは、知それ自体の閉鎖性や自己目的化を問いただし、知と社会の相互作用を模索することに結び付く。

司馬作品は、たしかに歴史学から見れば、精緻なものではなかったかもしれないが、それでも、人文知と大衆をゆるやかに架橋するかすかな可能性を有していた。少なくとも、人文知とは縁遠いはずのサラリーマンにも、歴史への関心を促し、ひいては近代史・昭和史を批判的に問う営みに誘《いざ》なおうとするものであった。

もちろん、これまで繰り返し述べてきたように、戦後の企業社会において、司馬の「昭和への暗さ」へのこだわりがどこまで読者に届いたのかは、定かではない。また、そもそも、大手・中堅企業の男性サラリーマンに親和的な読書文化であった点で、格差やジェンダーの問題とも無縁ではなかった。だとしても、アカデミズムに閉じない人文知への関心が多少なりとも醸成されたことは、認められるべきだろう。それも、見ようによっては、司馬作品が「二流」「傍流」に根差していたがゆえの可能性だったのではないか。

人文知は、決してアカデミズムに閉じるべきものではない。たとえ実利には直結せずとも、人文知が過去や現在を批判的に問いただし、あるべき社会や文化、政治を構想するものである以上、多様な出自や階層の人々に開かれるべきだろうし、そうすることによって、また知それ自体も練り上げられていく。「司馬遼太郎の時代」は、困難や限界を伴った大衆教養主義の歴史であるのと同時に、現在そして未来の「人文知と大衆」のありようを問うものでもある。

あとがき

振り返ってみれば、中学の頃から一五年間ほどは、司馬遼太郎の歴史小説をそれなりに読んできた。だが、三〇代に差し掛かると、それらを手にすることは、ほとんどなくなった。出版社勤務のかたわら大学院に通うようになったのがその頃で、時間的な余裕がなかったこともあったが、それよりも、歴史学・社会学方面の研究書や史料にふれることが楽しく、また、人より遅れて研究の世界に足を踏み入れた焦燥感もあった。

それでも多少の思い入れはあったのだろう。幾度かの転居を繰り返しながらも、若い頃に買い求めた司馬作品の文庫本を処分することはなく、書棚の片隅に残していた。

その後、再び司馬の作品を手にするようになったのは、大学院進学から一五年余を経た四〇代後半の頃だった。折しも、現在の勤務先で中間管理職的な業務に忙殺されていた。研究科のカリキュラム改革も重なり、会議や文書作成、調整業務に追われ、研究書や史料を読み込もうにも、細切れの時間しか確保できなかった。

そうしたなか、息抜きもかねて、通勤の行き帰りに、再び司馬の小説を読み始めた。組織運営について多少は考えるきっかけになるかもしれないとの思いもないではなかったが、同時に念頭にあったのは、辻村明『戦後日本の大衆心理』(一九八一年)である。

東京大学文学部教授でマス・コミュニケーション研究を専門にしていた辻村は、全学の広報委員長という多忙な役職に就いたため、「読書の時間が途中で中断されても、余り支障をきたさないような読書をすることにし、電車のなかでもどこでも気楽に読めるように、戦後のベストセラーの本を専ら読む」ことにした。そのことが、戦後のベストセラーを扱った『戦後日本の大衆心理』の成立につながった。

辻村の同書を初めて手にしたのは、博士論文をもとにした最初の著書『辺境に映る日本』(柏書房、二〇〇三年)を出した頃である。同書は、「気楽な読みもの」にはほど遠い戦前期の諸学知の言説を、考察の対象にしていた。それだけに、気晴らしの読書が精いっぱいの多忙さのなかから、あえて一つの研究を導いていることが、私には印象深かった。私が四〇代後半になって司馬作品を再び読み始めたのは、辻村の同書を手にして十余年を経てのことだが、通勤時の電車・バスの中でページをめくりながら、そのことをしばしば思い起こした。

中公新書編集部の白戸直人さんから、企画の話をいただいたのは、ちょうどその頃だった。拙著『「戦争体験」の戦後史』(中公新書、二〇〇九年)でお世話になったこともあり、近年の研究関心について、メールのやり取りがあった。前著『「勤労青年」の教養文化史』(岩波新書、二〇二〇年)をまとめていた時期ではあったが、その後に取り組みたいテーマはいくつかあったので、それを列挙して送信ボタンをクリックしようとした。その直前にふと思い立って書き添えたのが、司馬遼太郎に関するテーマだった。久しぶりに司馬作品を読み進めるなかで、「司馬遼太郎の時代」から昭和史を再考してみたいと、漠然と考えていた。

ただ、そのときの私には、他の案に比べて大風呂敷なものに思われた。司馬の著作や関連する評論の多さを考えれば、たやすくまとめられるものではない。それだけに「まさかこのテーマが選ばれることはあるまい」と思っていた。ところが、私の予想に反して、白戸さんがつよく興味を持ってくれたのが、「司馬遼太郎の時代」の案だった。

以後、膨大な資料の存在を前に怯《ひる》む思いと、「司馬遼太郎の時代」を読み込む高揚感とが交錯しながら、戦国期や幕末・明治期を扱った司馬の主要長編や史論集を読み進めた。読み返してみると、乱読で終わっていた若い頃には気づかなかったことも、目についた。

そのひとつは、司馬の戦争体験との関わりだった。ここ二〇年ほど、戦争体験論や戦争観の変容について研究することが多かったため、おのずと司馬の戦車兵体験を念頭に置きながら、作品を読み進めた。そのゆえか、幕末を扱った『竜馬がゆく』『峠』『花神』、戦国・織豊期をテーマにした『新史太閤記』『国盗り物語』『城塞』、さらには鎌倉幕府成立期を描いた『義経』など、いずれも、その物語に司馬の昭和陸軍への憤りが投影されているように感じられた。主人公のヒロイズムばかりに目が行きがちだった若い頃には、そのことはあまり見えていなかった。ちなみに、かつては、『坂の上の雲』にそれほど興味を持たなかったが、こうした視点で読み解いてみると、昭和陸軍に対する司馬の怨念を裏側から照らし出す作品に思えるようになった。

むろん、司馬の歴史叙述は、アカデミックな歴史学に照らせば、必ずしも正確ではない。だが、それが史実に適《かな》うかどうかよりも、なぜ司馬がそのような物語をあえて選び取ろうとしたのか。そこに、昭和に対する司馬の憤りが、どう込められているのか。言い換えれば、作品における明治・幕末・戦国の像を「ネガ」として捉えることで、司馬がいかなる「ポジ」をなぜ描こうとしたのか。そのことへの関心が、自分のなかで徐々に鮮明になっていった。

これらを問うことは、司馬のライフコースを考えることでもあった。司馬が旧制高校・帝国大学ではなく旧制専門学校（大阪外国語学校）に進んだこと、戦後は新興零細紙や準大手紙で記者を務めたことは知られているが、その歩みが作品にどう投影されたのか。戦車兵という特殊な軍隊経験は、司馬の歴史理解にどう関わっていたのか。

さらに、そもそも、なぜ司馬作品は広く読まれたのか。こうした疑問も湧くようになった。司馬の歴史小説がビジネスマンやサラリーマンに広く読まれたことは、多く指摘されてきたが、それはなぜだったのか。そこにどのような社会背景があったのか。

本書は、こうした問題関心の延長で生まれたものである。司馬については、その歴史理解を批判的に問う研究や思想に内在的に迫る研究が、それなりに蓄積されている。筆者自身も、それらに多くを学んできた。だが、本書の主たる関心は、司馬の思惟《しい》を内在的に析出することではなく、むしろ、それが生み出され読まれた社会的な力学を、外在的に捉え返すことにある。それは、すなわち、「一流」でもなければ「三流」でもない、「二流」「傍流」から昭和史を読み直すことでもある。

あえて司馬に外在的に向き合いながら昭和史を読み解くうえで念頭にあったのは、竹内洋先生の『丸山眞男の時代』(中公新書、二〇〇五年)や佐藤卓己先生の『「キング」の時代』(岩波書店、二〇〇二年)である。これらの著作では、知識人の思惟やメディア・テクストそのものというよりは、それが生み出された社会の構造を読み解き、戦前・戦後のアカデミズムや総力戦体制の力学が、緻密に描き出されている。本書はこの両著作の重厚さには及ぶべくもないが、大学教員になるかならないかの時期に、これらの書物を手にしながら、いずれは特定の人物やメディアを手掛かりに、背後の歴史や社会を読み解いてみたいと思ったものである。当時は司馬への関心がすっかり遠のいていた時期だったが、それから約二〇年を経て、自分のなかでは、ようやくひとつの宿題を終えたような気がしている。

考えてみれば、「司馬遼太郎の時代」というテーマは、筆者のこれまでの研究やキャリアの延長にあるものでもある。大衆教養主義への問題関心は、前著『「勤労青年」の教養文化史』に連なっており、戦争体験や戦争観への着目は、『「戦争体験」の戦後史』や『焦土の記憶』(新曜社、二〇一一年)、『「戦跡」の戦後史』(岩波現代全書、二〇一五年)などから持続している。文庫やテレビ、映画、雑誌といったメディアの機能への着目は、『「反戦」のメディア史』（世界思想社、二〇〇六年）や『「働く青年」と教養の戦後史』（筑摩選書、二〇一七年）にもちりばめている。また、本書では、戦後歴史学や学際知識人の学知にも言及しているが、それは諸学知の編成を扱った『辺境に映る日本』にも通じる。管理業務や通勤の合間の「気楽」な細切れの読書が、期せずして、これまでの研究の結節点となった。

さらに言えば、三〇代前半までの一〇年間の企業勤務の経験も、執筆しながら思い起こすことがあった。私が勤務していた会社は、出版社とはいえ、家電メーカーのような雰囲気も色濃かった。編集を担当していたのも、経営学や会計学、生産工学など、ビジネス専門書だった。当時はすでに元号が平成に切り替わって間もない時期だったが、本書をまとめるなかで、高度成長期以後の企業社会史の文献に触れながら、いまから四半世紀前のサラリーマン生活を思い出すこともしばしばだった。

＊

司馬作品を取り巻く社会背景については、参考文献欄に挙げているように、二〇二二年のいくつかの拙稿のなかで検討しているが、本書はそれらとは別に書き下ろしたものである。ごく一部、内容や記述の重なりはあるものの、本書は新たに書き進めたものであり、既発表の論考とは異なる分析軸で、「司馬遼太郎の時代」を包括的に描いている。

とはいえ、本書がそのすべてを描き切ったのかというと、その点はやや心許ないところもある。司馬の長編歴史小説や主要な歴史評論は一通り読み直したものの、本書のなかで言及できなかった作品は少なくない。「大阪侍」や「人斬り以蔵」といった短編から、必ずしも「英雄」のみに注目するのではない司馬の問題関心について、もっと議論を展開することもできたかもしれない。また、司馬の没後に多く著された評論を通して、平成期における司馬受容を考えることも可能ではあるだろう。紙幅や時間の制約という言い訳はあるものの、本書で書ききれなかったことを思い起こせばきりがない。

だが、司馬作品が書かれ、読まれた「時代」を問い直す作業がこれまで進められなかったことも、また否めない。「二流の昭和史」や、「教養主義の没落」後の大衆教養主義の一端を描いたことは、読書界に対する本書のささやかな貢献ではないかと思っている。本書への批判も含めて、これが「司馬遼太郎の時代」ひいては「歴史小説の時代」「二流の昭和史」へのさらなる問い直しにつながるのであれば、望外の喜びである。

構想や執筆の段階では、関西のメディア文化研究会にて、主宰の高井昌吏さんや谷本奈穂さんなど、出席の方々に有意義なコメントをいただいた。司馬作品の読書経験（の有無）について話を聞けたことも、本書をまとめるうえで、大きなヒントとなった。

二〇二二年夏には、リベラル・モダニズム研究会に招いていただき、発表の機会を頂戴した。德久恭子先生、苅部直先生、宇野重規先生、待鳥聡史先生、山本昭宏さんはじめ、当日ご参加の方々には、政治思想史などの観点から貴重なご意見をいただいた。

本書の校正では、神立圭子さんにたいへんお世話になった。表記統一から書誌情報・引用箇所のチェックに至るまで、その緻密で丁寧なお仕事ぶりは、じつに印象的だった。

それにしても、若い頃に買い求めた司馬作品の文庫本を読み直すなかで、驚いたことがある。それは、五〇代半ばに差し掛かろうとしている現在の筆者には、当時の文庫本の活字が、あまりにも見づらいことである。老眼が進んだためか、本文の文字が小さく、行間がかなり詰まっているように感じられた。本を手元から離したり、遠近両用メガネを使用しても、読み進める苦労は変わらず、あらためて、近年に出された新版の文庫本を買い直すことが多かった。旧版に比した読みやすさを、つくづく実感したものである。

いまにして思えば、若い頃になぜ、あれほど文字が小さく、詰まったページを平然と読んでいたのか、不思議でならない。それほどの歳を重ねたということなのだろうが、かつてとは異なる読み方をしていること自体に、興味深さを覚えることもしばしばだった。それも、中公新書編集部・白戸直人さんに執筆の機会をいただいたおかげである。当初の原稿では、時代背景などについて、やや説明過多のきらいもあったが、白戸さんのアドバイスを受けて、多少なりとも整理することができた。心より御礼申し上げます。

二〇二二年秋　司馬遼太郎生誕百年を前にして

福間良明

主要参考文献

†司馬遼太郎の著作・対談など

全集

『司馬遼太郎全集』全六八巻、文藝春秋、一九七一～二〇〇三年

歴史小説

司馬遼太郎『梟の城』新潮文庫、一九六五年
司馬遼太郎『尻啖え孫市』上下、角川文庫、一九六九年
司馬遼太郎『人斬り以蔵』新潮文庫、一九六九年
司馬遼太郎『国盗り物語』全四巻、新潮文庫、一九七一年
司馬遼太郎『新史太閤記』上下、新潮文庫、一九七三年
司馬遼太郎『燃えよ剣』上下、新潮文庫、一九七二年
司馬遼太郎『関ヶ原』上中下、新潮文庫、一九七四年
司馬遼太郎『最後の将軍——徳川慶喜』文春文庫、一九七四年
司馬遼太郎『酔って候』文春文庫、一九七五年
司馬遼太郎『竜馬がゆく』全八巻、文春文庫、一九七五年
司馬遼太郎『峠』上下、新潮文庫、一九七五年
司馬遼太郎『世に棲む日日』全四巻、文春文庫、一九七五年
司馬遼太郎『城塞』上中下、新潮文庫、一九七六年
司馬遼太郎『花神』上中下、新潮文庫、一九七六年
司馬遼太郎『功名が辻』全四巻、文春文庫、一九七六年
司馬遼太郎『義経』上下、文春文庫、一九七七年
司馬遼太郎『殉死』文春文庫、一九七八年
司馬遼太郎『坂の上の雲』全八巻、文春文庫、一九七八年
司馬遼太郎『空海の風景』上下、中公文庫、一九七八年
司馬遼太郎『馬上少年過ぐ』新潮文庫、一九七八年
司馬遼太郎『覇王の家』新潮文庫、一九七九年
司馬遼太郎『翔ぶが如く』全一〇巻、文春文庫、一九八〇年
司馬遼太郎『胡蝶の夢』全四巻、新潮文庫、一九八三年
司馬遼太郎『ひとびとの跫音』上下、中公文庫、一九八三年
司馬遼太郎『項羽と劉邦』上中下、新潮文庫、一九八四年
司馬遼太郎『風神の門』上下、新潮文庫、一九八七年（新潮文庫版初刊は全一巻、一九六九年）
司馬遼太郎『菜の花の沖』全六巻、文春文庫、一九八七年
司馬遼太郎『箱根の坂』上中下、講談社文庫、一九八七年
司馬遼太郎『韃靼疾風録』上下、中公文庫、一九九一年
司馬遼太郎『ペルシャの幻術師』文春文庫、二〇〇一年

評論・随筆・紀行

福田定一『名言随筆サラリーマン』六月社、一九五五年

司馬遼太郎『街道をゆく』全四三巻、朝日出版社、一九七一～九六年
司馬遼太郎「首山堡と落合」『司馬遼太郎全集月報二八』文藝春秋社、一九七三年
司馬遼太郎『歴史の中の日本』中公文庫、一九七六年
司馬遼太郎「あとがき一～六」『坂の上の雲』第八巻、文春文庫、一九七八年（本文中で「あとがき一」「あとがき二」などと出典表記があるのは、いずれも文春文庫版『坂の上の雲』第八巻からのもの）
司馬遼太郎『歴史と視点』新潮文庫、一九八〇年
司馬遼太郎『古往今来』中公文庫、一九八三年
司馬遼太郎「祖父・父・学校」『司馬遼太郎全集月報四七』文藝春秋、一九八四年
司馬遼太郎『この国のかたち』全六巻、文春文庫、一九九三～二〇〇〇年
司馬遼太郎『風塵抄』中公文庫、一九九四年
司馬遼太郎『「明治」という国家』上下、NHKブックス、一九九四年（初刊は全一巻、一九八九年）
司馬遼太郎「年少茫然の頃」『司馬遼太郎の世紀』朝日出版社、一九九六年（初出は『ちゃんねる』一九六六年四月号）
司馬遼太郎『「昭和」という国家』NHKブックス、一九九九年
司馬遼太郎『風塵抄 二』中公文庫、二〇〇〇年
司馬遼太郎『司馬遼太郎が考えたこと』全一五巻、新潮文庫、二〇〇五～二〇〇六年
司馬遼太郎『手掘り日本史』集英社文庫、二〇〇七年（文庫初刊は一九八〇年）
司馬遼太郎『歴史と小説』集英社文庫、二〇〇六年（文庫初刊は一九七九年）
司馬遼太郎『歴史のなかの邂逅』全八巻、中公文庫、二〇一〇～一一年

対談

司馬遼太郎『この国のはじまりについて（司馬遼太郎対話選集1）』文春文庫、二〇〇六年
司馬遼太郎『日本語の本質（司馬遼太郎対話選集2）』文春文庫、二〇〇六年
司馬遼太郎『歴史を動かす力（司馬遼太郎対話選集3）』文春文庫、二〇〇六年
司馬遼太郎『近代化の相剋（司馬遼太郎対話選集4）』文春文庫、二〇〇六年
司馬遼太郎『日本文明のかたち（司馬遼太郎対話選集5）』文春文庫、二〇〇六年
司馬遼太郎『戦争と国土（司馬遼太郎対話選集6）』文春文庫、二〇〇六年
司馬遼太郎『人間について（司馬遼太郎対話選集7）』文春文庫、二〇〇六年
司馬遼太郎『宗教と日本人（司馬遼太郎対話選集8）』文春文庫、二〇〇六年
司馬遼太郎『アジアの中の日本（司馬遼太郎対話選集9）』文春文庫、二〇〇六年
司馬遼太郎『民族と国家を超えるもの（司馬遼太郎対話選集10）』文春文庫、二〇〇六年
司馬遼太郎・菊田均「司馬遼太郎氏に聞く」『早稲田文学』（第八次）、一九八一年一二月号
司馬遼太郎・鶴見俊輔（対談）「昭和の道に井戸をたずねて」『司馬遼太郎の世紀』朝日出版社、一九九六年（初出は『思想の科学』一九九五年一〇月号）

主要参考文献

司馬遼太郎・鶴見俊輔（対談）「「敗戦体験」から遺すべきもの」『司馬遼太郎の世紀』朝日出版社、一九九六年（初出は『諸君！』一九七九年七月号）
谷沢永一・司馬遼太郎（対談）「司馬文学の根底にあるもの」『司馬遼太郎全集月報五〇』文藝春秋、一九八四年

年譜

「司馬遼太郎　年譜」『三友』（三友会）一九六七年一〇月二〇日号
「年譜」『司馬遼太郎全集』第三二巻、文藝春秋、一九七四年
大河内昭爾「司馬遼太郎年譜」『司馬遼太郎の世紀』朝日出版社、一九九六年
山野博史「司馬遼太郎の七十二年」『中央公論』一九九六年九月号臨時増刊（「司馬遼太郎の跫音」）

†史資料・参考文献

会田雄次「現代小説としての歴史文学」『カイエ』一九七九年一二月号
赤尾兜子「大阪外語のころ」『司馬遼太郎全集月報一一』文藝春秋、一九七二年
天野郁夫『旧制専門学校』日経新書、一九七八年
天野郁夫『高等教育の時代（上）――戦間期日本の大学』中公叢書、二〇一三年
天野郁夫『高等教育の時代（下）――大衆化大学の原像』中公叢書、二〇一三年
有吉佐和子「司馬文学のファンとして」『司馬遼太郎全集月報二六』文藝春秋、一九七三年
井川充雄『戦後新興紙とGHQ――新聞用紙をめぐる攻防』世界思想社、二〇〇八年
石川武「変革期のドラマに心躍らせる」『文藝春秋』一九九六年五月臨時増刊号（「司馬遼太郎の世界」）
石濱恒夫「戦友・司馬遼太郎のこと」『潮』一九六八年三月号
磯田道史『「司馬遼太郎」で学ぶ日本史』NHK出版新書、二〇一七年
一坂太郎『司馬遼太郎が描かなかった幕末』集英社新書、二〇一三年
伊藤淳二「漢の生き方を教えた」『文藝春秋』一九九六年五月臨時増刊号（「司馬遼太郎の世界」）
伊藤隆『歴史と私――史料と歩んだ歴史家の回想』中公新書、二〇一五年
今井三雄「金剛山の日の思い出」『司馬遼太郎全集月報一四』文藝春秋、一九七二年
色川大吉「「明」重視の英雄史観」『司馬遼太郎の世紀』朝日出版社、一九九六年
色川大吉『歴史の方法』大和書房、一九七七年
岩波ブックレット編集部「編集部からのメッセージ　一〇〇〇号突破に寄せて」https://www.iwanami.co.jp/news/n30903.html
上田正昭「人間の翳」『司馬遼太郎全集月報五』文藝春秋、一九七二年
上田正昭「司馬遼太郎と朝鮮」『國文學　解釈と教材の研究』一九七三年六月号
上宮学園校史編纂委員会『上宮学園九十年の歩み』上宮学園、一九八一年
梅棹忠夫・栗田靖之編『知と教養の文明学』中央公論社、一九九一年
エコノミスト編集部編『証言・高度成長期の日本』上下、毎日新聞社、一九八四年

欧文社受験相談部『昭和十四年度入試準拠 上級学校受験生必携』欧文社、一九三九年
欧文社通信添削会受験相談部『昭和十二年 上級学校入学試験宝鑑』欧文社、一九三六年
欧文社編輯局編『昭和十七年改訂版 全国上級学校年鑑』欧文社、一九四二年
大江志乃夫「司馬遼太郎『翔ぶが如く』について」『民主文学』一九七七年一一月号
大岡昇平『歴史小説の問題』文藝春秋、一九七四年
大串潤児「国民的歴史学運動の思想・序説」『歴史評論』二〇〇一年五月号
大阪外国語大学同窓会編『大阪外国語大学70年史資料集』大阪外国語大学同窓会、一九八九年
大阪外国語大学70年史編集委員会編『大阪外国語大学70年史』大阪外国語大学70年史刊行会、一九九二年
大阪市役所編『昭和大阪市史』第一巻（概説篇）、大阪市役所、一九五一年
大阪新聞社編『大阪新聞75周年記念誌』大阪新聞社、一九九七年
大阪府教育委員会編『大阪府教育百年史』第一巻（概説編）、大阪府教育委員会、一九七三年
大濱徹也『明治の墓標——庶民のみた日清・日露戦争』河出書房新社、一九九〇年
大原誠『ＮＨＫ大河ドラマの歳月』日本放送出版協会、一九八五年
大森真紀『性別定年制の史的研究——１９５０年代〜１９８０年代』法律文化社、二〇二一年
岡本功司『永福柳軒という男——虚説・水野成夫伝』同盟通信社、一九六二年
桶谷秀明・岡井隆（対談）「司馬遼太郎をどう読むか」『カイエ』一九七九年一二月号
尾崎秀樹「作家評伝（二十六）——司馬遼太郎の世界」『三友』（三友会）一九六七年一〇月二〇日号
尾崎秀樹・松浦玲・松本健一（鼎談）「新〝国民文学〟の旗手の危険な魅力」『朝日ジャーナル』一九七六年七月九日号
小熊英二『〈民主〉と〈愛国〉——戦後日本のナショナリズムと公共性』新曜社、二〇〇二年
小熊英二『日本社会のしくみ——雇用・教育・福祉の歴史社会学』講談社現代新書、二〇一九年
勝田吉太郎『絶望の教育危機』日経通信社、一九七四年
桂英史『司馬遼太郎をなぜ読むか』新書館、一九九九年
加藤周一「司馬遼太郎小論」『加藤周一著作集』第一巻、平凡社、一九七九年
加登川幸太郎『戦車の歴史——理論と兵器』角川ソフィア文庫、二〇二二年
鹿野政直『「鳥島」は入っているか』岩波書店、一九八八年
亀井俊介「司馬遼太郎の美学」『中央公論』一九七四年九月号
苅谷剛彦『追いついた近代 消えた近代——戦後日本の自己像と教育』岩波書店、二〇一九年
河合隼雄「未来への記憶（八）——自伝の試み」『図書』一九九九年三月号
河合隼雄・山折哲雄・芳賀徹「国民文学としての司馬遼太郎」『中央公論』一九九六年九月号臨時増刊（「司馬遼太郎の跫音」）
川端直正編『浪速区史』浪速区創設三十周年記念事業委員会、一九五七年
菊地昌典『一九三〇年代論——歴史と民衆』田畑書店、一九七三年

主要参考文献

菊地昌典「歴史家への挑戦状」『司馬遼太郎全集月報二二』文藝春秋、一九七三年

木下聡『斎藤氏四代——人天を守護し、仏想を伝えず』ミネルヴァ書房、二〇二〇年

楠田丘『職能資格制度』（第二版）、産業労働調査所、一九七九年

熊沢誠『働き者たち泣き笑顔——現代日本の労働・教育・経済社会システム』有斐閣、一九九三年

現代作家研究会編『ビジネスマン読本 司馬遼太郎』日本能率協会マネジメントセンター、一九九三年

神戸新聞社社史編纂委員会編『神戸新聞社七十年史』神戸新聞社、一九六八年

香山健一『英国病の教訓』PHP研究所、一九七八年

呉座勇一「「自虐史観批判」と対峙する」前川一郎編『教養としての歴史問題』東洋経済新報社、二〇二〇年

小谷汪之「「戦後歴史学」とその後——新たな「科学的歴史学」の模索へ」『史潮』二〇一三年七月号

小林聡明『在日朝鮮人のメディア空間』風響社、二〇〇七年

小林道彦『児玉源太郎——そこから旅順港は見えるか』ミネルヴァ書房、二〇一二年

境政郎『水野成夫の時代——社会運動の闘士がフジサンケイグループを創るまで』日本工業新聞社、二〇一二年

桜井哲夫「「技術のひと」としての司馬遼太郎」『大航海』一九九六年一二月別冊号

榊原英資「「日本回帰」の契機」『文藝春秋』一九九六年五月臨時増刊号（「司馬遼太郎の世界」）

佐々木潤之介『民衆史を学ぶということ』吉川弘文館、二〇〇六年、

佐々木英昭『乃木希典——予は諸君の子弟を殺したり』ミネルヴァ書房、二〇〇五年

サトウサンペイ「サラリーマンのころの司馬さん」『司馬遼太郎全集月報五』文藝春秋、一九七二年

佐藤卓己『テレビ的教養——一億総博知化への系譜』岩波現代文庫、二〇一九年

産経新聞社編『新聞記者 司馬遼太郎』文春文庫、二〇一三年

島田豊作ほか『戦車と戦車戦——体験手記が明かす日本軍の技術とメカと戦場』光人社NF文庫、二〇一七年

下田史郎『サイパン戦車戦——戦車第九連隊の玉砕』光人社NF文庫、二〇一四年

新修大阪市史編纂委員会編『新修大阪市史』第七巻、大阪市、一九九四年

鈴木嘉一『大河ドラマの50年——放送文化の中の歴史ドラマ』中央公論新社、二〇一一年

鈴木四郎『戦中派司馬遼太郎の軌跡』改訂版、鈴木四郎、二〇〇〇年

鈴木良「歴史意識と歴史小説のあいだ」『歴史評論』一九九七年二月号

須田努『イコンの崩壊まで——「戦後歴史学」と運動史研究』青木書店、二〇〇八年

関川夏央「教養の厚い岩盤」司馬遼太郎『歴史を動かす力（司馬遼太郎対話選集3）』文春文庫、二〇〇六年

全国教育研究所連盟編『勤労青年の生活——中学校卒業後5ヶ年間における職業生活の推移と教育の機会に関する研究』東洋館出版社、一九六〇年

高山信武・近藤新治ほか「もしも本土決戦が行われていたら」『歴史と人物』一九八三年八月増刊号

竹内洋『学歴貴族の栄光と挫折』中央公論新社、一九九九年

竹内洋『教養主義の没落——変わりゆくエリート学生文化』中

公新書、二〇〇三年
竹内洋『日本のメリトクラシー――構造と心性 増補版』東京大学出版会、二〇一六年
田辺聖子「弔辞」『文藝春秋』一九九六年五月臨時増刊号
谷原吏『〈サラリーマン〉のメディア史』慶應義塾大学出版会、二〇二二年
知野文哉『「坂本龍馬」の誕生――船中八策と坂崎紫瀾』人文書院、二〇一三年
陳舜臣「雑書読みのこと」『三友』（三友会）一九六七年一〇月二〇日号
陳舜臣「同窓・司馬遼太郎」『司馬遼太郎全集月報一〇』文藝春秋、一九七二年
辻井喬『司馬遼太郎覚書――「坂の上の雲」のことなど』かもがわ出版、二〇一一年
辻田真佐憲「歴史に「物語」はなぜ必要か――アカデミズムとジャーナリズムの協働を考える」前川一郎編『教養としての歴史問題』東洋経済新報社、二〇二〇年
筒井清忠「乃木希典」筒井清忠編『明治史講義【人物篇】』ちくま新書、二〇一八年
戸邉秀明「社会運動史としての戦後歴史学研究のために」『日本史研究』六〇〇号、二〇一二年
戸邉秀明「日本『戦後歴史学』の展開と未完の梶村史学――国家と民衆はいかに（再）発見されたか」『社会科学』（同志社大学人文科学研究所）、二〇一三年
戸邉秀明「史学史と歴史叙述」歴史学研究会編『第四次 現代歴史学の成果と課題』績文堂出版、二〇一七年
土門周平『日本戦車開発物語――陸軍兵器テクノロジーの戦い』光人社NF文庫、二〇〇三年
内閣官房内閣審議室分室・内閣総理大臣補佐官室編『大平総理の政策研究会報告書7 文化の時代の経済運営』大蔵省印刷局、一九八〇年
永田照海「新聞記者「福田定一」のこと」『司馬遼太郎全集月報三八』文藝春秋、一九八三年
永田照海「笑顔の記者」『文藝春秋』一九九六年五月臨時増刊号（「司馬遼太郎の世界」）
中塚明『司馬遼太郎の歴史観――その「朝鮮観」と「明治栄光論」を問う』高文研、二〇〇九年
中村政則『近現代史をどう見るか――司馬史観を問う』岩波ブックレット、一九九七年
中村政則『「坂の上の雲」と司馬史観』岩波書店、二〇〇九年
成田龍一『歴史学のスタイル――史学史とその周辺』校倉書房、二〇〇一年
成田龍一『歴史学のナラティヴ――民衆史研究とその周辺』校倉書房、二〇一二年
成田龍一『司馬遼太郎の幕末・明治』朝日選書、二〇〇三年
成田龍一『戦後思想家としての司馬遼太郎』筑摩書房、二〇〇九年
日本放送協会編『20世紀放送史』上下・年表・資料編、日本放送協会、二〇〇一年
延吉実『司馬遼太郎とその時代』戦中篇・戦後篇、青弓社、二〇〇二～〇三年
秦郁彦『昭和史の秘話を追う』PHP研究所、二〇一二年
原田敬一『「坂の上の雲」と日本近現代史』新日本出版社、二〇一一年
原田敬一「司馬文学の受容から何を受けとめるのか」『歴史評論』二〇二一年五月号
半藤一利『清張さんと司馬さん』文春文庫、二〇〇五年
福田みどり「司馬さんとの三十七年」『中央公論』一九九六年

九月臨時増刊号（「司馬遼太郎の跫音」）
福田みどり『司馬さんは夢の中』全三巻、中公文庫、二〇〇八～一二年
福間良明『殉国と反逆——「特攻」の語りの戦後史』青弓社、二〇〇七年
福間良明『「戦争体験」の戦後史——世代・教養・イデオロギ』中公新書、二〇〇九年
福間良明『「働く青年」と教養の戦後史——「人生雑誌」と読者のゆくえ』筑摩選書、二〇一七年
福間良明『「勤労青年」の教養文化史』岩波新書、二〇二〇年
福間良明「現代メディア史と戦前・戦後の社会変容」浪田陽子・福間良明編『はじめてのメディア研究〔第二版〕』世界思想社、二〇二一年
福間良明「司馬遼太郎ブームとビジネス教養主義——ポスト高度成長期における「歴史」と「誤読」」山口大学時間学研究所編『時間学の構築Ⅳ 現代社会と時間』恒星社厚生閣、二〇二二年
福間良明「大衆歴史ブームと教養主義の残滓——「ポスト・キャッチアップ型近代」の中年文化」福間良明編『昭和五〇年代論——「戦後の終わり」と「終わらない戦後」の交錯』みずき書林、二〇二二年
福間良明「歴史小説のなかの「戦争と社会」——司馬遼太郎とネガとしての「明るさ」」『思想』二〇二二年五月号
福間良明「「司馬史観」への共感とポスト「明治百年」——「教養主義の没落」後の中年教養文化」日高勝之編『１９７０年代文化論』青弓社、二〇二二年
藤岡信勝「司馬史観と歴史教育」『中央公論』一九九六年九月臨時増刊号（「司馬遼太郎の跫音」）
文藝春秋編『司馬遼太郎全仕事』文春文庫、二〇一三年
保谷徹「歴史小説と幕末史——司馬遼太郎と吉村昭」『歴史評論』二〇〇九年一月号
前田久吉伝編纂委員会編『前田久吉伝——八十八年を顧みて』日本電波塔、一九八〇年
松浦玲『検証・龍馬伝説』論創社、二〇〇一年
松浦玲『坂本龍馬』岩波新書、二〇〇八年
松尾理也『大阪時事新報の研究——「関西ジャーナリズム」と福澤精神』創元社、二〇二一年
松本健一『司馬遼太郎——司馬文学の「場所」』学研M文庫、二〇〇一年
松本健一『司馬遼太郎を読む』めるくまーる、二〇〇五年
松本健一『司馬遼太郎が発見した日本——「街道をゆく」を読み解く』朝日新聞社、二〇〇六年
松本健一『増補 司馬遼太郎の「場所」』ちくま文庫、二〇〇七年
松本健一『三島由紀夫と司馬遼太郎——「美しい日本」をめぐる激突』新潮選書、二〇一〇年
丸谷才一「司馬遼太郎ノート」『作品』一九八〇年一一月号
武蔵野次郎「歴史・時代小説の魅力」『国文学 解釈と鑑賞』一九七九年三月号
諸井薫「司馬ブームとは何だったのか」『文藝春秋』一九九六年五月臨時増刊号（「司馬遼太郎の世界」）
両角良彦「浮雲に托す」『文藝春秋』一九九六年五月臨時増刊号（「司馬遼太郎の世界」）
安丸良夫『日本の近代化と民衆思想』平凡社ライブラリー、一九九九年
山内由紀人『三島由紀夫vs.司馬遼太郎——戦後精神と近代』河出書房新社、二〇一一年
山崎正和「司馬さんの老眼鏡」『司馬遼太郎全集月報三一』文

藝春秋、一九七四年
山崎正和・五百旗頭真「『司馬史観』と日本史学」『中央公論』一九九六年四月号
山崎正和「風のように去った人」『文藝春秋』一九九六年四月号
山田朗『世界史の中の日露戦争』吉川弘文館、二〇〇九年
山田隆之「細長い枠」『三友』（三友会）一九六七年一〇月二〇日号
吉川洋『高度成長――日本を変えた六〇〇〇日』中公文庫、二〇一二年
吉田裕『日本軍兵士――アジア・太平洋戦争の現実』中公新書、二〇一七年
吉田裕『アジア・太平洋戦争』岩波新書、二〇〇七年
與那覇潤「『司馬史観』に学ぶ共存への努力」『ｋｏｔｏｂａ』二〇二一年冬号
歴史学研究会編『戦後歴史学再考――「国民史」を超えて』青木書店、二〇〇〇年
歴史学研究会編『戦後歴史学を検証する――歴研創立70周年記念』青木書店、二〇〇二年
『歴史評論』編集委員会「特集にあたって」（特集「近代史研究のゆくえ」）『歴史評論』一九九七年二月号
労働政策研究・研修機構『データブック国際労働比較２０１９』労働政策研究・研修機構、二〇一九年
渡辺治編『高度成長と企業社会』吉川弘文館、二〇〇四年
渡辺京二「『翔ぶが如く』雑感」『カイエ』一九七九年一二月号
和辻哲郎「教養」『和辻哲郎全集』第二〇巻、岩波書店、一九六三年
「国民作家　司馬遼太郎の謎」『ダカーポ』二〇〇五年九月七日号
「司馬作品に何を学んだか」『文藝春秋』一九九六年五月臨時増刊号（「司馬遼太郎の世界」）
『別冊歴史読本41』二〇〇三年三月（「『歴史読本』全５５８冊総目録」）
『文部省年報』文部省、各年度
『学校基本調査』文部科学省、各年度
「私の思い出」『文藝春秋』一九九六年五月臨時増刊号（「司馬遼太郎の世界」）
「編集後記」『歴史と旅』一九九二年九月号

主要図版出典一覧

ＮＨＫ・ＮＨＫプロモーション・朝日新聞編・発行『「司馬遼太郎が愛した世界」展』（一九九九年）一三、三七、四七、七五頁
産経新聞大阪本社編・発行『司馬遼太郎展　19世紀の青春群像』（一九九八年）一四九頁上下
文藝春秋　八四、八七頁
産経新聞社　一四〇、二一六（上）、二一九頁
読売新聞社　一一九、一二一、一五九頁
中央公論新社　他

司馬遼太郎作品（長編）刊行年表

註記　年齢は、その年の誕生日（八月七日）時点のものである（死去した一九九六年のみ、その時点の年齢）。小説の時代背景は〔　〕で示した。複数巻の作品は初刊時の巻数を記した。新装改版などでその後、巻数が変わった作品もある。巻数表記がない作品は単巻構成である。ベストセラー上位20作品は、文庫欄に①②などの表記で順位を記した。

西暦（年号）	年齢	単行本	文庫
一九五九　昭和三四	36	〔戦国〕『**梟の城**』**講談社**　信長による伊賀攻めの忍者残党が、秀吉の暗殺を企てる。栄達をめざすのではなく、自らの技能にこだわりと自負を抱く主人公（葛籠重蔵）を描く。直木賞受賞（一九六〇年）	
一九六〇　三五	37	〔幕末〕『**上方武士道**』**中央公論社**　幕末に武家の実態を知ることが急務となり、密偵となって、上方から江戸に向かう公家・高野則近を主人公に、斬り合いや色恋が繰り広げられる。封建社会や勤王イデオロギーの奇妙さも描写される	
一九六一　三六	38	〔幕末〕『**風の武士**』**講談社**　貧乏御家人の次男坊が伊賀忍者の血筋を見込まれ、熊野に秘匿されている金銀の探索を命じられる。紀州隠密や新撰組も入り乱れる伝奇長編	
		〔戦国〕『**戦雲の夢**』**講談社**　土佐二二万石の大名だった長曾我部盛親（元親の四男）は、関ヶ原の戦いで家が取り潰され、手習いの師匠などで糊口をしのいできたが、大坂の陣に再起をかける	

一九六二	三七	39	〔戦国〕『風神の門』新潮社　権力者に仕えず、自らの技術のみを売って世を送る伊賀忍者の霧隠才蔵は、徳川・豊臣の争いに巻き込まれ、真田幸村と出会うなかで豊臣方に傾く。大坂の陣を背景に、忍者の意地を映し出す	
一九六三	三八	40	〔幕末〕『竜馬がゆく』文藝春秋新社（〜66年、全5巻）　旧秩序のしがらみや佐幕・攘夷のイデオロギーにとらわれない坂本竜馬の生涯を描き、困難を押して薩長同盟や大政奉還を実現させる勇躍を描く。菊池寛賞受賞（一九六六年、『国盗り物語』とあわせて）	
一九六四	三九	41	〔幕末〕『燃えよ剣』文藝春秋新社（全2巻）　喧嘩師としての技術と美学にこだわりながら、新撰組を創り上げ、箱館戦争で散った副長・土方歳三の生涯を描く。攘夷派の拷問に関わった陰惨な側面への記述がうすいとも指摘される 〔戦国〕『尻啖え孫市』講談社　卓越した射撃の腕を持つ雑賀党の領主・雑賀孫市を主人公に、木下藤吉郎との交友を描きつつ、織田信長に取り入らず、石山合戦で本願寺側に立ち、壮絶な戦いに身を投じるさまを描く	
一九六五	四〇	42	〔戦国〕『功名が辻』文藝春秋新社（全2巻）　うだつの上がらない山内一豊が、織田・豊臣・徳川の世を生き抜き、土佐二四万石の大名に上りつめる出世譚と、一豊を巧みに励まし導く妻・千代の物語 〔戦国〕『城をとる話』光文社　関ヶ原の戦い前夜、伊達と上杉が相争う東北の国境に、伊達家は難攻不落の城を築かせていた。これを乗っ取ろうとする佐竹家（上杉方）家臣・車藤左の行動力が描かれる 〔戦国〕『国盗り物語』新潮社（〜66年、全4巻）　中世の不毛なしがらみや秩序を打破すべく、仏門を捨て、油売りから美濃国主に成り上	『梟の城』新潮文庫

一九六六	四一	43	がった斎藤道三と、その遺志を受け継ぐ織田信長の物語。菊池寛賞受賞（一九六六年、『竜馬がゆく』とあわせて） **〔幕末〕『北斗の人』講談社**　江戸末期、最強の剣豪といわれた千葉周作が剣の道を突き詰め、諸国をめぐって剣名をあげ、北辰一刀流を興す軌跡を描く **〔幕末〕『俄』講談社**　賭博荒らしから侠客、そして侍へと身を起こし、維新の騒乱に巻き込まれる主人公が、破天荒かつ陽気に生き抜く物語。大坂の市井人の視線から幕末を描く **〔戦国〕『関ケ原』新潮社（全3巻）**　石田三成の融通の利かない一途さや「正しさ」への固執とともに、反感を覚える諸大名との軋轢を描く。関ヶ原の戦いの勝敗が決するまでの駆け引きと人間模様の物語	『上方武士道』春陽文庫
一九六七	四二	44	**〔幕末〕『十一番目の志士』文藝春秋**　長州藩下層の出身の天堂晋助は、高杉晋作に剣の技量を見込まれ、刺客に仕立てられる。天堂は高杉の指示を受けて上方や江戸で剣を振るい、新撰組との死闘を繰り広げる **〔幕末〕『最後の将軍』文藝春秋**　開国か攘夷か、佐幕か倒幕かをめぐって政治的混乱に陥るなか、期待を集めて将軍職に就いた徳川慶喜が、結果的に幕府の幕引きをし、その後も恭順と沈黙を貫くさまを描く **〔明治〕『殉死』文藝春秋**　日露戦争で第三軍司令官として苦闘し、またそこで二人の息子を失った乃木希典は、明治天皇の死去に際し、妻とともに自らの命を絶った。その乃木の人間像と内面に迫ることを試みた作品。毎日芸術賞受賞（一九六八年）	『梟の城』春陽文庫
一九六八	四三	45	**〔戦国〕『夏草の賦』文藝春秋**　土佐の一郡の領主でしかなかった長曾我部元親が、武力と智略で四国全土を手中に収めるも、信長の後を継いだ秀吉の軍門に降ることになる。その野望と挫折の物語	『風神の門』春陽文庫

一九六九	四六	46	〔戦国〕『新史太閤記』新潮社（全2巻）　少年期には貧困と周囲の蔑みや暴力に苛まれながら、柔軟な発想と経済・軍事合理性で、中世のしがらみを打破し、異例の出世を果す豊臣秀吉の物語 〔鎌倉〕『義経』文藝春秋　天才的な軍事能力を発揮し、木曽義仲や平家を華麗に破りながらも、政治感覚があまりに乏しく、兄・頼朝に追われる源義経の悲劇を描く 〔幕末〕『峠』新潮社（全2巻）　幅広い知識と時代を見通す眼を持ちながら、越後・長岡藩の武装中立をめざし、北越戦争を戦い抜いた家老・河井継之助の軌跡とヒロイズム、行動美学の挫折を描く 〔室町末期〕『妖怪』講談社　六代将軍落胤の熊野の源四郎は、将軍になろうと、戦乱と飢饉で荒廃した京にのぼる。しかし、八代将軍義政の正室・側室の争いに巻き込まれ、幻術使いたちに翻弄される 〔江戸初期〕『大盗禅師』文藝春秋　大坂落城から三〇年が経過するなか、徳川幕府転覆と明帝国再興を画策して、妖力を操る怪僧と公儀に圧迫される浪人たちが暗躍する姿を描く。全集未収録の伝奇小説	『尻啖え孫市』（全2巻）角川文庫 『風神の門』新潮文庫
一九七〇	四七	47	〔幕末〕『歳月』講談社　肥前佐賀藩の貧しい小吏の家に生まれながら、藩政・国政にのし上がり、近代司法制度の基礎を築いた江藤新平が、その後、征韓論争に敗れて下野し、佐賀の乱を引き起こす軌跡を描く 〔明治〕『坂の上の雲』文藝春秋（〜72年、全6巻）　正岡子規、秋山好古・真之兄弟を軸に、明治初期から日露戦争期の日本を描く。「明治の明るさ」を強調した作品と見なされがちだが、政治や軍の組織病理の描写も目立つ	『北斗の人』角川文庫
一九七一	四八	48	〔幕末〕『世に棲む日日』文藝春秋（全3巻）　米軍艦への密航を企て	『国盗り物語』（全4巻）新

			罪人となった吉田松陰が尊王攘夷思想を突き詰め、それが行動力を持つ高杉晋作に受け継がれるなか、長州藩が攘夷に舵を切り、暴走するさまを描く。吉川英治文学賞受賞（一九七二年） 〔戦国〕『城塞』新潮社（〜72年、全3巻）　豊臣家を潰そうとする徳川家康の策略、そして大坂方の組織病理に焦点を当て、大坂の陣で豊臣家が滅亡する様相を、徳川方の諜者・小幡勘兵衛の視点から描き出す	潮文庫⑤ 『歳月』講談社文庫
一九七二	四七	49	〔幕末〕『花神』新潮社（全4巻）　長州の村医者・村田蔵六（大村益次郎）が大坂・適塾で洋学をきわめたのち、長州藩や官軍を率いて幕長戦争や戊辰戦争を戦い、軍事合理性を突き詰めて鮮やかな勝利を得るさまを描写する	『燃えよ剣』（全2巻）新潮文庫 『俄』講談社文庫 『北斗の人』講談社文庫
一九七三	四八	50	〔戦国〕『覇王の家』新潮社（全2巻）　人質として過ごした少年時代から天下人になるまでの徳川家康の軌跡を描き、その政治的な狡猾さとともに、閉鎖的でのびやかさを欠いた気質が政治を覆う様相を浮かび上がらせる	『新史太閤記』（全2巻）新潮文庫⑯ 『妖怪』講談社文庫
一九七四	四九	51		『尻啖え孫市』講談社文庫 『関ヶ原』（全3巻）新潮文庫⑦ 『十一番目の志士』（全2巻）文春文庫 『最後の将軍』文春文庫⑳
一九七五	五〇	52	〔戦国〕『播磨灘物語』講談社（全3巻）　浪人の子として生まれながら、播州・小寺家の家老となり、さらに情報収集や軍略の才が見込まれ、豊臣秀吉の軍師となった黒田官兵衛の生涯を描く	『竜馬がゆく』（全8巻）文春文庫① 『峠』（全2巻）新潮文庫

一九七六	五二	53
一九七七	五三	54
一九七八	五四	55

〔平安初期〕『空海の風景』中央公論社（全2巻）高級官吏への道を捨てて仏教を志し、唐に渡って純粋密教の正系を学んだ空海の軌跡をたどる。権威ある短期還学生として渡唐した最澄への複雑な感情も描かれる。芸術院恩賜賞受賞（一九七六年）

〔明治〕『翔ぶが如く』文藝春秋（～76年、全7巻）明治新政府の発足から、征韓論をめぐる亀裂、西南戦争終結までを、大久保利通と西郷隆盛を対照させせつつ描写する。西南戦争の薩軍の組織病理は、昭和陸軍を彷彿とさせる

⑭『世に棲む日日』（全4巻）文春文庫⑨

⑮『城塞』（全3巻）新潮文庫

⑪『花神』（全3巻）新潮文庫

⑪『功名が辻』（全4巻）文春文庫⑧

⑲『義経』（全2巻）文春文庫

『夏草の賦』（全2巻）文春文庫

『坂の上の雲』（全8巻）文春文庫②

『殉死』文春文庫

『空海の風景』（全2巻）中公文庫

『播磨灘物語』（全4巻）講

一九七九	五四	56	〔幕末〕『胡蝶の夢』新潮社（全5巻）　長崎でポンペに西洋医学を学んだ松本良順と関寛斎、良順の弟子で類まれな語学の才がありながら奇矯な個性の持ち主だった島倉伊之助の軌跡をたどり、近代医学の発達と身分制社会の桎梏、そして、政治体制の変化に翻弄される人々の生に焦点を当てる	談社文庫⑫ 『覇王の家』新潮文庫
一九八〇	五五	57	〔秦・漢〕『項羽と劉邦』新潮社（全3巻）　粗暴でさしたる能力がないものの人望ある劉邦が、敗戦を重ねながらも最後に猛将・項羽率いる楚を撃破し、漢帝国を成立させるまでのドラマを描く	『翔ぶが如く』（全10巻）文春文庫④
一九八一	五六	58	〔明治～昭和〕『ひとびとの跫音』中央公論社（全2巻）　正岡子規の死後養子で大学卒業後、阪急電鉄・百貨店に勤務した忠三郎とその友人で共産主義者・詩人の西沢隆二（ぬやま・ひろし）らの軌跡と精神のありようを描写する。読売文学賞受賞（一九八二年）	『風の武士』（全2巻）講談社文庫
一九八二	五七	59	〔江戸後期〕『菜の花の沖』文藝春秋（全6巻）　淡路島の貧農の家に生まれながら、南下政策をとるロシアと日本のはざまで数奇の運命をたどり、蝦夷・千島の海で活躍した海商・高田屋嘉兵衛の生涯を描く	
一九八三	五八	60		『胡蝶の夢』（全4巻）新潮文庫⑱ 『ひとびとの跫音』（全2巻）中公文庫
一九八四	五九	61	〔戦国〕『箱根の坂』講談社（全3巻）　応仁の乱で京が荒廃する頃、家伝の鞍作りに明け暮れる平凡な生涯を望んでいた伊勢新九郎（北条早雲）が、天性の知略で関東の覇者となるドラマ	『項羽と劉邦』（全3巻）新潮文庫⑥ 『戦雲の夢』講談社文庫
一九八七	六二	64	〔明朝末期〕『韃靼疾風録』中央公論社（全2巻）　清朝興隆期を時代	『菜の花の沖』（全6巻）文

一九九一 平成三	68	背景とし、難破して長崎・平戸に流れ着いた女真族の姫・アビアと彼女を送り届ける役を担う平戸藩家臣・桂庄助を軸に展開される歴史ロマン。大佛次郎賞受賞（一九八八年）	春文庫⑩ 『箱根の坂』（全3巻）講談社文庫⑰ 『韃靼疾風録』（全2巻）中公文庫
一九九六 八	72	二月一二日死去	『花咲ける上方武士道』中公文庫 ※『上方武士道』を改題
一九九九 一一			『宮本武蔵』朝日文庫 ※初刊は著名作家の競作シリーズ『日本剣客伝』（上、朝日新聞社、一九六八年）所収。剣豪・宮本武蔵の生涯と、その自負、屈託、狂気を描く
二〇〇二 一四			『城をとる話』光文社文庫
二〇〇三 一五			『大盗禅師』文春文庫

参考文献　「年譜」『司馬遼太郎全集』（第三二巻、文藝春秋、一九七四年）、文藝春秋編『司馬遼太郎全仕事』（文春文庫、二〇一三年）、司馬遼太郎記念館『司馬作品と幕末の出来事』・『司馬作品の戦国時代』（司馬遼太郎記念館、刊行年不詳）

福間良明（ふくま・よしあき）

1969年（昭和44年）熊本県生まれ．京都大学大学院人間・環境学研究科博士課程修了．博士（人間・環境学）．出版社勤務，香川大学経済学部准教授などを経て，現在，立命館大学産業社会学部教授．専門は歴史社会学・メディア史．

著書『「反戦」のメディア史――戦後日本における世論と輿論の拮抗』（世界思想社，2006年，第1回内川芳美記念マス・コミュニケーション学会賞受賞）
『「戦争体験」の戦後史――世代・教養・イデオロギー』（中公新書，2009年）
『「戦跡」の戦後史――せめぎあう遺構とモニュメント』（岩波現代全書，2015年）
『「働く青年」と教養の戦後史――「人生雑誌」と読者のゆくえ』（筑摩選書，2017年，第39回サントリー学芸賞受賞）
『「勤労青年」の教養文化史』（岩波新書，2020年）
『戦後日本、記憶の力学――「継承という断絶」と無難さの政治学』（作品社，2020年）ほか

編著『昭和五〇年代論――「戦後の終わり」と「終わらない戦後」の交錯』（みずき書林，2022年）
『シリーズ戦争と社会』（全5巻，共編，岩波書店，2021〜22年）ほか

司馬遼太郎《しばりょうたろう》の時代《じだい》
中公新書 *2720*

2022年10月25日発行

著　者　福間良明
発行者　安部順一

本文印刷　三晃印刷
カバー印刷　大熊整美堂
製　　本　小泉製本

発行所　中央公論新社
〒100-8152
東京都千代田区大手町 1-7-1
電話　販売 03-5299-1730
　　　編集 03-5299-1830
URL https://www.chuko.co.jp/

Published by CHUOKORON-SHINSHA, INC.
Printed in Japan　ISBN978-4-12-102720-7 C1221

中公新書刊行のことば

いまからちょうど五世紀まえ、グーテンベルクが近代印刷術を発明したとき、書物の大量生産は潜在的可能性を獲得し、いまからちょうど一世紀まえ、世界のおもな文明国で義務教育制度が採用されたとき、書物の大量需要の潜在性が形成された。この二つの潜在性がはげしく現実化したのが現代である。

いまや、書物によって視野を拡大し、変りゆく世界に豊かに対応しようとする強い要求を私たちは抑えることができない。この要求にこたえる義務を、今日の書物は背負っている。だが、その義務は、たんに専門的知識の通俗化をはかることによって果たされるものでもなく、通俗的好奇心にうったえて、いたずらに発行部数の巨大さを誇ることによって果たされるものでもない。現代を真摯に生きようとする読者に、真に知るに価いする知識だけを選びだして提供すること、これが中公新書の最大の目標である。

私たちは、知識として錯覚しているものによってしばしば動かされ、裏切られる。私たちは、作為によってあたえられた知識のうえに生きることがあまりに多く、ゆるぎない事実を通して思索することがあまりにすくない。中公新書が、その一貫した特色として自らに課すものは、この事実のみの持つ無条件の説得力を発揮させることである。現代にあらたな意味を投げかけるべく待機している過去の歴史的事実もまた、中公新書によって数多く発掘されるであろう。

中公新書は、現代を自らの眼で見つめようとする、逞しい知的な読者の活力となることを欲している。

一九六二年一一月

日本史

d4